EDGAR ALLAN POE /
DIE MASKE DES ROTEN TODES

EDGAR ALLAN POE

DIE MASKE DES ROTEN TODES

VERLEGT BEI
KAISER

Titel des Originals: The Masque of the Red Death
Die Übersetzung aus dem Amerikanischen besorgte Hertha Lorenz

Buchausstattung: Prof. Karl Bauer
Druck und Bindearbeit: Gorenjski Tisk, Kranj — Slovenija

DIE MASKE DES ROTEN TODES

Lange schon wütete der Rote Tod im Lande. Nie noch war eine Pest verheerender oder entsetzlicher gewesen. Blut war ihr Anfang, und Blut war ihr Ende — das Rot und der Schrecken des Blutes. Es begann mit stechenden Schmerzen und plötzlich eintretenden Schwindelanfällen, dann drang das Blut aus den Poren, und das war der Anfang der Auflösung. Die scharlachroten Flecken am Körper und insbesondere im Gesicht des Opfers waren die Bannsiegel der Pest, welche es von der Hilfe und Anteilnahme seiner Mitmenschen ausschlossen. Von den ersten Anzeichen bis zum tödlichen Ende war alles das Werk von weniger als einer halben Stunde.

Aber Prinz Prospero war fröhlich, unerschrocken und klug. Als seine Lande schon zur Hälfte entvölkert waren, wählte er aus den Rittern und Damen seines Hofes eine tausendköpfige Gesellschaft heiterer und leichtlebiger Freunde und zog sich mit ihnen in die tiefe Abgeschiedenheit einer seiner befestigten Abteien zurück. Es war dies ein ausgedehnter und prächtiger Bau, eine Schöpfung nach des Prinzen eigenem exzentrischen, jedoch vornehmen Geschmack. Eine mächtige und hohe Mauer umschloß das ganze. In der Wand befanden sich eiserne Tore. Nachdem die Höflinge eingezogen waren, brachten sie Schmelzöfen und schwere Hämmer herbei und schmiedeten die Torriegel zu. Auf diese Weise sollte weder einem plötzlichen Ansturm der Verzweiflung von außen, noch einem törichten Wunsch eines der Eingeschlossenen ein Weg offen sein. Die Abtei war reichlich mit Proviant versehen. Auf Grund dieser Vorsichtsmaßregeln glaubten die Höflinge, der Pest Trotz bieten zu können. Die Welt draußen mochte für sich selbst sorgen. Inzwischen schien es töricht, sich deshalb Sorgen zu machen oder auch nur darüber nachzudenken. Der Prinz hatte auch für jegliche Unterhaltung vorgesorgt. Es gab da Spaßmacher, Komödianten, Ballettänzer und Musikanten, es gab Schönheit und Wein. All das gab es hier drinnen, und dazu noch die Sicherheit. Draußen wütete der Rote Tod.

Es war etwa im fünften oder sechsten Monat seiner Zurückgezogenheit, zu einer Zeit, da die Pest außerhalb am heftigsten wütete, als Prinz Prospero seine tausend Freunde zu einem Maskenball von außergewöhnlicher Pracht zusammenrief.

Jene Maskerade war ein Schauspiel der Wollust. Aber zuerst möchte ich von den Gemächern erzählen, in denen sie abgehalten wurde. Es waren sieben an der Zahl, — sieben wahrhaft königlich ausgestattete Gemächer. In vielen Palästen bilden solche Festräume, wenn die Flügeltüren an beiden Seiten bis an die Wand zurückgeschoben werden, eine lange Zimmerflucht, die man unschwer überblicken kann. Hier jedoch war es völlig anders, so wie es wegen der Vorliebe des Prinzen für das Bizarre zu erwarten war. Die Gemächer waren so unregelmäßig angeordnet, daß man von einer Stelle aus kaum mehr als gerade noch das nächste überblicken konnte. Alle zwanzig oder dreißig Yards machte der Weg eine starke Biegung, und dabei gab es jedesmal einen neuen Effekt. Zur rechten und zur linken jedes Raumes gab es in der Mitte der Wand ein hohes, schmales gotisches Fenster, das zu einem schmalen Korridor hinausführte, der den Windungen der Zimmerflucht folgte. Diese Fenster hatten Glasmosaikscheiben, deren Farben immer mit dem bei den Dekorationen vorherrschenden Farbton des betreffenden Zimmers übereinstimmten. Das östlichste Zimmer zum Beispiel war in Blau gehalten, und daher waren auch die Fenster leuchtend blau. Das zweite war in Ausstattung und Wandbehang purpurfarben, und hier waren die Fensterscheiben auch purpurn. Das dritte war ganz in Grün gehalten, und daher waren auch die Scheiben grün. Das vierte war in Orange und ebenso beleuchtet — das fünfte in Weiß — das sechste in Violett. Das siebente Gemach war dicht mit schwarzem Samt tapeziert, der überall an der Decke hing und an den Wänden in schweren Falten auf einen Teppich von derselben Farbe niederwallte. Jedoch einzig und allein in diesem Zimmer stimmte die Farbe der Fenster nicht mit der Dekoration überein. Hier waren die Scheiben scharlachrot — rot wie Blut. Nun gab es in keinem der Zimmer inmitten der Fülle goldener Zierate, die an den Wänden entlang standen oder von der Decke herabhingen, irgendeine Lampe oder einen Kronleuchter. In der ganzen Zimmerreihe brannte weder Lampen- noch Kerzenlicht, aber in den Gängen, die außen an den Zimmern entlangführten, stand an jedem Fenster ein schwerer Dreifuß, welcher ein Feuerbecken trug, das seinen Schein durch die farbigen Fenster warf und solcherart den Raum strahlend erhellte, wodurch eine Menge festlicher und phantastischer Wirkungen hervorgerufen wurden. Aber im westlichen schwarzen Zimmer war die Wirkung des Feuerscheins, der durch die blutroten Scheiben auf die schwarzen Dekorationen fiel, am gespenstischesten, und er gab den Gesichtern der Eintretenden ein derart furchterregendes Aussehen, daß nur wenige in der Gesellschaft den Mut besaßen, ihren Fuß über die Schwelle zu setzen.

Dieses Gemach war es auch, in dem gegenüber der westlichen Wand eine riesenhafte Standuhr von Ebenholz stand. Ihr Pendel schwang mit dumpfem, wuchtigem, eintönigem Klang hin und her, und jedesmal wenn der Minutenzeiger seinen Kreislauf auf dem Ziffernblatt vollendet hatte und die Stunde schlug, kam aus den ehernen Lungen der Uhr ein klarer, lauter, tiefer und außergewöhnlich musikalischer Klang, aber er war so eigentümlich und feierlich, daß die Musiker des Orchesters am Ende jeder Stunde gezwungen waren, ihr Spiel zu unterbrechen, um dem Ton zu lauschen. So mußte der Tanz aufhören, und eine kurze Mißstimmung befiel die ganze heitere Gesellschaft. Solange die Schläge der Uhr erklangen, sah man auch die Tapfersten erbleichen, und die Älteren und Besonneneren strichen mit den Händen übers Antlitz, so als wären sie in wirre Träume oder in Nachdenken versunken. Doch nachdem das letzte Echo verklungen war, durchlief ein lustiges Lachen die ganze Gesellschaft, die Musiker blickten sich gegenseitig an, lächelten über ihre eigene Ängstlichkeit und Torheit und versprachen sich gegenseitig flüsternd, daß sie das nächste Schlagen der Uhr nicht mehr in ähnliche Bewegung versetzen sollte. Aber dann, nachdem abermals sechzig Minuten verstrichen waren (dreitausendsechshundert Sekunden der flüchtigen Zeit) und die Uhr von neuem schlug, gab es dieselbe Mißstimmung, dieselbe Bangigkeit und Nachdenklichkeit wie zuvor.

Jedoch trotz alldem war es ein glänzendes, prachtvolles Fest. Der Geschmack des Prinzen war eigenartig. Er besaß ein gutes Gefühl für Farben und Effekte. Er ließ sich nicht von der Mode tyrannisieren. Seine Entwürfe waren kühn und feurig und seine Gedanken glühten in hemmungslosem Eifer. Es gab Leute, die ihn für wahnsinnig hielten. Sein Gefolge wußte jedoch, daß er es nicht war. Es war notwendig, ihn zu hören und zu sehen und persönlichen Kontakt mit ihm zu haben, um sicher zu sein, daß dem nicht so war.

Er hatte die Ausschmückung der sieben Räume für dieses Fest zum größten Teil selbst überwacht, und es war sein eigener Geschmack, der den Charakter der Masken bestimmt hatte. Gewiß, sie waren grotesk. Da gab es viel strahlendes, glitzerndes und phantastisches — viel von dem, was in „Hernani" zu sehen war. Es gab arabeskenhafte Gestalten mit verrenkten Gliedmaßen und in unregelmäßiger Anordnung.

Es fehlte auch nicht an verrückten Einfällen, wie sie nur dem Gehirn eines Wahnsinnigen entspringen, aber es gab auch sehr viel schönes, viel üppiges, viel bizarres, einiges furchterregendes, aber nicht das geringste, was Widerwillen erzeugt hätte. In den sieben Gemächern schritten in der Tat eine Vielzahl von Träumen hin und her. Und diese Träume wanden sich durch die Säle, von deren Licht sie beschienen wurden, und sie ließen die wilden Klänge des Orchesters als das Echo ihrer Schritte erscheinen.

Zuweilen ertönen die Schläge der Ebenholzuhr, die in

dem sammetbehangenen Saal steht. Und dann hält einen Augenblick lang alles inne und schweigt, nur die Stimme der Uhr ertönt. Die Träume erstarren in ihren Stellungen. Doch die Echos des Glockenspiels ersterben in der Ferne — sie haben nur einen Augenblick gedauert — und ein helles, halb unterdrücktes Lachen folgt ihnen, wenn sie verklungen sind. Und von neuem rauscht die Musik auf, die Träume leben und winden sich fröhlicher als je hin und her, beschienen vom strahlenden Schein der Flammen auf den Dreifüßen, die durch die vielen farbigen Fenster fallen. Aber in das Zimmer, das von den sieben am westlichsten liegt, geht nun keiner der Maskierten, denn die Nacht ist weit vorgeschritten und ein intensiveres Licht als je fließt durch die blutroten Scheiben; und die Schwärze der Draperien macht jeden erbleichen. Wer den Fuß auf den dunklen Teppich setzt, dem ertönt die Ebenholzuhr feierlicher und mahnender als allen denen, die sich in der Fröhlichkeit der entfernteren Gemächer tummeln.

Aber diese anderen Räume waren überfüllt, und in ihnen schlug fieberhaft das Herz des Lebens. Und der Trubel ging rauschend weiter, bis schließlich die Uhr Mitternacht zu schlagen anhub. Die Musik verstummte, wie ich bereits erzählt habe, die Paare hielten im Tanz inne, und wie früher trat eine unheimliche Unterbrechung ein. Aber nun mußte die Uhr zwölfmal schlagen, und daher kam es, daß jenen, die nachdenklicher veranlagt waren, noch düsterere Gedanken kamen und sie länger in Nachdenken versunken waren. Und dadurch läßt es sich auch erklären, daß viele in der Gesellschaft, bevor das letzte Echo der Schläge verklungen war, Muße genug gefunden hatten, die Gegenwart einer maskierten Gestalt zu bemerken, die vorher niemandes Aufmerksamkeit erregt hatte. Das Gerücht von dieser neuen Erscheinung machte leise die Runde, dann erhob sich in der ganzen Gesellschaft ein Flüstern oder Murmeln, das anfangs Erstaunen und Unwillen und schließlich Schrecken, Furcht und Abscheu ausdrückte.

Man darf wohl vermuten, daß es keine gewöhnliche

Erscheinung war, die in einer Versammlung solch phantastischer Gestalten, derartige Empfindungen auslöste. In Wahrheit waren der Maskenfreiheit in dieser Nacht nahezu gar keine Grenzen gesetzt worden; aber die fragliche Maske hatte die Schreckensphantasien eines Herodes übertroffen und war über des Prinzen weitgehende Freizügigkeit hinausgegangen. Auch in den Herzen der Leichtfertigsten gibt es Saiten, die man nicht berühren darf, ohne Schwingungen zu erregen.

Auch bei den Verlorensten, denen Leben und Tod nur Spiel sind, gibt es Dinge, über die man nicht scherzen darf. Die ganze Gesellschaft schien tatsächlich zutiefst zu fühlen, daß in der Kleidung und dem Gehabe des Fremden weder Witz noch Anstand sei. Die Gestalt war groß und hager und vom Kopf bis zu den Füßen in Leichentücher eingehüllt. Die Maske, die das Gesicht bedeckte, war so täuschend dem Angesicht eines Toten nachgeahmt, daß auch die genaueste Untersuchung Schwierigkeiten gehabt hätte, den Betrug festzustellen. Und sogar all dies wäre von den tollen Nachtschwärmern hingenommen, wenngleich nicht gutgeheißen worden, aber der Vermummte war so weit gegangen, den Roten Tod darzustellen. Sein Gewand war blutbespritzt und seine breite Stirn und das ganze Gesicht waren mit den scharlachroten Tupfen des Schreckens besprenkelt.

Als die Augen des Prinzen Prospero auf diese geisterhafte Erscheinung fielen, die, um ihre Rolle zu vollenden, mit langsamem, feierlichem Schritt zwischen den Tänzern einher ging, konnte man sehen, wie er im ersten Augenblick entweder aus Schauder oder Ekel heftig zusammenzuckte, aber im nächsten Augenblick rötete sich seine Stirn vor Zorn.

„Wer wagt es“, fragte er mit heiserer Stimme die Höflinge an seiner Seite, „wer wagt es, uns mit solch gotteslästerlichem Hohn zu beschimpfen? Ergreift und demaskiert ihn, damit wir wissen, wer es ist, den wir morgen an den Zinnen der Mauer aufknüpfen werden.“

Es war das blaue Zimmer, in dem der Prinz stand, inmitten einer Gruppe bleicher Höflinge. Zuerst, als er dies sprach, machte die Schar eine Bewegung in Richtung des Eindringlings, der gerade jetzt ganz in der Nähe stand und mit langsamen würdevollen Schritten dem Sprecher noch näher trat. Aber das namenlose Entsetzen, in welches die wahnsinnige Vermessenheit des Vermummten die ganze Gesellschaft versetzte, ließ keinen die Kraft finden, Hand an ihn zu legen. So näherte er sich ungehindert bis auf Schrittlänge dem Prinzen; und während die ganze zahlreiche Versammlung wie auf Befehl von der Mitte des Saales an die Wände zurückwich, setzte er seinen Weg mit denselben feierlichen, abgemessenen Schritten, die ihn schon von Anfang an ausgezeichnet hatten, unangefochten fort, durch das blaue Zimmer in das purpurfarbene, — durch das purpurne in das grüne, ins orangefarbene, von diesem dann in das weiße, und hierauf in das violette, ohne daß irgendwelche Anstalten getroffen wurden, ihn aufzuhalten. In diesem Augenblick jedoch geschah es, daß Prinz Prospero rasend vor Zorn und Scham über seine eigene Zaghaftigkeit die sechs Zimmer durchraste, wobei ihm infolge des tödlichen Entsetzens, das alle erfaßt hatte, niemand folgte. Den Dolch erhoben, war er der weiterschreitenden Gestalt in rasendem Ungestüm bis auf drei oder vier Fuß nahe gekommen, als diese, nachdem sie das äußerste Ende des Samtgemachs erreicht hatte, sich plötzlich umdrehte und ihrem Verfolger gegenüberstand. Ein durchdringender Schrei war zu hören, der Dolch fiel blitzend auf den schwarzen Teppich. Einen Augenblick später fiel auch Prinz Prospero tot zu Boden. Da stürzte sich im Mute der Verzweiflung eine Gruppe der Festgäste zugleich in das schwarze Zimmer, man ergriff den Vermummten, dessen hohe Gestalt aufrecht und bewegungslos im Schatten der Ebenholzuhr stand, und schauerte in unaussprechlichem Grauen zusammen, als sie in den Leichentüchern und hinter der Leichenmaske, welche sie mit rauhem Griff packten, nichts greifbares fanden.

Und nun erkannte man die Gegenwart des Roten Todes. Wie ein Dieb in der Nacht war er gekommen. Einer nach dem anderen der Festgäste fiel in den blutbetauten Hallen ihrer Lust zu Boden, und ein jeder starb in der Stellung, in die er verzweifelnd niedergestürzt war. Und das Leben in der Ebenholzuhr erlosch mit dem des letzten der Fröhlichen. Und die Flammen auf den Dreifüßen erloschen. Und Dunkelheit, Verwesung und der Rote Tod herrschten unbeschränkt über allem.

DAS FASS AMONTILLADO

Die tausend Schmähungen Fortunatos hatte ich ertragen, so gut ich konnte, aber als er mich zu beschimpfen begann, gelobte ich Rache. Ihr, die ihr meine Seele so gut kennt, werdet jedoch nicht annehmen, daß ich irgendeine Drohung äußerte. Schließlich würde ich gerächt sein! Dies hatte ich mir fest vorgenommen — aber die Art, auf die es geschehen sollte, gebot mir, auf das geringste, was meine Rache gefährden konnte, acht zu haben. Ich mußte ihn nicht nur bestrafen, sondern ich mußte ihn so bestrafen, daß man mir nichts anhaben konnte. Ein Unrecht ist nicht vergolten, wenn den Rächer für seine Tat selbst wiederum Vergeltung trifft. Es ist ebensowenig vergolten, wenn es dem Rächer nicht gelingt, sich jenem, der das Unrecht auf dem Gewissen hat, auch als solcher zu zeigen.

Man muß wissen, daß ich weder durch Worte oder Taten Fortunato irgendeine Ursache gegeben hatte, an meinem ehrlichen Sinn zu zweifeln. Ich fuhr fort, wie es meine Gewohnheit war, ihn anzulächeln, und er hatte keine Ahnung davon, daß mein Lächeln nun dem Gedanken an seine Vernichtung entsprang.

Dieser Fortunato hatte einen schwachen Punkt, obwohl er in anderer Hinsicht ein Mann war, den man achten, ja geradezu fürchten mußte. Er brüstete sich damit, ein Weinkenner zu sein. Nur wenige Italiener haben echtes Kunstverständnis. Für die meisten von ihnen ist ihr Enthusiasmus nur dazu da, Zeit und Gelegenheit für betrügerische Manipulationen gegenüber britischen und österreichischen Millionären zu nützen. In bezug auf Malerei und die Beurteilung von Edelsteinen war Fortunato gleich seinen Landsleuten ein Aufschneider — aber in bezug auf alte Weine war er ein aufrichtiger Kenner. Hier stand ich ihm jedoch nur wenig nach: ich war in der italienischen Winzerei bewandert, und kaufte viel, sooft ich Gelegenheit dazu hatte.

Es war in der Dämmerung eines Abends während der verrücktesten Zeit des Karnevals, als ich meinem Freund begegnete. Er begrüßte mich mit übertriebener Wärme, denn er hatte sehr viel getrunken. Er war bunt gekleidet, hatte ein enganliegendes, zur Hälfte gestreiftes Kleid an, und seinen Kopf überragte eine kegelförmige Schellenkappe. Ich war so erfreut, ihn zu sehen, daß ich gar nicht damit zu Ende kommen konnte, ihm die Hand zu schütteln.

Ich sprach zu ihm: „Mein lieber Fortunato, ich bin glücklich, dich zu treffen. Wie auffallend gut du heute aussiehst! Ich habe zuhause ein Faß Wein, den man mir als Amontillado bezeichnet hat, erhalten, aber ich habe so meine Zweifel."

„Wie?" sagte er, „Amontillado? Ein ganzes Faß? Unmöglich! Jetzt mitten im Karneval!"

„Ich bezweifle es ja auch", antwortete ich; „und ich war auch dumm genug, den vollen Preis zu bezahlen, ohne dich in dieser Angelegenheit um Rat zu fragen. Du warst nicht zu finden, und ich fürchtete, den Handel zu verlieren."

„Amontillado!"

„Ich habe meine Zweifel."

„Amontillado!"

„Und ich muß sie zum verstummen bringen."

„Amontillado!"

„Wenn du keine Zeit hast, werde ich zu Luchesi gehen. Wenn irgendjemand ein kritisches Urteil besitzt, dann ist er es. Er wird mir sagen —"

„Luchesi kann Amontillado nicht von Sherry unterscheiden."

„Und doch wollen es ein paar Dummköpfe wahr haben, daß sein Geschmack dem deinen gleichkomme."

„Auf, gehen wir!"

„Wohin?"

„In deinen Keller."

„Nein, mein Freund, ich will deine Gutmütigkeit nicht

mißbrauchen. Ich sehe ja, daß du beschäftigt bist. Luchesi —"

„Ich habe nichts zu tun — komm!"

„Nein, mein Freund. Es geht nicht nur darum, daß du zu tun hast, sondern du hast, wie ich sehe, eine ernste Erkältung. Der Keller ist feucht. Er hat eine Nitratkruste."

„Gehen wir trotzdem. Die Erkältung ist gar nicht der Rede wert. Amontillado! Man hat dich angeschmiert. Und Luchesi, der kann nicht einmal Sherry von Amontillado unterscheiden."

Mit diesen Worten ergriff Fortunato meinen Arm. Ich nahm eine Maske aus schwarzer Seide, zog meinen Mantel fest um mich und ließ mich von ihm eilends zu meinem Palazzo führen.

Keiner von der Dienerschaft war zu Hause, sie alle waren weggegangen, um sich, dem Karneval zu Ehren, zu unterhalten. Ich hatte ihnen gesagt, daß ich nicht vor morgen zurück sein würde, und ihnen die strenge Weisung erteilt, sich nicht vom Hause zu entfernen. Diese Anordnung bewirkte, wie ich wohl wußte, daß alle augenblicklich verschwanden, sobald ich ihnen den Rükken kehrte.

Ich nahm zwei Fackeln aus ihren Haltern. Eine davon gab ich Fortunato und komplimentierte ihn durch mehrere Zimmerfluchten zu jenem Bogengang, der in die Gewölbe führte. Ich stieg eine lange Wendeltreppe hinab und ermahnte ihn, während er mir folgte, vorsichtig zu sein. Schließlich kamen wir am unteren Ende der Treppe an und standen beide in der feuchten Tiefe der Katakomben der Montresors.

Der Gang meines Freundes war unsicher, und die Schellen an seiner Kappe läuteten bei jedem Schritt.

„Das Faß?" fragte er.

„Es ist weiter hinten", sagte ich, „aber schau auf das weiße Gewebe, welches von diesen Kellermauern leuchtet!"

Er wandte sich mir zu und blickte mir in die Augen, während zwei Tropfen an seiner vom Rausch verschnupften Nase hingen.

„Salpeter?" fragte er schließlich.

„Salpeter", antwortete ich. „Wie lang hast du schon diesen Husten?"

Viele Minuten lang war es meinem Freund unmöglich zu antworten.

„Es ist nichts weiter", sagte er schließlich.

„Komm", sagte ich entschieden, „wir wollen lieber zurückgehen; deine Gesundheit ist zu kostbar. Du bist reich, angesehen, bewundert und geliebt, du bist glücklich, wie ich es einst war. Du würdest vermißt werden. Auf mich kommt es nicht an. Wir wollen zurückgehen. Du würdest sonst krank werden, und das kann ich nicht verantworten. Außerdem kann ich ja Luchesi —"

„Genug", sagte er, „der Husten ist ganz und gar unbedeutend. Er wird mich nicht umbringen. Davon werde ich nicht sterben."

„Es ist wahr", antwortete ich, „wirklich, ich hatte keinen Grund, dich unnötigerweise aufzuregen — aber du solltest doch die notwendige Vorsicht nicht außer acht lassen. Ein Schluck Médoc wird uns gegen den Dunst schützen."

Mit diesen Worten schlug ich den Hals einer Flasche ab, die ich einer langen Reihe von Flaschen, die auf einem Brett standen, entnahm.

„Trinke", sagte ich, ihm den Wein reichend.

Er führte ihn an die Lippen, mich von der Seite anblickend. Er setzte ab und nickte mir vertraulich zu, wobei seine Schellen klangen.

„Ich trinke auf die Toten, die um uns ruhen", sagte er.

„Und ich auf dein langes Leben."

Von neuem ergriff er meinen Arm und wir gingen weiter.

„Diese Gewölbe", sagte er, „sind sehr weitläufig."

„Die Montresors", antwortete ich, „waren eine große und zahlreiche Familie."

„Ich vergaß dein Wappenzeichen."

„Ein riesiger goldener menschlicher Fuß auf blauem Feld; der Fuß zertritt eine aufgerichtete Schlange, deren Zähne sich in seiner Ferse festgebissen haben."

„Und das Motto?“

„Nemo me impune lacessit.“

„Gut!“ sagte er.

Der Wein glänzte in seinen Augen, und die Glocken tönten. Meine eigene Phantasie wurde vom Médoc erregt. Wir waren durch Wände aufgestapelter Gebeine, an Fässern vorbei in die entlegensten Winkel der Katakomben gelangt. Ich blieb von neuem stehen, und diesmal wagte ich es, Fortunato am Oberarm zu rütteln.

„Der Salpeter!“ sagte ich, „schau, er wird immer mehr. Er hängt wie Moos an dem Gewölbe. Wir sind unter dem Flußbett. Das Wasser tropft auf die Gebeine. Komm, gehen wir lieber zurück, ehe es zu spät ist. Dein Husten —“

„Er ist nicht arg“, sagte er, „gehen wir weiter. Aber zuerst noch einen Schluck Médoc.“

Ich brach einer Flasche De Grave den Hals ab und reichte sie ihm. Er leerte sie mit einem Zug. Seine Augen flackerten in feurigem Glanz. Er lachte und warf die Flasche mit einer Gebärde, die ich nicht verstand, nach oben.

Ich blickte ihn erstaunt an. Er wiederholte seine Geste, sie war wirklich sonderbar.

„Du begreifst nicht?“ sagte er.

„Ganz und gar nicht“, antwortete ich.

„Dann gehörst du nicht zur Bruderschaft.“

„Wie?“

„Du bist kein Maurer.“

„Doch, ja“, sagte ich, „jawohl.“

„Du? Unmöglich! Ein Maurer?“

„Ein Maurer“, antwortete ich.

„Ein Zeichen“, sagte er.

„Hier“, sagte ich, indem ich eine Maurerkelle aus einer Falte meines Mantels hervorzog.

„Du machst Spaß“, rief er, ein paar Schritte zurückweichend, „aber gehen wir weiter zum Amontillado.“

„Meinetwegen“, sagte ich, indem ich die Kelle wieder in den Mantel steckte und ihm wieder meinen Arm bot Er lehnte sich schwer darauf. Wir setzten unseren Weg auf der Suche nach dem Amontillado fort. Wir schritten durch eine Reihe niedriger Bogengänge, gingen hinunter, stiegen hinauf und stiegen von neuem nach abwärts, bis wir schließlich eine Gruft erreichten, in der die modrige Luft bewirkte, daß unsere Fackeln mehr glühten als brannten.

Am entferntesten Ende der Gruft kam eine weitere, weniger geräumige zum Vorschein. Ihre Wände waren von menschlichen Gebeinen verdeckt gewesen, die bis zur Decke aufgestapelt waren, in der Art der großen Katakomben von Paris. Drei Seiten der inneren Gruft waren noch auf diese Art geschmückt. Von der vierten waren die Knochen entfernt worden und lagen nun auf dem Boden, wo sie an einer Stelle einen Haufen von ansehnlicher Höhe bildeten. In der Wand, die durch die Entfernung der Knochen freigelegt worden war, bemerkten wir noch eine Höhle, etwa vier Fuß tief, drei Fuß breit und sechs oder sieben Fuß hoch. Sie schien zu keinem besonderen Zweck errichtet worden zu sein, sondern bildete lediglich den Zwischenraum zwischen zwei der kolossalen Pfeiler, welche das Dach der Katakomben trugen, ihre Rückwand war aus Granit.

Fortunato bemühte sich vergeblich, seine trübe Fackel hebend, einen Blick in die Tiefe jener Höhle zu werfen. Das schwache Licht machte es unmöglich, ihr Ende zu erblicken.

„Geh weiter", sagte ich. „Drinnen ist der Amontillado. Aber Luchesi —"

„Er versteht nichts", unterbrach mich mein Freund, unsicher vorwärts schreitend, während ich ihm knapp auf den Fersen war. Einen Augenblick später hatte er das Ende der Nische erreicht und stand verdutzt vor der Wand, die ihn am Weitergehen hinderte, und im nächsten Augenblick hatte ich ihn an den Granit gefesselt. In diesem staken auf gleicher Höhe zwei eiserne Haken, etwa zwei Fuß voneinander entfernt. An dem einen hing eine kurze Kette, am anderen befand sich ein Vorhängeschloß. Ihre Glieder um Fortunatos Leib legend, war es das Werk von wenigen Sekunden, sie zuzuschließen. Er war zu sehr erstaunt, um Widerstand zu leisten. Ich zog den Schlüssel ab und entfernte mich aus der Höhle.

„Strecke deine Hand nach der Wand ober dir aus", sagte ich, „du mußt den Salpeter spüren. Es ist wirklich sehr feucht. Ich flehe dich noch einmal an, kehre um. Nein? Dann muß ich dich verlassen. Aber ich muß dir zuerst, soweit das nun möglich ist, all deine kleinen Aufmerksamkeiten zurückzahlen."

„Der Amontillado!" rief mein Freund aus, der noch immer nicht aus seinem Staunen herausgekommen war.

„Tatsächlich", gab ich zur Antwort, „der Amontillado."

Indes ich diese Worte sagte, war ich mit dem Knochenhaufen, von dem ich schon früher gesprochen habe, beschäftigt. Bald hatte ich die Knochen beiseitegeworfen und eine Menge Bausteine und Mörtel freigelegt. Damit und mit Hilfe meiner Maurerkelle begann ich eilig den Eingang der Nische zuzumauern.

Kaum hatte ich die erste Reihe der Mauer fertig, als ich bemerkte, daß die Betrunkenheit Fortunatos zum größten Teil verflogen war. Das erste Anzeichen davon bildete für mich ein leiser, klagender Schrei aus der Tiefe der Höhle. Es war nicht der Schrei eines Betrunkenen. Darauf folgte ein langes, trotziges Schweigen. Ich mauerte die zweite Reihe, die dritte und die vierte, und dann hörte ich ein rasendes Reißen an der Kette. Dieses Geräusch dauerte einige Minuten, während welcher ich, um es besser zu hören, in meiner Arbeit innehielt und mich auf den Knochenhaufen niedersetzte. Als das Klirren endlich aufhörte, nahm ich wieder die Kelle und vollendete ohne Unterbrechung die fünfte, sechste und siebente Reihe. Die Mauer reichte mir jetzt fast bis zur Brust. Ich machte abermals eine Pause und hielt meine Fackel über das Mauerwerk, die einen schwachen Schein auf die Gestalt im Innern warf.

Eine Reihe lauter und schriller Schreie, die plötzlich aus der Kehle des Angeketteten hervorbrachen, ließen mich beinahe zurücktaumeln. Einen kurzen Augenblick lang zögerte ich — ich zitterte sogar. Ich zog meinen Degen und stieß damit in die Höhle, aber nach kurzer

Überlegung beruhigte ich mich. Ich legte meine Hand auf das feste Mauerwerk der Katakomben und war zufrieden. Ich wandte mich wieder meiner Mauer zu. Ich antwortete auf seine Schreie. Ich ahmte sie nach — ich verstärkte sie — ich übertraf sie an Länge und Lautstärke. Ich tat es, und der Schreier wurde still.

Es war nun Mitternacht, und meine Arbeit ging ihrem Ende zu. Ich hatte die achte, neunte und zehnte Zeile fertiggemacht. Ich hatte die elfte und letzte Zeile fast fertig; es war nur noch ein einziger Stein an seinen Platz zu heben und festzumauern. Ich kämpfte mit seinem Gewicht, ich hatte ihn zum Teil in seine vorgesehene Lage gerückt. Aber nun kam aus der Nische ein leises Gelächter, welches mir die Haare zu Berge stehen ließ. Dann sagte eine jämmerliche Stimme, die ich nur mit Mühe als die Fortunatos erkennen konnte:

„Ha! ha! ha! — he! he! — wirklich ein guter Spaß — ein ausgezeichneter Scherz. Wir werden im Palazzo noch sehr darüber lachen — he! he! he! — über unseren Wein — he! he! he!"

„Den Amontillado!" sagte ich.

„He! he! he! — he! he! he! — ja, der Amontillado. Aber ist es nicht schon spät? Werden uns Lady Fortunato und die übrigen nicht schon im Palazzo erwarten? Gehen wir doch!"

„Ja", sagte ich, „gehen wir also."

„Bei der Liebe Gottes, Montresor!"

„Ja", sagte ich, „bei der Liebe Gottes!"

Aber ich wartete vergeblich auf eine Antwort auf diese Worte. Ich wurde ungeduldig. Laut rief ich:

„Fortunato!"

Keine Antwort. Ich rief von neuem:

„Fortunato!"

Noch immer keine Antwort. Ich steckte eine Fackel durch die übriggebliebene Öffnung und ließ sie drinnen niederfallen. Als Antwort kam nur ein Klingen der Glöckchen. Mir wurde bang ums Herz — wegen der Feuchtigkeit der Katakomben. Ich eilte mich, meine Arbeit zu Ende zu bringen. Ich zwang den letzten Stein an seinen

Platz und mauerte ihn fest. An der neuen Mauer schichtete ich wieder den alten Knochenwall auf. Ein halbes Jahrhundert lang hat kein Sterblicher ihn angetastet. In pace requiescat!

MORELLA

Ein Gefühl tiefster und doch höchst seltsamer Zuneigung rief meine Freundin Morella in mir wach. Als ich sie vor vielen Jahren durch einen Zufall kennenlernte, brannte meine Seele schon vom ersten Zusammentreffen an in einem Feuer, das sie bisher nicht gekannt hatte; aber es war keineswegs erotischer Natur, und bitter und quälend gelangte ich allmählich zu der Überzeugung, daß ich weder sein ungewöhnliches Wesen begreifen noch seine unbestimmbare Intensität zu regeln vermochte. Dennoch trafen wir einander, und schließlich verbanden wir unser Schicksal am Altar; nie sprach ich ein leidenschaftliches Wort und dachte auch nie an Liebe. Sie mied jedoch die Geselligkeit und widmete sich nur mir allein und machte mich glücklich. Ist es doch ein Glück, wenn man über etwas staunen kann, ist es doch ein Glück zu träumen.

Morellas Gelehrsamkeit war von unglaublicher Tiefe. Ihre Talente waren, so wahr ich lebe, ganz außergewöhnlich — ihre geistigen Fähigkeiten gigantisch. Ich fühlte dies und wurde in vielen Dingen ihr Schüler. Bald aber fand ich — vielleicht war dies auf ihre Preßburger Erziehung zurückzuführen — daß sie mir eine große Anzahl jener mystischen Schriften, welche gewöhnlich als die Schlacke der frühen deutschen Literatur angesehen wird, zu lesen gab. Diese bildeten, — ich kann mir nicht vorstellen, weshalb — ihr beständiges Lieblingsstudium, und daß sie es im Laufe der Zeit auch das meine wurden, muß dem so einfachen wie wirksamen Einfluß der Gewohnheit und ihres Beispiels zugeschrieben werden.

Mit all dem hatte, wenn ich nicht irre, mein Verstand wenig zu schaffen. Meine Überzeugungen ließen sich, wenn ich mich nicht selbst vergaß, keineswegs von ideellen Vorstellungen beeinflussen, noch war irgendeine Spur des Mystizismus, den ich las, wenn ich mich nicht sehr irre, in meinem Denken oder in meinen Handlungen zu bemerken. Davon überzeugt, überließ ich mich vollständig der Führung meiner Frau und folgte ihr unerschrockenen Herzens in ihre verworrenen Studien. Und dann, wenn ich über verbotenen Schriften brütete, und ich verbotene Empfindungen in mir aufsteigen fühlte, dann pflegte Morella ihre kalte Hand auf die meine zu legen und aus der Asche ihrer toten Philosophie einige dumpfe, seltsame Worte hervorzuschüren, deren dunkle Bedeutung sich in mein Gedächtnis einbrannte. Und dann pflegte ich Stunde um Stunde an ihrer Seite zu weilen und der Musik ihrer Stimme zu lauschen, bis schließlich deren Melodie von etwas grauenvollem vergiftet wurde — da fiel ein Schatten auf meine Seele, ich wurde bleich und erschauerte innerlich bei jenen so unirdischen Tönen. Und solcherart verwandelte sich Freude plötzlich in Schrekken, und aus dem schönsten wurde das entsetzlichste, so wie aus Hinnon Gehenna wurde.

Es ist unnötig, auf den genauen Charakter jener Gespräche einzugehen, die, zurückgehend auf die eben erwähnten Schriften, für so lange Zeit nahezu das einzige Gesprächsthema zwischen Morella und mir bildeten. Jene, die auf dem Gebiet, welches man als theologische Ethik bezeichnen könnte, belesen sind, werden mich leicht verstehen, und jene, bei denen dies nicht zutrifft, würden auf jeden Fall nur wenig davon begreifen. Der abenteuerliche Pantheismus eines Fichte, die modifizierte Paliggenedia der Pythagoräer, und vor allem aber die Identitätslehre, wie sie von Schelling vertreten wird, waren im großen und ganzen die Gesprächsthemen, die der phantasiereichen Morella als das allerschönste erschienen. Jene Identität, die als die persönliche bezeichnet wird, und von der Mr. Locke, wie ich glaube, ganz richtig sagt, daß sie im gesunden Verstand eines vernünftigen Wesens bestehe. Und da wir unter einer Person ein vernunftbegabtes Wesen verstehen, und da es ein Bewußtsein gibt, welches alle unsere Gedanken begleitet, so ist es dieses, das uns alle zu dem macht, was wir sind, uns unsere persönliche Identität verleiht und uns von allen anderen Wesen unterscheidet, die ebenfalls denken. Das principium individuationis, der Begriff jener Identität, die im Tode für immer oder nicht für immer verlorengeht, war für mich allzeit eine Frage, die mich lebhaft interessierte; und das kaum mehr wegen der unerhört seltsamen Konsequenzen, die sich daraus ergeben, als wegen der unruhigen und eindringlichen Art, in der Morella darüber sprach.

Aber es kam schließlich eine Zeit, da mich das Geheimnis im Wesen meiner Frau wie ein Zauber bedrückte. Nicht länger konnte ich die Berührung ihrer bleichen Finger ertragen, noch den dumpfen Klang ihrer melodischen Stimme, noch den Glanz ihrer melancholischen Augen. Sie wußte dies alles, doch sie machte mir keinen Vorwurf; sie schien von meiner Schwäche oder Torheit zu wissen und nannte sie lächelnd ein Schicksal. Sie schien auch den mir unbekannten Grund für die Entfremdung zwischen uns zu kennen, doch gab sie mir nicht die leiseste Andeutung davon. Dennoch aber war sie ein Weib und grämte sich Tag für Tag darüber. Mit der Zeit wich ein gewisser rötlicher Fleck nicht mehr von ihrer Wange, und die blauen Adern auf der blassen Stirn traten immer deutlicher hervor. Wenn ich für einen Augenblick von Mitleid ergriffen wurde, so traf mich im nächsten der Blick ihrer wissenden Augen, und dann wurde meine Seele schwach und ich wurde schwindlig, wie einen schwindelt, der in einen unergründlichen Abgrund blickt.

Soll ich denn gestehen, daß ich mit tiefstem, verzehrendem Verlangen den Zeitpunkt von Morellas Ende herbeisehnte? Ja, es war so; doch der schwache Geist hielt sich in seiner Lehmhütte viele Tage, Wochen und quälende Monate, bis meine gepeinigten Nerven den Sieg über die Vernunft davontrugen und ich über den Aufschub wütend wurde und mit dem Herzen eines Teufels die Tage und die Stunden und die bitteren Minuten verfluchte, die sich gleich den Schatten des sterbenden Tages zu verlängern schienen, je mehr ihr sanftes Leben zur Neige ging.

Eines Herbstabends, an dem die Winde noch ruhten, rief mich Morella an ihr Bett. Über die Erde breitete sich ein trüber Nebel und über den Wassern zeigte sich ein warmer Glanz, und sicherlich spannte sich über dem reichen Oktoberlaub des Waldes ein Regenbogen am Firmament.

„Es ist ein Tag der Tage", sprach sie, als ich mich ihr näherte, „ein Tag aller Tage zum Leben und zum Sterben. Es ist ein wundervoller Tag für die Söhne der Erde und des Lebens — und ein noch schönerer für die Töchter des Himmels und des Todes."

Ich küßte sie auf die Stirn, und sie fuhr fort:

„Ich sterbe, und ich werde weiterleben."

„Morella!"

„Nie wollten die Tage kommen, da du mich wahrlich liebtest — aber die du im Leben verabscheut hast, wirst du im Tode anbeten."

„Morella!"

„Ja es ist so, ich werde sterben. Aber in mir ist ein Pfand jenes Gefühls — o wie gering war es doch — das du für mich, Morella, hegtest. Und wenn die Seele von mir weicht, wird das Kind leben — dein und mein, Morellas Kind. Doch deine Tage werden Tage des Kummers sein — jenes Kummers, der das beharrlichste der Gefühle ist, so wie die Zypresse immer grünt. Denn die Stunden deines Glücks sind vorbei, und Freude pflückt man nicht zweimal im Leben, so wie die Rosen von Pästum, die zweimal im Jahre blühen. Du sollst nicht länger mit der Zeit den Mann von Teos spielen, sondern, Myrthe und Wein vergessend, sollst du schon auf Erden dein Leichentuch mit dir umhertragen, wie die Moslems von Mekka."

„Morella!" rief ich aus, „Morella, wie könntest du das wissen?" Doch sie vergrub ihr Gesicht im Polster, ein leichtes Zittern kam über ihre Glieder und so starb sie, und nicht länger mehr vernahm ich ihre Stimme.

Doch, wie sie es vorhergesagt hatte, es lebte ihr Kind, ein Mädchen, dem sie sterbend das Leben gegeben hatte, und das nicht früher zu atmen begann, ehe die Mutter den letzten Atemzug getan. Und seltsam wuchs sie heran, körperlich als auch geistig, und wurde das vollkommene Ebenbild derer, die dahingeschieden war, und ich liebte sie mit einer Inbrunst, wie ich es nie für möglich gehalten hätte, sie für ein irdisches Wesen empfinden zu können.

Aber schon bald verfinsterte sich der Himmel dieser reinen Empfindung, und Schwermut, Schauder und Kummer bewölkten und verdunkelten ihn. Ich sagte schon, daß das Kind auf ungewöhnliche Weise an Körper und Geist heranwuchs. Seltsam in der Tat war ihre schnelle Entwicklung, doch fürchterlich, oh, wie fürchterlich waren die verworrenen Gedanken, die sich mir aufdrängten, indes ich ihre geistige Entwicklung beobachtete. Hätte es denn anders sein können, wenn ich doch in den Gedanken des Kindes täglich die geistige Reife eines erwachsenen Weibes erkennen konnte, wenn Lehren der Erfahrung den Lippen des Kindes entfielen, und wenn ich die Klugheit und die reifen Gefühle stündlich in ihren großen, forschenden Augen glühen sah? Als dies alles, sage ich, meine Sinne mit Bestürzung gewahrten, als ich es meiner Seele nicht länger verbergen, noch jene Wahrnehmungen zurückweisen konnte, die ich schaudernd zur Kenntnis nahm, ist es dann zu verwundern, daß fürchterliche, wahnsinnige Vermutungen von meinem Geist Besitz ergriffen, und daß meine Gedanken bestürzt zu den wilden Erzählungen und aufwühlenden Theorien der toten Morella zurückwanderten? Ich entriß der Neugier der Welt ein Wesen, das anzubeten mich das Schicksal zwang, und in der völligen Abgeschiedenheit meines Hauses wachte ich mit ängstlicher Sorge über alles, was das geliebte Wesen betraf.

Und während die Jahre dahingingen und ich Tag für Tag ihr heiliges, sanftes, beredtes Gesicht betrachtete und ihre heranwachsende Gestalt prüfte, entdeckte ich an dem Kind Tag für Tag neue Ähnlichkeiten mit ihrer Mutter, ihrer melancholischen Mutter, die nun nicht mehr unter den Lebenden weilte. Und von Stunde zu Stunde wurden diese Schatten der Ähnlichkeit dunkler, dichter und deutlicher, bestürzender und fürchterlicher. Daß ihr Lächeln das Lächeln ihrer Mutter war, konnte ich ertragen; ich schauderte jedoch angesichts dieser allzugroßen Übereinstimmung. Daß ihre Augen die Augen Morellas waren, konnte ich ertragen, aber dann blickten sie ebenfalls oft mit Morellas intensivem und verwirrendem Ernst in die Tiefen meiner Seele, und im Umriß ihrer hohen Stirne, in den Locken ihres seidigen Haares, in den bleichen Fingern, die sie darin zu vergraben pflegte, in dem traurigen, melancholischen Ton ihrer Stimme, und vor allem — o vor allem in den Redewendungen und Ausdrücken der Toten, die von den Lippen der Geliebten und Lebenden fielen, fand ich Grund genug für verzehrende Gedanken und Schrecken, für eine Qual, die nicht vergehen wollte.

So verstrichen zwei Lustren ihres Lebens, und noch immer war meine Tochter ohne Namen. „Mein Kind", und „mein Liebling", das waren die Namen, die meine Vaterliebe für sie bereithielt, und die strenge Abgeschlossenheit von der übrigen Welt hinderte sie an jedem sonstigen Verkehr. Morellas Name starb mit ihr. Über die Mutter hatte ich niemals zur Tochter gesprochen; es war mir dies einfach unmöglich. In der Tat hatte sie während der kurzen Zeit ihres Lebens keine Eindrücke von der Außenwelt empfangen als solche, die sich ihr in den engen Grenzen ihrer Abgeschiedenheit darboten. Schließlich aber erschien mir die Feier der Taufe in meiner zerrütteten und entkräfteten Verfassung als eine willkommene Befreiung von den Schrecknissen meines Geschicks. Am Taufbecken dann suchte ich nach einem Namen, und viele Namen weiser und schöner Geschöpfe aus alter und aus neuer Zeit, aus der Heimat und aus fremden Ländern drängten sich mir auf die Lippen, und viele, viele Namen gütiger, glücklicher und guter Menschen. Was drängte mich also das Andenken der Toten im Grabe zu stören? Welcher Dämon veranlaßte mich, jenen Laut zu hauchen, der beim bloßen Gedanken daran mir mein purpurnes Blut in Strömen von den Schläfen zum Herzen trieb? Welcher Teufel sprach aus der Tiefe meiner Seele, als ich zwischen diesen düsteren Kirchengewölben in der Stille der Nacht, dem heiligen Mann die Laute „Morella“ ins Ohr flüsterte? Welcher Dämon, schlimmer als der Teufel selbst, verzerrte die Züge meines Kindes und breitete die Farben des Todes darüber, als sie, die bei diesem kaum hörbaren Laut zusammenzuckte, ihre glasigen Augen von der Erde zum Himmel erhob, und, indem sie ausgestreckt auf die schwarzen Marmorplatten unserer Familiengruft hinfiel, antwortete: „Hier bin ich!“

Deutlich, kalt und eindringlich schlugen diese wenigen Laute an mein Ohr und wälzten sich zischend, geschmolzenem Blei gleich, in mein Gehirn hinein. Jahre, viele Jahre können vergehen, doch die Erinnerung an jene Zeit niemals. Wohl sah ich nicht an Blumen und Weinreben vorüber — doch Schierling und Zypressen beschatteten mich Tag und Nacht. Und ich achtete nicht mehr auf Zeit und Ort, und die Sterne meines Schicksals schwanden vom Himmel, und so wurde die Erde dunkel, und es schwebten ihre Gestalten, schattengleich, an mir vorüber, und unter ihnen sah ich einzig — Morella. Es hauchten die Winde des Himmels nur einen Laut in meine Ohren, und die Wellen des Meeres murmelten den Namen Morella. Aber sie starb, und mit meinen eigenen Händen trug ich sie in ihr Grab. Und ich lachte lang und bitter, als ich in der Gruft, wo ich die zweite Morella niederlegte, keine Spur der ersten mehr fand.

DIE SCHWARZE KATZE

Daß man dieser phantastischen und doch so natürlichen Geschichte, die ich nun niederschreibe, Glauben schenken wird, erwarte ich nicht und verlange ich auch nicht. Wahnsinnig wäre ich, würde ich dies von anderen erwarten, da ich selbst das Zeugnis meiner eigenen Sinne verwerfen möchte. Doch, ich bin nicht wahnsinnig — und ganz sicher träume ich auch nicht. Aber morgen muß ich sterben, und heute möchte ich mir noch meine Seele erleichtern. Vor allem liegt mir daran, der Welt sachlich, kurz und kommentarlos eine Reihe häuslicher Ereignisse vor Augen zu führen, deren Wirkungen mich entsetzt, gemartert und vernichtet haben. Ich will jedoch nicht den Versuch machen, sie zu erklären. Mir brachten sie fürchterlichste Qualen — vielen werden sie weniger schrecklich scheinen als vielmehr grotesk. Vielleicht findet sich später einmal ein Geist, der meine Phantasien auf ganz natürliche Begebenheiten zurückführen kann — irgend ein Geist, der schärfer, logischer und weniger leicht erregbar als der meine ist, der die Umstände, die ich schaudernd berichte, als nichts anderes als eine gewöhnliche Folge ganz natürlicher Ursachen und Wirkungen erkennt.

Seit meiner Kindheit war ich wegen meines weichherzigen und leutseligen Charakters bekannt. Meine hingebende Herzlichkeit war so offensichtlich, daß sie mich zum Ziel für den Spott meiner Kameraden machte. Tieren war ich besonders zugetan, und also bedachten mich meine Eltern mit einer großen Anzahl der verschiedensten Lieblinge. Mit ihnen verbrachte ich den größten Teil meiner Zeit, und ich kannte kein innigeres Glück als sie zu füttern und zu liebkosen. Diese Charaktereigenschaft wuchs mit mir heran, und in meinem Mannesalter bildete sie für mich die Hauptquelle meiner Freuden. Jenen, welche je ein zärtliches Gefühl für einen treuen und klugen Hund gehegt haben, brauche ich kaum die Art und die Inbrunst der Dankbarkeit zu schildern, die uns das Tier dafür entgegenbringt. Es liegt etwas in der selbstlosen und aufopferungsbereiten Liebe eines Tieres, das jedem zu Herzen geht, der häufig Gelegenheit hat, die armselige Freundschaft und geschwätzige Treue des Menschen zu erproben.

Ich heiratete früh und war glücklich, in meiner Frau eine mir verwandte Seele zu finden. Als sie meine Vorliebe für Haustiere erkannt hatte, versäumte sie keine Gelegenheit, solche Mitbewohner angenehmster Art anzuschaffen. Wir hielten Vögel, Goldfische, einen schönen Hund, Kaninchen, einen kleinen Affen und einen Kater.

Der letztere war ein bemerkenswert großes und schönes Tier, vollkommen schwarz und erstaunlich klug. Wenn wir auf seine Intelligenz zu sprechen kamen, erwähnte meine Frau, die nicht im geringsten abergläubisch war, öfters den alten Volksglauben, demzufolge alle schwarzen Katzen Hexen wären, die diese Gestalt anzunehmen liebten. Nicht, daß sie diese Bemerkungen jemals ernst meinte — ich erwähne es nur deshalb, weil es mir gerade einfällt.

Pluto — so hieß er nämlich — war mein bevorzugter Liebling und Spielkamerad. Ich allein fütterte ihn, und er begleitete mich stets, wenn ich im Hause umherging. Nur mit Mühe konnte ich ihn daran hindern, mir auch auf die Straße zu folgen.

Unsere Freundschaft dauerte solcherart einige Jahre an, während welcher Zeit mein gesamter Charakter durch die Wirkung meiner teuflischen Trunksucht (die Schamröte steigt mir bei diesem Geständnis ins Gesicht) eine völlige Änderung zum schlechten erfuhr. Ich wurde von Tag zu Tag mürrischer, reizbarer und rücksichtsloser gegenüber den Gefühlen anderer. Ich nahm mir gegen meine Frau eine unverschämte Sprache heraus und wurde ihr gegenüber schließlich sogar tätlich. Meine Tiere mußten selbstverständlich auch an die Veränderung meines Charakters glauben. Ich vernachlässigte sie nicht nur, sondern ich mißhandelte sie sogar. Pluto gegenüber bewahrte ich mir jedoch immer noch soviel Rücksichtnahme, daß ich mich zurückhielt, ihn zu mißhandeln, während mich keine Skrupel davon abhielten, die Kaninchen, den Affen oder sogar den Hund zu quälen, wann immer — sei es aus Zufall oder aus alter Anhänglichkeit — sie mir in den Weg liefen. Aber mein Leiden wurde schließlich stärker als ich — denn welches Leiden ist mit dem Alkoholismus zu vergleichen — und so bekam schließlich auch Pluto, der nun alt und naturgemäß etwas eigensinnig zu werden begann, schließlich die Auswirkungen meiner schlechten Laune zu spüren.

Eines Nachts, als ich schwerbetrunken von einer meiner Spelunken in der Stadt nach Hause zurückkehrte, kam es mir vor, daß der Kater meine Gegenwart mied. Ich packte ihn mit Gewalt, worauf er mir, erschreckt über meine Heftigkeit, mit seinen Zähnen eine leichte Wunde an der Hand zufügte. Rasende Wut ergriff mich. Ich kannte mich nicht mehr. Meine frühere Seele schien plötzlich aus meinem Körper zu entfliehen, eine mehr als teuflische Bosheit, die auf die Einwirkung des Alkohols zurückzuführen war, spannte jeden Nerv in mir. Ich nahm aus meiner Westentasche ein Federmesser, klappte es auf, riß das arme Tier am Halse empor und schälte bedächtig eines seiner Augen aus seiner Höhle. Ich erröte, ich brenne vor Scham, und Schauer des Entsetzens überlaufen mich, da ich diese verdammenswerte Abscheulichkeit niederschreibe.

Am nächsten Morgen, nachdem ich die Folgen der nächtlichen Sauferei ausgeschlafen und meine Vernunft wiedererlangt hatte, empfand ich ein Gefühl, welches halb Grauen halb Reue war über die Schandtat, deren ich mich schuldig gemacht hatte, aber es war doch nur ein schwaches, oberflächliches Gefühl, das meine Seele nicht berührte. Ich stürzte mich von neuem in wüste Ausschweifungen, und bald hatte der Wein alle Erinnerung an die Tat ersäuft.

In der Zwischenzeit hatte sich der Kater langsam wieder erholt. Die leere Augenhöhle bot wahrlich einen entsetzlichen Anblick, doch Schmerz schien er nicht mehr zu fühlen. Er lief wie üblich im Haus umher, floh jedoch, wie nicht anders zu erwarten, entsetzt davon, sobald ich in seine Nähe kam. Es war mir jedoch immer noch so viel von meinem früheren Gefühl geblieben, daß ich anfangs betrübt war über diese offensichtliche Abneigung eines Wesens, das mich einstens so geliebt hatte. Doch dieses Gefühl machte bald einer tiefen Erbitterung Platz. Und dann kam, wie zu meiner endgültigen und unabwendbaren Vernichtung, der Geist des Eigensinns hinzu. Diesem Geist trägt die Philosophie keine Rechnung. Dennoch bin ich nicht mehr von der Existenz meiner Seele überzeugt, als ich weiß, daß der Eigensinn eine der ursprünglichsten Regungen der menschlichen Seele ist — eine der elementaren Eigenschaften oder Gefühle, welche den Charakter des Menschen formen: Wer hat sich denn nicht schon hundertmal in der Lage befunden, eine verwerfliche und einfältige Tat einzig und allein aus dem Grund zu begehen, weil er wußte, daß er sie nicht tun sollte? Haben wir denn nicht in unserem Empfinden eine ständige Neigung, das Gesetz zu verletzen, nur weil wir wissen, daß es eben Gesetz ist? Dieser Geist des Widerspruchs, sage ich, war es, der mich endgültig umwarf. Es war das unfaßbare Bedürfnis der Seele, sich selbst zu quälen, ihre eigene Natur zu vergewaltigen, Böses nur um des Bösen willen zu tun, das mich drängte, das Unrecht, das ich dem unschuldigen Tiere angetan hatte, zu vergrößern so weit es nur ging. Eines Morgens knüpfte ich ihm kalten Blutes eine Schlinge um den Hals und erhängte es am Ast eines Baumes — erhängte es unter strömenden Tränen und bittersten Gewissensqualen im Herzen — erhängte es, weil ich wußte, daß es mich geliebt hatte, und weil ich fühlte, daß es mir keinen Grund zu dieser Tat gegeben hatte — ich erhängte es, weil ich wußte, daß ich damit eine Sünde beging — eine Todsünde, die meine unsterbliche Seele derart beflecken mußte, daß — wenn es das gäbe, daß die grenzenlose Gnade des allerbarmherzigsten und furchtbaren Gottes sich nur einer einzigen Seele nicht erbarmen könnte — mich dieses Schicksal treffen würde.

In der Nacht, die dem Tag, an dem diese grausame Tat geschah, folgte, wurde ich durch Feueralarm vom Schlaf aufgeschreckt. Die Bettvorhänge standen in Flammen. Das ganze Haus brannte. Unter größten Schwierigkeiten konnten meine Frau, ein Diener und ich selbst den Flammen entrinnen. Das Haus brannte vollkommen aus. Meine gesamte Habe wurde ein Raub der Flammen, und ich überließ mich von da an völlig der Verzweiflung.

Ich habe nicht die Schwäche, zwischen meinem Unglück und der Greueltat den Zusammenhang von Ursache und Wirkung zu suchen. Aber ich berichte eine Kette von Tatsachen, und ich möchte auch nicht das kleinste Glied davon unerwähnt lassen. Am folgenden Tage besichtigte ich die Ruine. Mit einer Ausnahme waren sämtliche Mauern eingestürzt. Es handelte sich dabei um eine Trennungswand, nicht sehr stark, ungefähr in der Mitte des Hauses, an der das Kopfende meines Bettes gestanden war. Das Mauerwerk hatte hier in großem Maße der Einwirkung des Feuers widerstanden, eine Tatsache, die ich dem Umstand zuschrieb, daß es erst vor kurzem verputzt worden war. Um diese Mauer war eine dichtgedrängte Menschenmenge versammelt, und einige Personen schienen eine bestimmte Stelle daran sehr sorgfältig und scharf zu betrachten. Worte wie „seltsam!", „außergewöhnlich" und dergleichen riefen meine Neugier wach. Ich näherte mich und sah, ähnlich einem Relief, auf der weißen Fläche die Gestalt einer riesenhaften Katze. Der Eindruck war erstaunlich naturgetreu. Um den Hals des Tieres lag ein Strick.

Als ich zuerst diesen Spuk gewahr wurde — für etwas anderes konnte ich es natürlich nicht halten — kannte mein Staunen und mein Entsetzen keine Grenzen. Doch schließlich kam mir die Überlegung zu Hilfe. Der Kater, erinnerte ich mich, hing in einem an das Haus angrenzenden Garten. Beim Feueralarm hatte sich dieser Garten sofort mit einer Menschenmenge angefüllt, von der irgendjemand die Katze vom Baume abgeschnitten und durch ein offenes Fenster in mein Zimmer geworfen haben mußte, höchstwahrscheinlich in der Absicht, mich zu wecken. Als die anderen Mauern einstürzten, drückten sie das Opfer meiner Grausamkeit in den frischen Verputz, und der Kalk, in Verbindung mit der Hitze und dem Ammoniak des Kadavers hatte das Porträt so wunderbar geprägt, wie ich es jetzt vor mir sah.

Wenngleich ich solcherart meine Vernunft zufriedenstellte, ließ sich mein Gewissen nicht so leicht beschwichtigen, denn das eben erwähnte Ereignis lastete schwer auf meinem Herzen. Monatelang konnte ich das Schreckgespenst des Katers nicht loswerden, und während dieser Zeit kehrte wieder ein Gefühl in meine Seele ein, welches man beinahe als Reue bezeichnen konnte, was es jedoch nicht war. Ich ging sogar so weit, den Verlust des Tieres zu bedauern und mich nach einer neuen Katze von derselben Rasse umzusehen, die der früheren möglichst ähnlich sein und deren Platz einnehmen sollte.

Eines Nachts, als ich halb betäubt vom Alkohol in einer mehr als ordinären Kneipe saß, wurde meine Aufmerksamkeit plötzlich von einem schwarzen Ding in Anspruch genommen, welches auf einem riesigen Gin- oder Rumfaß, dem wichtigsten Möbel in derlei Räumlichkeiten, lag. Ich hatte schon längere Zeit auf das Faß geblickt, und daher setzte es mich in besonderes Erstaunen, daß ich den Gegenstand da oben nicht schon früher erblickt hatte. Ich trat näher und berührte ihn mit der Hand. Es war ein schwarzer Kater — ein sehr großes Tier — genau so groß wie Pluto und in jeder Beziehung sein vollständiges Ebenbild, mit einer einzigen Ausnahme. Pluto besaß kein einziges weißes Haar, an keiner einzigen Stelle seines Körpers, aber dieser Kater besaß einen großen, jedoch unbestimmbaren weißen Fleck, der nahezu die gesamte Brust bedeckte.

Bei meiner Berührung erhob er sich sofort, schnurrte laut und rieb sich an meiner Hand, kurz er schien sehr erfreut über die Aufmerksamkeit, die ich ihm schenkte. Dieses war also genau das Geschöpf, das ich suchte. Sogleich machte ich dem Wirt den Vorschlag, es ihm abzukaufen, aber dieser erhob keinen Anspruch auf das

Tier; er kenne es überhaupt nicht und habe es nie vorher gesehen.

Ich fuhr fort, das Tier zu liebkosen, und als ich mich anschickte heimwärts zu gehen, machte das Tier Anstalten, mich zu begleiten. Ich gestattete es ihm. Unterwegs bückte ich mich bisweilen, um es zu streicheln. Zuhause wurde es sogleich heimisch und war augenblicklich ein erklärter Liebling meiner Frau.

Ich für meinen Teil fühlte bald eine Abneigung gegen das Tier in mir aufsteigen. Das war genau das Gegenteil von dem, was ich erwartet hatte, aber — ich weiß nicht wie und weshalb das kam — seine augenscheinliche Anhänglichkeit an mich wurde mir lästig und zuwider. Langsam wuchs dieses Gefühl des Ekels und der Abneigung zu bitterem Haß. Ich mied den Anblick des Tieres, und nur ein gewisses Schamgefühl und die Erinnerung an meine frühere Grausamkeit hielten mich davon zurück, es zu mißhandeln.

Einige Wochen lang schlug ich es weder, noch tat ich ihm sonst etwas an. Aber langsam, äußerst langsam, gelangte ich dahin, es nur mit Abscheu anblicken zu können, und zuletzt floh ich bei seinem verhaßten Anblick davon wie vor dem Gifthauch der Pest.

Was meinen Haß gegen das Biest zweifelsohne angefacht hatte, war die Entdeckung gewesen, die ich am Morgen, nachdem ich es nach Hause gebracht hatte, machte, nämlich, daß es wie Pluto, eines seiner Augen beraubt worden war. Dieser Umstand jedoch ließ es meiner Frau, die in großem Maße jene Herzensgüte besaß, die mich einst auszeichnete und für mich der Quell vieler einfacher reiner Freuden war, nur noch liebenswerter erscheinen.

Mit meiner Abneigung gegen die Katze schien deren Vorliebe für mich jedoch nur zu wachsen. Sie folgte meinen Schritten mit einer Beharrlichkeit, von der sich der Leser keine Vorstellung machen kann. Wenn ich mich niedersetzte, kroch sie unter meinen Stuhl oder sprang mir auf die Knie und bedachte mich mit ihren mir widerlichen Liebkosungen. Wenn ich aufstand um fortzugehen, sprang sie mir zwischen die Beine und brachte mich solcherart beinahe zu Fall, hielt sich mit ihren scharfen Krallen an meiner Kleidung fest oder kletterte mir zur Brust hinauf. Obgleich ich in solchen Augenblicken das Verlangen spürte, sie mit einem Faustschlag umzubringen, wurde ich davon zum Teil durch die Erinnerung an mein vorhergehendes Verbrechen abgehalten, hauptsächlich jedoch — ich will es gleich gestehen, — von der furchtbaren Angst, die ich vor der Bestie empfand.

Diese Angst war nicht gerade die Angst vor einem körperlichen Schmerz, den sie mir zufügen konnte — und doch kann ich es nicht anders bezeichnen. Ich schäme mich in höchstem Grade, wenn ich es gestehe — ja sogar in dieser Verbrecherzelle schäme ich mich derart — daß der Schrecken und das Entsetzen, das mir das Tier eingeflößt hatte, durch das lächerlichste Hirngespinst, das man sich vorstellen kann, in ungeahntem Maße gesteigert wurde. Meine Frau hatte mehr als einmal meine Aufmerksamkeit auf die eigenartige Form des schon vorhin erwähnten weißen Fleckes gelenkt, der den einzigen Unterschied zwischen dem neuen Tier und dem ermordeten darstellte. Der Leser wird sich erinnern, daß dieser Fleck ursprünglich zwar groß, doch undeutlich hervortrat, aber nach und nach hatte er in kaum merklichem Wachstum, so daß sich meine Vernunft lange Zeit verzweifelt bemühte, es als Phantasie abzutun, eine deutlich erkennbare Form angenommen. Er zeigte nun das Abbild eines Dinges, welches ich nur mit Schaudern nennen kann — und um dessentwillen ich vor allem das Scheusal haßte, fürchtete und mich von ihm befreit hätte, wenn ich es nur gewagt hätte — es war das Bild eines schrecklichen, unheimlichen Dinges — eines Galgens — o trauriges, fürchterliches Werkzeug des Schreckens und des martervollen Todes.

Und nun war ich in der Tat elend, elend über alles menschliche Elend hinaus. Und ein vernunftloses Tier, eines, dessen Artgenossen ich verächtlich umgebracht hatte, ein vernunftloses Tier war imstande, mir, mir, einem Ebenbild Gottes, so unsägliches Elend zuzufügen, daß ich, o Gott, weder bei Tag noch bei Nacht den Segen der Ruhe mehr kannte! Während des Tages ließ mich die Kreatur keinen Augenblick allein, und zur Nacht schreckte ich stündlich aus unbeschreiblich fürchterlichen Angstträumen empor, um den heißen Atem der Bestie in meinem Gesicht zu fühlen und ihr schweres Gewicht zu spüren — die Verkörperung eines Alptraumes, den abzuschütteln ich nicht die Macht hatte — der ewig auf meinem Herzen liegen würde.

Unter dem Druck solcher Qualen wie dieser mußte der schwache Rest des Guten in mir unterliegen. Satanische Gedanken wurden die Vertrauten meiner Seele — finsterste, teuflischeste Gedanken. Meine vorige gereizte Stimmung steigerte sich zum Haß gegen alles und jedes, indes, o Gott, mein still duldendes Weib gewöhnlich das unglückliche Opfer der plötzlichen, häufigen und ungezügelten Ausbrüche einer Raserei wurde, der ich nun freien Lauf ließ.

Eines Tages begleitete sie mich, eines häuslichen Anlasses wegen, in den Keller des alten Hauses, den wir nun in unserer Armut zu bewohnen gezwungen waren. Der Kater folgte mir die Stufen der steilen Treppe hinab und ich wäre beinahe über ihn gestolpert, was mich in wahnsinnige Wut versetzte. Ich hob eine Axt auf, und in meiner Raserei die kindische Furcht vergessend, welche bisher meine Hand zurückgehalten hatte, führte ich einen Schlag nach dem Tier, der ihm augenblicklich den Tod gebracht hätte, hätte er das gewünschte Ziel erreicht. Aber er wurde von der Hand meiner Frau aufgehalten. Dieses Dazwischentreten entfesselte eine geradezu höllische Wut in mir, ich entwand meinen Arm ihrem Griff und grub die Axt in ihre Stirne ein. Ohne einen Laut fiel sie tot zu Boden.

Nachdem dieser furchtbare Mord vollbracht war, machte ich mich sogleich mit größter Umsicht daran, den Leichnam zu verbergen. Ich wußte, daß ich ihn weder bei Tag noch zur Nachtzeit aus dem Hause bringen konnte, ohne die Gefahr auf mich zu nehmen, von den Nachbarn gesehen zu werden. Zahlreiche Pläne beschäftigten mein

Gehirn. Einmal dachte ich daran, den Leichnam in kleine Stücke zu zerschneiden und diese zu verbrennen. Dann wieder beschloß ich, ihn im Boden des Kellers zu vergraben. Und schließlich überlegte ich mir, ob ich ihn nicht in den Brunnen im Hofe werfen, oder ihn in eine Kiste packen, in der Art einer Ware mit unauffälligen Beschriftungen versehen, und diese durch einen Träger fortschaffen lassen sollte. Schließlich fiel mir etwas ein, was mir weit besser schien als alles andere. Ich beschloß, die Leiche im Keller einzumauern — so wie es von den Mönchen des Mittelalters berichtet wird, daß sie ihre Opfer bisweilen eingemauert haben.

Der Keller war für dieses Vorhaben gut geeignet. Seine Wände waren sehr leicht gebaut und erst vor kurzem mit einem rauhen Verputz versehen worden, der wegen der feuchten Atmosphäre noch nicht hart geworden war. Darüberhinaus gab es an einer der Mauern einen Vorsprung, der von einem blinden Kamin gebildet wurde, der zugemauert und der Kellerwand gleich gemacht worden war. Ich zweifelte nicht daran, daß es mir gelingen würde, die Ziegel an dieser Stelle zu entfernen, den Leichnam hineinzustellen und das Loch wieder wie früher zuzumauern, so daß kein Auge irgendetwas verdächtiges erblicken könnte.

In dieser Berechnung täuschte ich mich auch nicht. Mit Hilfe eines Brecheisens entfernte ich mühelos die Ziegel, und nachdem ich den Leichnam an die innere Wand gelehnt hatte, machte ich ihn dort fest, worauf ich das Mauerwerk genau so wie früher wieder aufrichtete. Nachdem ich mir unter den allergrößten Vorsichtsmaßregeln Mörtel, Sand und Kalk verschafft hatte, stellte ich einen Verputz her, der vom früheren nicht zu unterscheiden war, und bestrich damit sehr sorgfältig das neue Mauerwerk. Als ich diese Arbeit beendet hatte, war ich mit dem Ergebnis sehr zufrieden. Die Wand zeigte nicht die geringste Spur einer Veränderung. Den Schutt hatte ich mit der allergrößten Sorgfalt vom Boden entfernt. Ich blickte triumphierend um mich und sagte zu mir: „Hier wenigstens war deine Mühe nicht vergebens."

Das nächste, was ich tat, war, daß ich mich nach der Bestie umsah, die die Ursache dieses ungeheuerlichen Verbrechens war, denn ich hatte mich endlich fest entschlossen, sie zu töten. Hätte ich sie in diesem Augenblick erwischen können, so hätte es über ihr Schicksal keinen Zweifel gegeben, aber es schien, daß das schlaue Tier durch die Heftigkeit meines früheren Zornes gewarnt worden war und es vermied, sich mir in meiner gegenwärtigen Stimmung zu zeigen. Das tiefe, wonnevolle Gefühl der Erleichterung, das die Abwesenheit der verwünschten Kreatur in meinem Inneren hervorrief, kann man unmöglich beschreiben oder sich auch nur vorstellen. Ich sah sie auch während der Nacht nicht — und so schlief ich endlich die erste Nacht, seit sie ins Haus gekommen war, tief und ruhig, ja, ich schlief sogar mit der Last des Mordes auf meiner Seele.

Der zweite und der dritte Tag verging, und noch immer kehrte mein Quälgeist nicht zurück. Ich atmete wieder als freier Mensch. Das Ungeheuer war entsetzt aus dem Hause geflohen. Ich würde es nicht mehr sehen. Mein Glücksgefühl kannte keine Grenzen! Die Schuld meiner schwarzen Tat störte mich nur wenig. Ein paar Nachfragen hatte es zwar gegeben, aber diese hatte ich mit Leichtigkeit beantwortet. Sogar eine Haussuchung hatte stattgefunden — aber natürlich war nichts entdeckt worden. Ich hielt mein zukünftiges Glück also für gesichert.

Am vierten Tage nach dem Mord kam ganz unerwartet eine Polizeikommission ins Haus und begann von neuem mit einer gründlichen Untersuchung des Hauses. Im Gefühl vollkommener Sicherheit bei dem Gedanken, daß das Versteck unmöglich zu entdecken sei, war ich nicht im geringsten aufgeregt. Die Polizisten forderten mich auf, sie bei ihrer Suche zu begleiten. Sie übersahen keinen Winkel. Schließlich stiegen sie zum dritten oder vierten Mal in den Keller. Ich zitterte nicht im geringsten. Mein Herz schlug so ruhig wie das eines Schläfers, der frei von Schuld ist. Ich ging von einem Ende des Kellers zum anderen, die Arme auf der Brust verschränkt, ging ich leichten Schrittes auf und ab. Die Polizisten waren völlig zufriedengestellt und schickten sich zum Gehen an. Die Freude meines Herzens war zu stark, als daß ich sie zurückhalten hätte können. Ich brannte darauf, wenigstens ein einziges Wort des Triumphes zu sagen, das zugleich die Leute von meiner Unschuld überzeugen sollte.

„Meine Herren", sagte ich schließlich, als die Gruppe wieder die Treppe hinaufstieg, „ich bin froh, Ihren Verdacht zerstreut zu haben. Ich wünsche Ihnen allen Gesundheit und etwas mehr Höflichkeit. Nebenbei bemerkt, meine Herren, dieses Haus ist ein sehr fest gebautes Haus" — (in meinem rasenden Verlangen etwas herausforderndes zu sagen, wußte ich kaum, was ich überhaupt daherredete) — „ich möchte sagen, ein ausgezeichnet gebautes Haus. Diese Wände — gehen Sie schon, meine Herrschaften? — diese Wände sind sehr solid aufgeführt", und hier schlug ich mit einem Stock, den ich in der Hand hielt, in purem wahnwitzigen Übermut genau auf die Stelle des Gemäuers, hinter dem der Leichnam meines mir einst so teuren Weibes stand.

Aber möge Gott mich schützen und aus den Krallen des Erzfeindes retten! Noch war der Klang meines Schlages nicht verhallt, als mir eine Stimme aus dem Grabe antwortete! — ein Schrei, anfangs kaum vernehmlich und stoßweise wie das Schluchzen eines Kindes, und dann schnell zu einem langen, lauten und ununterbrochenen Kreischen anwachsend, unheimlich, wie es keine menschliche Stimme zuwege bringt — ein Heulen, ein Klageschrei, Laute des Entsetzens gleichzeitig mit solchen des Triumphes vermischt, so wie sie nur aus der Hölle kommen können, Laute, die von den Kehlen der Verdammten in ihrer Pein ausgestoßen werden und die sich mit dem Hohngelächter der Teufel vereinen.

Von meinen eigenen Gedanken zu sprechen ist wohl überflüssig. Ohnmächtig wankte ich gegen die gegenüberliegende Wand. Einen Augenblick lang stand die Gruppe in äußerstem Schrecken und Entsetzen wie erstarrt auf der Treppe. Im nächsten Augenblick aber arbeitete ein Dutzend starker Arme an der Mauer. Sie fiel. Der Leichnam, der schon stark verwest und mit geronnenem Blut bedeckt war, stand aufrecht vor den Männern. Auf seinem Haupt saß mit rotem, weit aufgerissenem Rachen und dem einzigen feurigen Auge die fürchterliche Bestie, die mich zum Mörder gemacht und deren Stimme mich dem Henker überliefert hatte. Ich hatte das Scheusal in das Grab mit eingemauert.

LEBENDIG BEGRABEN

Es gibt Dinge, die das Interesse ganz in Anspruch nehmen, die aber zu entsetzlich sind, als daß sich die seriöse Dichtung ihrer annehmen könnte. Der reine Schriftsteller muß ihnen ausweichen, wenn er nicht Anstoß erregen oder mißfallen will. Sie können nur dann mit Anstand behandelt werden, wenn der Ernst und die Majestät der Wahrheit es sanktioniert und unterstützt. Wir erschauern zum Beispiel in höchst schmerzvollem Entzücken bei dem Gedanken an die Ereignisse während der Überquerung der Beresina, an das Erdbeben von Lissabon, an das Blutbad in der Bartholomäusnacht, an das Ersticken der hundertdreiundzwanzig Gefangenen im Schwarzen Loch zu Kalkutta. Aber in allen diesen Fällen ist es die Tatsache, die wahre Begebenheit, die geschichtliche Wahrheit, die uns erregt. Als Dichtungen würden wir sie mit ganz gewöhnlichem Abscheu von uns weisen.

Ich habe nur einige wenige der bekanntesten und größten grausamen Begebenheiten erwähnt, von denen die Geschichte zu erzählen weiß, aber in diesen ist es das Ausmaß nicht weniger als die Art der Grausamkeit, was auf unsere Phantasie einen so lebhaften Eindruck macht. Ich brauche den Leser nicht darauf hinzuweisen, daß ich von der langen, verhängnisvollen Liste menschlichen Leidens viele Einzelschicksale hätte herausnehmen können, welche mehr von außergewöhnlichem Leiden erfüllt waren, als irgendeiner dieser unzähligen Fälle allgemeinen Unheils. Das wahre Elend, das in der Tat höchste Leid, trifft nur einzelne und nicht eine größere Anzahl von Menschen. Daß das gespenstische höchste Maß des Schmerzes nur von einzelnen und nicht von der Masse erduldet wird, dafür wollen wir einem gnädigen Gott danken.

Das Lebendigbegrabenwerden ist ohne Frage das entsetzlichste Geschick, das einem Sterblichen je widerfahren ist. Daß dies jedoch oft, sehr oft sogar, geschieht, wird von allen Denkenden kaum angezweifelt werden. Die Grenze, welche Leben und Tod voneinander scheidet, ist dunkel und unbestimmt. Wer könnte sagen, wo das eine endet und das andere anfängt? Wir wissen, daß es Krankheiten gibt, bei denen sämtliche sichtbaren Lebensfunktionen aufhören, was aber doch nur ein zeitweiliges Aussetzen ist, und auch richtig als solches bezeichnet wird. Es sind nur zeitweilige Pausen im unbegreiflichen Mechanismus. Eine gewisse Zeit vergeht, und irgendein unsichtbares, geheimnisvolles Prinzip setzt die magischen Federn und das zauberhafte Räderwerk wieder in Bewegung. Der silberne Faden war nicht für immer verloren, der goldene Ball nicht rettungslos zerbrochen. Doch wo war die Seele in der Zwischenzeit?

Jedoch abgesehen von der unausweichlichen Folgerung, daß solche Ursachen derartige Wirkungen hervorbringen müssen, daß die wohlbekannte Tatsache, daß ein solcher Verlust des Bewußtseins öfter vorkommt und daher hin und wieder die Ursache für eine vorzeitige Beerdigung darstellen muß — ganz abgesehen also von dieser Überlegung, können wir sowohl Erfahrungen von Medizinern als auch solche aus dem täglichen Leben überprüfen, die Zeugnis davon geben, daß eine ungeheure Zahl solcher Beerdigungen tatsächlich stattgefunden hat. Ich könnte, wenn notwendig, sogleich hundert verbürgte Fälle anführen. Ein sehr bemerkenswerter Fall, dessen Umstände noch frisch im Gedächtnis vieler meiner Leser haften dürfte, ereignete sich vor nicht allzulanger Zeit in der benachbarten Stadt Baltimore, wo er in weitesten Kreisen der Bevölkerung größte Aufregung hervorrief. Die Gattin eines der bekanntesten Bürger, eines hochgestellten Juristen und Mitglieds des Kongresses, erkrankte plötzlich an einer geheimnisvollen Krankheit, die die Kunst der Ärzte vollkommen zuschanden machte. Nach schwerem Leiden verschied sie, oder man hielt sie wenigstens für gestorben. Kein einziger Mensch hatte den Verdacht oder hatte auch nur einen

Grund zu der Vermutung, daß sie nur scheintot sei. Sie bot die gewohnten Anzeichen des Todes. Das Gesicht nahm den üblichen verkniffenen und eingesunkenen Ausdruck an. Die Lippen zeigten die gewöhnliche marmorne Blässe. Die Augen waren glanzlos, der Körper vollkommen kalt und der Puls hatte aufgehört. Drei Tage lang wurde der vermeintliche Leichnam aufgebahrt und war während dieser Zeit starr und steif wie ein Stein geworden. Kurz darauf wurde sie in größter Eile, da man das schnelle Fortschreiten der Zersetzung fürchtete, begraben.

Sie wurde in ihrer Familiengruft beigesetzt, deren Ruhe in den folgenden drei Jahren nicht gestört wurde. Nach Ablauf dieser Frist wurde die Gruft geöffnet, um einen weiteren Sarkophag aufzunehmen, aber — o Gott — welch entsetzlicher Schock erwartete den Gatten, der selbst den Eingang öffnete! Als die Torflügel nach außen zurückgeschlagen wurden, fiel ein in weiße Kleider gehüllter Gegenstand rasselnd in seine Arme. Es war das Skelett seiner Frau, von Leichentüchern eingehüllt.

Eine sorgfältige Untersuchung ergab, daß sie zwei Tage nach ihrer Beisetzung zum Leben zurückgekehrt war. Durch ihre verzweifelten Anstrengungen war der Sarg von seinem Gestell auf den Boden gefallen und dabei entzweigebrochen, wodurch sie sich befreien konnte. Eine mit Öl gefüllte Lampe, die versehentlich in der Gruft zurückgelassen worden war, wurde leer gefunden, wahrscheinlich war das Öl in der Zwischenzeit verdunstet. Wo die Spuren ihrer Schritte endeten, fand man ein großes Stück von ihrem Sarg. Vermutlich hatte sie damit an die eiserne Tür geschlagen, damit man auf sie aufmerksam würde. Bei dieser Beschäftigung war sie vermutlich ohnmächtig geworden oder möglicherweise sogar unter dem Eindruck furchtbarsten Schreckens gestorben. Bei ihrem Fall verfing sich das Leichentuch an der Innenseite des Tors. Solcherart verblieb sie in aufrechter Stellung und verweste auch in dieser Lage.

Im Jahre 1810 ereignete sich in Frankreich ein Fall einer Beerdigung eines Lebenden unter Begleitumständen, die das beste Zeugnis dafür abgeben, daß in der Tat die

Wahrheit seltsamer ist als die Dichtung. Die Heldin der Geschichte war ein junges Mädchen namens Victorine Lafourcade, das von einer berühmten Familie abstammte, sehr reich war, und außerordentlich schön. Unter ihren zahlreichen Verehrern befand sich auch ein gewisser Julien Bossuet, ein armer „littérateur" oder Journalist. Wegen seiner Talente und seines liebenswerten Charakters war die reiche Erbin auf ihn aufmerksam geworden und schien ihn aufrichtig zu lieben. Aber ihrer vornehmen Abstammung wegen mußte sie sich endlich entschließen, ihn abzuweisen, um einen Monsieur Rénelles zu heiraten, einen Bankier und Diplomaten von großem Format. Nach der Heirat jedoch kümmerte sich dieser Herr nicht um sie und vielleicht, ja sogar wahrscheinlich, behandelte er sie schlecht. Nachdem sie solcherart einige freudlose Jahre mit ihm verlebt hatte, starb sie schließlich — oder zumindest war ihr Zustand derart dem einer Toten ähnlich, daß jedermann davon getäuscht wurde, der sie ansah. Sie wurde begraben — nicht in einer Gruft, sondern in einem ganz gewöhnlichen Grab in ihrem Geburtsort.

Voll Verzweiflung und noch immer bei der Erinnerung an sie von tiefer Zuneigung erfüllt, reiste der frühere Liebhaber von der Hauptstadt in die entfernte Provinz, in dem der Ort lag, in der romantischen Absicht, den Leichnam auszugraben und sich eine ihrer prächtigen Haarlocken anzueignen. Er kommt zum Grab. Um Mitternacht gräbt er den Sarg aus, öffnet ihn, und will gerade das Haar abschneiden, als er plötzlich die geliebten Augen offen sieht. Tatsächlich war die Frau lebendig ins Grab gelegt worden. Das Leben war noch nicht aus ihr geschwunden und sie wurde durch die Liebe ihres Verehrers aus ihrer Ohnmacht erweckt, die man fälschlich für den Tod gehalten hatte. In wahnsinniger Aufregung trug er sie in sein Quartier in der Stadt. Er machte angestrengte Wiederbelebungsversuche, die von nicht geringem medizinischen Wissen unterstützt wurden. Schließlich kehrte sie wieder ins Leben zurück, und sie erkannte ihren Retter. Sie blieb bei ihm, bis sie langsam, nach und nach, ihre frühere Gesundheit wiedererlangte. Ihr weibliches Herz war auch nicht unerbittlich, und dieser letzte Liebesbeweis genügte, um es zu erweichen und Bossuet zuzuwenden. Sie kehrte nicht mehr zu ihrem Gatten zurück, sie verheimlichte ihm ihre Auferstehung und floh mit ihrem Liebhaber nach Amerika. Zwanzig Jahre später kehrten die beiden nach Frankreich zurück, in der Überzeugung, daß die Zeit das Aussehen der Frau so verändert hatte, daß ihre Freunde nicht mehr imstande wären, sie zu erkennen. Doch gingen sie in dieser Annahme fehl, denn bei der ersten Begegnung erkannte Herr Rénelles augenblicklich seine Frau und erhob Anspruch auf sie. Doch sie leistete Widerstand, und ein Gerichtstribunal unterstützte sie darin, indem es erklärte, daß die besonderen Umstände, in Verbindung mit der langen Zeit, die seitdem verstrichen war, nicht nur de facto, sondern auch de iure die Rechte des Gatten ausgelöscht hätten.

Das in Leipzig erscheinende „Chirurgische Journal", eine periodisch erscheinende Zeitschrift, und das auf seinem Gebiet führende Blatt, — ein amerikanischer Verleger würde sich ein Verdienst erwerben, wenn er es übersetzen und verbreiten würde — berichtet in einer seiner letzten Ausgaben von einem katastrophalen Fall auf diesem Gebiet.

Ein Artillerieoffizier, ein großer Mann von eiserner Gesundheit, erlitt durch ein scheu gewordenes Pferd eine ernste Kopfverletzung und verlor das Bewußtsein; die Hirnschale war angebrochen, aber man vermutete keine ernstliche Gefahr. Die Trepanation verlief erfolgreich. Er wurde zur Ader gelassen, und alle anderen üblichen Maßnahmen wurden angewendet. Jedoch ganz allmählich verfiel er in einen mehr und mehr hoffnungslosen Betäubungszustand, und schließlich war es so weit, daß man ihn für tot hielt.

Es herrschte warmes Wetter, und er wurde in pietätloser Eile in einem der öffentlichen Friedhöfe beerdigt. Das Begräbnis fand an einem Donnerstag statt. Am folgenden Sonntag war der Friedhof wie gewöhnlich von vielen Besuchern bevölkert, und etwa um die Mittagszeit rief die Erklärung eines Bauern, der behauptete, auf dem Grabe des Offiziers sitzend, deutlich eine Bewegung des Erdreichs gespürt zu haben, so als ob unter der Erde jemand sich in Krämpfen winde, große Aufregung hervor. Zuerst nahm man von den Beteuerungen des Mannes wenig Notiz, aber sein augenscheinliches Entsetzen und die verbissene Beharrlichkeit, mit der er an seiner Behauptung festhielt, verfehlten schließlich nicht ihre Wirkung auf die Menge. In größter Hast wurden Spaten herbeigebracht und das Grab, welches nicht sehr tief war, war in wenigen Minuten so weit aufgegraben, daß der Kopf seines Insassen zum Vorschein kam. Dieser selbst schien zu diesem Zeitpunkt leblos, aber er saß nahezu aufrecht in seinem Sarg, dessen Deckel er bei seinen rasenden Anstrengungen aufgehoben hatte.

Man brachte ihn unverzüglich in das nächste Krankenhaus, und dort stellte man fest, daß er tatsächlich noch am Leben war, allerdings in scheintotem Zustand. Nach einigen Stunden kehrte er wieder zum Leben zurück, erkannte einzelne seiner Begleiter und berichtete in abgebrochenen Sätzen von den Schrecken, die er im Grabe zu erdulden hatte.

Aus seiner Erzählung ging hervor, daß er für länger als eine Stunde unter der Erde das Bewußtsein wiedererlangt haben mußte, ehe er wieder ohnmächtig wurde. Das Grab war nachlässig und locker mit außerordentlich porösem Erdreich zugeschüttet worden; dadurch konnte ein wenig Luft durchdringen. Er hörte die Tritte der Leute ober sich und versuchte, die Aufmerksamkeit derselben auf sich zu ziehen, indem er sich bewegte. Es war der Lärm, der vom Erdboden des Friedhofes kam, der ihn aus einem tiefen Schlaf erweckt zu haben schien, aber kaum war er erwacht, als ihm die schreckliche Lage, in der er sich befand, vollkommen zu Bewußtsein kam.

Der Patient befand sich, wie berichtet, wohlauf und schien auf dem besten Wege zu völliger Genesung, aber er wurde ein Opfer der medizinischen Versuche. Man wandte die galvanische Batterie an, und plötzlich verfiel er in einen jener wahnsinnigen Fieberanfälle, welche bisweilen durch dieses Mittel hervorgerufen werden.

Die Erwähnung der galvanischen Batterie ruft mir jedoch einen Fall der besagten Art ins Gedächtnis, bei dem durch ihre Anwendung ein junger Londoner Advokat ins Leben zurückgerufen werden konnte, der zwei Tage lang begraben gewesen war. Dieser Fall ereignete sich im Jahre 1831, und erregte damals die Geister jedesmal aufs höchste, wann immer er den Gegenstand der Unterhaltung bildete.

Der Patient, ein gewisser Mr. Edward Stapleton, war, wie es schien, an Typhus gestorben, jedoch unter einigen abnormalen Symptomen, welche das Interesse seiner Ärzte erregten. Nach seinem scheinbaren Verscheiden wurden seine Freunde ersucht, der Exhumierung zum Zwecke einer nochmaligen Untersuchung zuzustimmen, was sie aber ablehnten. Wie es in solchen Fällen oft geschieht, beschlossen die Ärzte, den Leichnam auf eigene Faust zu exhumieren und zu sezieren. Ohne Schwierigkeiten wurde mit einigen der vielen Leichenräuber, von denen es in London eine große Zahl gibt, ein Übereinkommen getroffen, und in der dritten Nacht nach dem Begräbnis, wurde der vermeintliche Leichnam aus einem acht Fuß tiefen Grab ausgegraben und in den Operationssaal einer Privatklinik gebracht.

Man hatte gerade einen nicht allzukleinen Schnitt in den Unterleib gemacht, als man wegen des frischen und lebendigen Eindrucks des Versuchobjekts auf den Gedanken kam, die galvanische Batterie anzuwenden. Ein Experiment folgte dem anderen, und es zeigten sich die gewohnten Erscheinungen, und nichts an ihnen war auffallend, außer in ein oder zwei Fällen, bei denen die mehr als gewöhnliche Lebensähnlichkeit der Bewegungen ins Auge fiel.

Es wurde spät. Der Tag mußte gleich anbrechen, und es schien ratsam, mit der Sektion fortzufahren. Ein Student jedoch war begierig, eine eigene Theorie zu überprüfen, und drängte darauf, die Batterie mit der Brustmuskulatur in Verbindung zu bringen. Man machte einen tiefen Einschnitt und führte eilig einen Draht in die Wunde ein, da erhob sich der Patient mit rascher, jedoch durchaus nicht krampfhafter Bewegung vom Tisch, trat in die Mitte des Raumes, blickte einige Sekunden lang entgeistert um sich und dann — sprach er. Was er sagte, war unverständlich, aber Worte waren es, die Silbenbildung war deutlich erkennbar. Nachdem er gesprochen hatte, fiel er schwer zu Boden.

Einige Augenblicke waren alle starr vor Schrecken — aber die Dringlichkeit des Falles gab ihnen bald wieder ihre Geistesgegenwart zurück. Man erkannte, daß Mr. Stapleton am Leben war, wenn auch ohnmächtig. Nach seiner Exhumierung kehrte er wieder ins Leben zurück und seine Gesundheit war bald wieder hergestellt. Er wurde seinen Freunden zurückgegeben, denen man jede Nachricht von seiner Auferstehung vorenthalten hatte, bis man sicher war, daß kein Rückfall mehr eintreten würde. Man wird sich ihre Verwunderung, ihr entzücktes Erstaunen, vorstellen können.

Nichtsdestoweniger wird die außergewöhnliche Seltsamkeit dieses Falles von dem in den Schatten gestellt, was Mr. S. selbst von sich behauptet. Er behauptet, daß er niemals völlig empfindungslos war, daß er, dunkel und verworren, alles empfand, was mit ihm geschah, von dem Augenblick an, da er von seinen Ärzten für tot erklärt wurde, bis zu dem Zeitpunkt, da er ohnmächtig auf den Boden der Klinik niedersank. „Ich lebe“, waren die Worte, die er, nachdem er die Örtlichkeit des Sezierraumes erkannt hatte, in seinem äußersten Entsetzen zu sagen versucht hatte.

Es wäre leicht, die Zahl solcher Erzählungen zu vervielfachen, aber ich will es unterlassen, denn wir haben keinen Grund, auf diese Weise die Tatsache, daß sich vorzeitige Begräbnisse ereignen, zu untermauern. Wenn wir nur äußerst selten von solchen Fällen erfahren, so deshalb, weil sie nur zufällig entdeckt werden, wir müssen aber annehmen, daß sie sich viel öfter ohne unser Mitwissen ereignen. Selten werden in einem Friedhof aus irgendeinem Grunde Gräber in größerer Anzahl geöffnet, ohne daß man Skelette in Stellungen findet, welche zu den fürchterlichsten Vermutungen Anlaß geben.

In der Tat gräßlich ist der Verdacht, aber noch viel entsetzlicher ist das schreckliche Los selbst. Man kann ohne Zögern behaupten, daß nichts sonst so schrecklich und so geeignet ist, die fürchterlichsten körperlichen und seelischen Qualen zu verursachen, wie ein Begräbnis vor dem Tode. Der unerträgliche Druck auf die Lungen, der erstickende Dampf der feuchten Erde, das Eingehülltsein vom Totengewand, der harte Druck des Sarges, die Finsternis absoluter Nacht, die unheimliche Stille des engen Raumes, die unsichtbare aber fühlbare Gegenwart des Verfolgers Wurm, diese Dinge, in Verbindung mit den Gedanken an die Luft und das grüne Gras oberhalb, der Erinnerung an gute Freunde, die fliegen würden, uns zu retten, wenn sie nur von unserem Schicksal Kenntnis hätten, und dazu die Gewißheit, daß sie von unserem Schicksal nie und nimmer in Kenntnis gesetzt werden können, daß unsere hoffnungslose Lage so viel ist wie der wirkliche Tod, diese Überlegungen sage ich, erfüllen das Herz, welches immer noch schlägt, mit einem so fürchterlichen, unerträglichen Entsetzen, vor dem die kühnste Phantasie kapitulieren muß. Wir kennen nichts ähnlich peinvolles auf Erden, wir können von nichts halb so schrecklichem im Reiche der tiefsten Hölle träumen. Und daher finden alle Erzählungen, die dieses Thema betreffen, höchstes Interesse; nichtsdestoweniger ein Interesse, das wegen des geheiligten Schreckens dieses Gegenstandes, im höchsten Maße von unserer Überzeugung von der Wahrheit des berichteten Ereignisses abhängt. Was mir nun noch zu erzählen übrig bleibt, ist mein eigenes Wissen — meine eigene persönliche Erfahrung.

Einige Jahre lang war ich den Attacken einer eigenartigen Unruhe ausgesetzt, welche die Ärzte in Ermangelung eines bestimmteren Namens Katalepsie nannten. Obwohl die unmittelbaren und vorhergegangenen Ursachen und auch die eigentliche Diagnose dieser Krankheit noch immer ein Geheimnis ist, so versteht man ihren augenscheinlichen Charakter genügend gut. Ihre vielen Erscheinungsformen sind ihr hervorstechendstes Merkmal. Bisweilen liegt der Patient nur einen Tag lang oder sogar noch kürzer in einer Art hindämmernder Lethargie. Er ist fühllos und äußerlich ohne Bewegung, aber das Schlagen seines Herzens ist noch schwach feststellbar, eine Spur der Körperwärme bleibt ihm noch, ein wenig Farbe liegt noch im Zentrum der Wangen, und, wenn man einen Spiegel an seine Lippen hält, kann man eine schwache, ungleichmäßige, bisweilen aussetzende Tätigkeit der Lungen feststellen. Dann wieder dauert dieser Trancezustand Wochen, ja bisweilen Monate an, wobei die sorgfältigste Untersuchung und die genauesten medizinischen Versuche nicht imstande sind, den Zustand des Kranken von dem zu unterscheiden, was wir als endgültigen Tod bezeichnen. Gewöhnlich wird er vor einem vorzeitigen Begräbnis nur deshalb bewahrt, weil seine Freunde wissen, daß er vorher an Katalepsie litt, was von vorneherein zur besonderen Aufmerksamkeit verpflichtet, und vor allem weil die Verwesung nicht einsetzt. Der Fortschritt der Krankheit vollzieht sich nur schrittweise. Die ersten Anzeichen sind auffallend und unzweideutig. Die Anfälle gewinnen nach und nach an Deutlichkeit, und jeder dauert länger an als der vorhergehende. Darin liegt die grundsätzliche Sicherheit gegen das Lebendbegrabenwerden. Der Unglückliche, dessen erster Anfall den beschriebenen extremen Charakter hat, wie dies öfter vorkommt, wird unweigerlich lebend zu Grabe getragen.

Mein eigener Fall unterschied sich in keiner wichtigen Einzelheit von denen, die in medizinischen Büchern beschrieben sind. Manchmal fiel ich ohne offensichtliche Ursache nach und nach in einen Zustand halber Ohnmacht, und in diesem Zustand verblieb ich ohne Schmerzen, ohne die Möglichkeit, mich zu bewegen, zu sprechen, oder zu denken, aber in einem dumpfen, lethargischen Bewußtsein meiner Existenz und der Gegenwart derer, die um mein Bett standen, bis die Krisis meiner Krankheit mich ganz plötzlich wieder zu vollem Bewußtsein brachte. Zu anderen Zeitpunkten wieder warf mich das Leiden plötzlich und heftig nieder. Ich wurde krank, empfindungslos, ich fror und mir schwindelte und ich fiel plötzlich ausgestreckt zu Boden. Dann war für Wochen um mich Leere, Dunkelheit und Schweigen, und dieser Zustand glich dem Nichts. Die völlige Vernichtung konnte nicht anders sein. Von diesen späteren Anfällen erwachte ich jedoch nach um so längerer Zeit, je plötzlicher sie mich hingeworfen hatten. So wie der Tag für den verlassenen und obdachlosen Bettler graut, der in den langen, einsamen Winternächten die Straßen durchstreift — genau so zögernd — genau so sanft und so freudig kam mir das Licht des Bewußtseins wieder zurück.

Abgesehen von der Neigung, in Ohnmacht zu fallen, schien jedoch meine Gesundheit im allgemeinen gut; auch konnte ich nicht erkennen, daß diese Anfälligkeit nur auf die eine vorherrschende Krankheit zurückzuführen war, wenn man nicht in der Tat eine eigentümliche Empfindung in meinem gewöhnlichen Schlaf als von ihr hervorgerufen ansieht. Nach dem Erwachen konnte ich niemals sogleich die völlige Beherrschung meiner Sinne zurückgewinnen und war stets viele Minuten lang sehr verwirrt und durcheinander — die geistigen Fähigkeiten im allgemeinen und das Erinnerungsvermögen im besonderen befanden sich in einem Zustand völliger Abwesenheit.

Alles, was ich erduldete, war von keinem körperlichen Schmerz begleitet, aber es bestand aus einer unbestimmten seelischen Angst. Meine Phantasie beschäftigte sich mit den Schrecken des Todes, ich sprach von Würmern, Gräbern und Grabinschriften. Ich war in Gedanken an den Tod verloren, und der Gedanke an ein verfrühtes Begräbnis nahm ständig von meinem Geist Besitz. Die gespenstische Gefahr, der ich ausgesetzt war, verfolgte mich Tag und Nacht. Anfangs war die Qual dieser Überlegungen schon kaum zu ertragen, in der letzten Zeit überschritt sie jedes Maß. Wenn grimmige Dunkelheit die Erde bedeckte, dann schüttelte es mich — es schüttelte mich, wie der Sturm die zitternden Halme über dem

Grab schüttelt. Wenn die Natur schließlich unabdingbar nach Schlaf verlangte, geschah es erst nach einem Kampf, daß ich den Widerstand dagegen aufgab — denn mir graute bei dem Gedanken, daß ich mich beim Erwachen in einem Grabe wiederfinden könnte. Und wenn ich schließlich in Schlaf sank, war es nur ein plötzlicher Fall in eine Welt von Phantasien, über die mit riesigen, schwarzen, alles überschattenden Schwingen königlich die eine Idee an das Begräbnis dahinschwebte.

Von den unzähligen düsteren Visionen, welche mich solcherart in meinen Träumen bedrückten, will ich nur eine einzige berichten. Es schien mir, daß ich in einen kataleptischen Trancezustand von außergewöhnlicher Dauer und Tiefe versunken war. Plötzlich fühlte ich eine eisige Hand auf meiner Stirne, und eine ungeduldige, undeutliche Stimme flüsterte mir die Worte „Erhebe dich!" ins Ohr.

Ich saß aufrecht. Die Dunkelheit war vollständig. Weder konnte ich die Gestalt dessen sehen, der mich aufgeweckt hatte, noch konnte ich mir die Zeit ins Gedächtnis zurückrufen, da ich in Ohnmacht gefallen war, oder den Ort, an dem ich mich befand. Indem ich regungslos liegenblieb und mich angestrengt bemühte, meine Gedanken zu sammeln, erfaßte mich die kalte Hand lebhaft am Arm, schüttelte ihn stark, indes die undeutliche Stimme von neuem sagte:

„Stehe auf! Habe ich dich nicht gebeten aufzustehen?"

„Und wer", fragte ich, „bist du?"

„In den Regionen, die ich bewohne, habe ich keinen Namen", antwortete die Stimme voll Trauer. „Ich war sterblich, aber nun bin ich ein Wesen der Hölle. Ich war unbarmherzig, aber nun bin ich elend. Du spürst, daß ich zittere. — Meine Zähne klappern beim Sprechen, aber das kommt nicht von der Kälte der Nacht — der Nacht ohne Ende. Aber diese Schrecken sind unerträglich. Wie kannst du ruhig schlafen? Ich kann nicht ruhen bei dem Schrei dieser großen Todesängste. Diese Zeichen sind mehr als ich ertragen kann. Erhebe dich! Komm mit mir in die Nacht außerhalb, und ich werde dir die Gräber zeigen. Ist dies nicht ein trauriges Schauspiel? — Siehe!"

Ich blickte hin, und die unsichtbare Gestalt, welche mich noch immer an der Hand gefaßt hielt, hieß die Gräber der gesamten Menschheit sich öffnen, und aus jedem kam der schwache phosphoreszierende Glanz der Verwesung, so daß ich in die verborgensten Winkel sehen konnte, und dort sah ich die eingehüllten Leichen in ihrem düster, heiligen Schlummer mit den Würmern. Aber — o Gott! — diejenigen, die wirklich schliefen, waren um viele Millionen weniger an der Zahl als jene, welche gar nicht schliefen, und da gab es ein schwaches Kämpfen, und es gab da eine allgemeine, verzweifelte Unruhe, und aus den Tiefen der unzähligen Höhlen erhob sich ein melancholisches Rascheln von Leichentüchern der Begrabenen. Von denen aber, welche sich endgültig zur Ruhe begeben zu haben schienen, sah ich unzählige, die in größerem oder kleinerem Maße die ausgestreckte, steife Lage verändert hatten, in der sie ursprünglich begraben worden waren. Und die Stimme begann, indes ich auf das Bild starrte, von neuem:

„Ist das nicht — o Gott! — ist das nicht ein entsetzlicher Anblick?" — Ehe ich aber irgendein Wort zur Antwort finden konnte, hatte die Gestalt mein Handgelenk losgelassen, die phosphoreszierenden Lichter erloschen, und die Gräber schlossen sich mit plötzlicher Heftigkeit, indes sich aus ihnen ein Tumult verzweifelter Schreie erhob, die wiederholten: „Ist das nicht — o Gott! — ist das nicht ein furchtbarer, entsetzlicher Anblick?"

Phantasien wie diese, die sich mir nächtlicherweile aufdrängten, behielten ihren schrecklichen Eindruck noch lange Zeit nach meinem Erwachen. Meine Nerven drohten gänzlich zu zerreißen, und ich fühlte mich als Opfer eines nicht endenwollenden Schreckens. Ich wagte es wirklich nicht mehr, ohne die unmittelbare Gegenwart derer, die den Zustand meiner Katalepsie überwachten, mich auf mich selbst zu verlassen, in der Furcht, einen meiner Anfälle zu erleiden und begraben zu werden, bevor man sich von meinem wahren Zustand überzeugen konnte. Ich zweifelte an der Sorgfalt und an der Ergebenheit meiner treuesten Freunde. Ich fürchtete, daß sie bei einem länger als üblich andauernden Ohnmachtsanfall versucht sein könnten, anzunehmen, daß ich nicht mehr zu erwecken sei. Ich ging sogar so weit zu fürchten, sie würden, da ich ihnen sehr zur Last fiel, sogar froh darüber sein, wenn ihnen irgendein besonders lang andauernder Anfall genügend Anlaß geben würde, mich endgültig los zu werden. Vergeblich versuchten sie mich durch die feierlichsten Versprechungen zu beruhigen. Sie schworen die heiligsten Eide, daß sie mich unter keinen Umständen begraben würden, ehe nicht die Verwesung so weit fortgeschritten sei, daß eine weitere Aufbewahrung unmöglich sei. Und dennoch wollte ich in meinen Todesängsten auf kein vernünftiges Argument hören und keinen Trost annehmen. Ich traf sorgfältig eine Reihe von Vorkehrungen. Unter anderem hatte ich die Familiengruft so geändert, daß sie leicht von innen geöffnet werden konnte. Der leichteste Druck auf einen langen Hebel, der weit in das Grabgewölbe hineinragte, würde die eisernen Tore zurückfliegen lassen. Es waren Vorkehrungen getroffen, daß Licht und Luft ungehindert Zutritt hätten, und es war genügend Raum für Nahrung und Wasser in unmittelbarer Reichweite des mir zugedachten Sarges. Der letztere war warm und weich ausgepolstert und mit einem Deckel versehen, der nach dem gleichen Prinzip konstruiert war, wie das Tor der Gruft, außerdem waren noch Federn solcherart eingebaut, daß die leiseste Bewegung des Körpers ausreichen mußte, ihn in Freiheit zu setzen. Abgesehen von alledem, hing an der Decke des Grabgewölbes eine große Glocke, deren Schnur durch eine Öffnung des Sarges gesteckt und an einer Hand des Leichnams festgemacht werden sollte. Aber — o Gott! — was richtet schon die Aufmerksamkeit des Menschen gegen das ihm zugedachte Geschick aus? Nicht einmal diese wohlbedachten Sicherheitsmaßregeln reichten aus, denjenigen vor den fürchterlichsten Schrecken des Lebendigbegrabenwerdens zu retten, der zum Opfer dieser Schrecknisse bestimmt war.

Es kam eine Zeit — so wie schon oft vorher — da ich

aus völliger Geistesabwesenheit in das erste schwache und unbestimmte Gefühl meiner Existenz erwachte. Ganz langsam — mit der Geschwindigkeit einer Schildkröte — nahte sich der schwache, graue Tag meines seelischen Daseins. Eine starre Unruhe. Ein apathisches Erdulden dumpfen Schmerzes. Keine Sorge — keine Hoffnung — keine Anstrengung. Dann, nach langer Zeit, empfand ich ein Singen in den Ohren, dann, im Verlauf weiterer Zeit, spürte ich ein prickelndes Gefühl in den Gliedmaßen; dann eine ewig scheinende Periode angenehmer Ruhe, während welcher die erwachenden Gefühle um die Herrschaft im Geiste kämpften, dann ein kurzes Zurücksinken in die Körperlosigkeit, hierauf eine plötzliche Rückkehr in den vorigen Zustand. Schließlich blinzelte ich mit einem Augenlid, und kurz darauf durchzuckte mich ein elektrischer Schlag eines tödlichen, unbestimmten Entsetzens, der mir das Blut in Strömen von den Schläfen zum Herzen trieb. Und nun bemühte ich mich das erstemal, richtig zu überlegen, ich machte die erste Anstrengung, mich zu erinnern, und ich hatte darin einen teilweisen Erfolg. Endlich hat das Gedächtnis seine Herrschaft wiedererlangt so daß ich mir im großen ganzen meines Zustandes bewußt bin. Ich merke, daß ich nicht aus einem gewöhnlichen Schlaf erwache. Ich erinnere mich, daß ich ein Opfer der Katalepsie war. Jetzt aber wird mein schaudernder Geist wie vom Brausen eines Ozeans von der einen fürchterlichen Gefahr gefangengenommen — von der einen offenbaren und immer vorhandenen Idee.

Einige Minuten lang, nachdem diese Phantasie von mir Besitz ergriffen hatte, rührte ich mich nicht. Und weshalb? Ich konnte nicht den nötigen Mut dazu aufbringen. Ich wagte nicht, etwas zu tun, was mir Gewißheit über mein Schicksal geben könnte — und doch hatte sich ein seltsames Gefühl in mein Herz eingeschlichen, welches mir zuflüsterte, daß es geschehen sei. Die Verzweiflung allein, eine Verzweiflung, die durch kein anderes Elend hervorgerufen werden kann, war es, die darauf drängte, nach langer Unentschlossenheit endlich meine leicht geschlossenen Lider zu öffnen. Ich tat es. Finsternis herrschte um mich — tiefste Finsternis. Ich wußte, daß mein Anfall vorüber war. Ich wußte, daß die Krisis meiner Krankheit längst vorbei war. Ich wußte, daß ich nun den Gebrauch meiner Sinne wieder völlig in der Hand hatte — und nun war es schwarz um mich — völlig schwarz — es war die tiefste Finsternis der Nacht, die ohne Ende ist.

Ich versuchte zu schreien; meine Lippen und meine ausgetrocknete Zunge bewegten sich krampfhaft bei diesem Versuch — aber kein Laut entrang sich meiner Brust, die von einem darauf lastenden Berg zusammengepreßt zu werden schien, ich rang nach Luft und mein Herz pochte heftig bei jeder dieser mühsamen und krampfhaften Atemzüge.

Durch die Bewegung der Kinnladen bei diesem Versuch, laut zu schreien, spürte ich, daß sie, wie das bei Toten üblich ist, hinaufgebunden waren. Ich fühlte auch, daß ich auf etwas hartem lag, und auch an den Seiten wurde ich durch etwas ähnliches bedrückt. Bisher hatte ich meine Gliedmaßen noch nicht bewegt — nun aber schlug ich mit meinen Armen, welche ausgestreckt gekreuzt übereinanderlagen, heftig nach oben. Sie schlugen an ein festes Holzbrett, welches nicht mehr als sechs Inches von meinem Gesicht entfernt über mir lag. Ich konnte nun nicht mehr länger daran zweifeln, daß ich in einem Sarge lag.

Und nun, inmitten dieses grenzenlosen Elends, schlich sich mir leise, süße Hoffnung ins Herz — denn ich dachte an meine Vorkehrungen. Ich drehte mich und machte krampfhafte Anstrengungen, den Deckel zu öffnen: doch er wollte sich nicht bewegen. Ich suchte mit meinen Händen nach der Glockenschnur: sie war nicht zu finden. Und nun floh meine Zuversicht endgültig und machte einer viel entsetzlicheren Verzweiflung Platz; denn nun konnte ich nicht umhin, das Fehlen aller Vorrichtungen festzustellen, die ich so sorgfältig vorbereitet hatte — und dann kam mir auch ganz plötzlich der eigenartige Geruch verwesender Erde in die Nase. Es gab nur eine einzige Erklärung, nämlich die, daß ich mich nicht in der

Gruft befand. Ich hatte einen Ohnmachtsanfall erlitten, während ich von zu Hause abwesend war — in der Gegenwart fremder Menschen — wann oder wie, konnte ich mich nicht erinnern — und sie waren es, die mich wie einen Hund begraben, in irgendeinen gewöhnlichen Sarg eingenagelt und mich tief, tief und für immer in irgendein gewöhnliches, namenloses Grab versenkt hatten.

Als sich diese entsetzliche Gewißheit im Innersten meines Herzens gefestigt hatte, machte ich noch einen verzweifelten Versuch zu schreien. Und diesmal war ich erfolgreich. Ein langes, wildes und gleichbleibendes Schreien oder Heulen in höchster Qual tönte durch das unterirdische Reich.

„Hallo, hallo, hierher!" antwortete eine mürrische Stimme.

„Was gibt's denn, zum Teufel!" sagte eine zweite.

„Macht das da auf!" sagte eine dritte.

„Was soll das heißen, daß du so heulst wie ein verliebter Kater?" sprach ein vierter; und hierauf wurde ich aufgehoben und ohne Feierlichkeit einige Minuten lang von einer Gruppe rauh aussehender Individuen geschüttelt. Sie erweckten mich nicht aus meinem Schlummer, denn ich war hellwach, als ich schrie, aber sie gaben mir wieder mein Gedächtnis zurück.

Dieses Abenteuer ereignete sich in der Nähe von Richmond in Virginien. Von einem Freund begleitet, war ich zu einem Jagdausflug an den Ufern des James, einige Meilen flußabwärts, aufgebrochen. Die Nacht brach an, und wir wurden von einem Sturm überrascht. Die Kabine einer kleinen Schaluppe, die mit einer Ladung Gartenerde vor Anker lag, war die einzige Zuflucht, die wir erreichen konnten. Wir machten es uns dort so bequem wie möglich und verbrachten die Nacht an Bord. Ich schlief in einer der beiden Kajüten, welche das Schiff besaß — und über die Kajüten einer Schaluppe von sechzig bis siebzig Tonnen braucht man kaum Worte zu verlieren. Jene, die ich innehatte, besaß nichts, das irgendwie einem Bett ähnlich sah. Ihre größte Weite betrug achtzehn Inches. Der Abstand vom Boden bis zum darüberliegenden Deck genausoviel. Nichtsdestoweniger schlief ich fest und meine Vision — denn als Traum oder Alp kann man es nicht bezeichnen — war naturgemäß auf meine eigenartige Lage, auf den üblichen Gang meiner Gedanken, und auf die schon erwähnte Schwierigkeit, meine Sinne zu sammeln, und insbesondere auf die Unfähigkeit, nach dem Erwachen mir das vorhergegangene in Erinnerung zu rufen, zurückzuführen. Die Männer, welche mich beutelten, waren die Besatzung des Schiffes und einige mit der Löschung der Ladung beschäftigte Arbeiter. Der Erdgeruch kam von der Ladung selbst. Die Bandage um das Kinn war ein seidenes Taschentuch, das ich mir in Ermangelung meiner gewohnten Schlafmütze um den Kopf gebunden hatte.

Die Qualen, die ich während jener Zeit erlitt, unterschieden sich zweifelsohne in keiner Hinsicht von denen eines lebendig Begrabenen. Sie waren fürchterlich, sie waren unfaßbar schrecklich; aber neben ihren Schrecknissen brachten sie auch ein gutes, denn ihr Übermaß verursachte eine gründliche Änderung meines Geistes. Ich ging über Land. Ich machte Körperübungen. Ich atmete die frische Luft des freien Himmels. Ich dachte an andere Dinge als an den Tod. Ich warf meine medizinischen Bücher weg. „Bunchan" verbrannte ich. Ich las nicht mehr die „Nächtlichen Gedanken" — keine schwülstigen Geschichten über Kirchhöfe und keine Greuelmärchen, wie dieser hier. In kurzer Zeit wurde ich ein neuer Mensch und führte das Leben eines Mannes. Seit jener denkwürdigen Nacht wies ich meine Todesfurcht ein für allemal von mir, und mit dieser verschwand auch meine kataleptische Geistesverwirrung, deren Folge sie weniger dargestellt hatte als daß sie vielmehr ihre Ursache war.

Es gibt Augenblicke, in denen die Welt unserer satten Menschheit auch für die nüchterne Vernunft das Aussehen einer Hölle annimmt — aber die Vorstellungskraft der Menschen stellt keinen Schutz dar, wenn man ungestraft ihre verborgensten Höhlen erkunden will. O Gott! Die fürchterliche Legion der Schrecknisse in den Gräbern kann nicht einfach als Produkt einer übertriebenen Phantasie abgetan werden — aber, so wie die Dämonen, die Afrasiab auf seiner Reise den Oxus hinunter begleiteten, so müssen sie ruhen, oder sie würden uns zerreißen — wir müssen sie schlafen lassen, wenn wir nicht zugrunde gehen wollen.

WASSERGRUBE UND PENDEL

Ich war krank — todkrank infolge der langen Pein; und als sie mich schließlich losbanden und mir gestatteten mich niederzusetzen, spürte ich, daß mich meine Sinne verließen. Das Urteil — das schreckliche Todesurteil — waren die letzten deutlichen Worte, die meine Ohren erreicht hatten. Hierauf schienen die Stimmen der Inquisitoren in einem traumhaften, unbestimmten Rauschen zu versinken. Dies rief in mir die Vorstellung einer Umwälzung wach — vielleicht weil ich es in meiner Phantasie mit dem Geräusch eines Mühlrades verglich. Das dauerte jedoch nur kurze Zeit, denn gleich darauf hörte ich nichts mehr. Aber eine Zeitlang sah ich noch, aber in welch schrecklicher Verzerrung: ich sah die Lippen der schwarzgekleideten Richter. Sie erschienen mir weiß — weißer als das Blatt, auf welches ich diese Worte niederschreibe — und unnatürlich dünn, dünn in ihrem Ausdruck der Strenge — des unumstößlichen Beschlusses — der äußersten Verachtung menschlicher Qualen. Ich sah die Sprüche über mein Schicksal sich von jenen Lippen lösen. Ich sah sie sich unter dem Todesspruch verzerren. Ich sah sie die Silben meines Namens formen, und ich schauderte, weil kein Laut zu vernehmen war. Für ein paar Augenblicke wahnsinnigen Schreckens bemerkte ich auch das sanfte und kaum merkbare Wogen der schwarzen Draperien, welche die Wände des Gemaches einhüllten. Und dann fiel mein Blick auf die sieben großen Kerzen auf dem Tisch. Zu Anfang zeigten sie einen Ausdruck der Milde und schienen weiße, schlanke Engel darzustellen, welche mich schützen würden, aber dann überkam mich auf einmal eine tödliche Übelkeit, jede Faser meines Körpers zuckte, als hätte ich die Drähte einer galvanischen Batterie berührt, während die Gestalten der Engel sich in ausdruckslose Gespenster mit Flammenköpfen verwandelten, und ich erkannte, daß mir von ihnen keine Hilfe zukommen würde. Und dann schlich sich in mein Herz, einer wunderbaren Melodie vergleichbar, der Gedanke, welch süße Ruhe doch im Grabe herrschen müßte. Dieser Gedanke kam sanft und unmerklich, und er schien schon dagewesen zu sein, bevor er zum vollen Bewußtsein gelangte, aber gerade in dem Augenblick, in dem ihn mein Geist endlich ganz begriffen und aufgenommen hatte, verschwanden, wie durch Geisterhand, die Gestalten der Richter vor mir; die Kerzen versanken ins Nichts; ihre Flammen erloschen völlig, es blieb nur mehr schwarze Finsternis zurück; alle Empfindungen schienen in einem wahnsinnigen, jähen Sturz verschlungen zu werden — so wie die Seele in den Hades fällt. Dann war die Welt nur mehr Schweigen, Stille und Nacht.

Ich war ohnmächtig geworden; aber ich will nicht sagen, daß ich mein ganzes Bewußtsein verloren hatte. Was davon noch übrigblieb, will ich nicht zu bezeichnen, ja nicht einmal zu beschreiben versuchen; jedenfalls war es mir nicht völlig abhandengekommen. Weder im tiefsten Schlafe, im Delirium, in einer Ohnmacht, im Tod, ja nicht einmal im Grabe geht alles davon verloren. Sonst gäbe es für die Menschen ja keine Unsterblichkeit. Einen Augenblick später — so schwach muß das Gespinst gewesen sein — erinnern wir uns nicht mehr daran, was wir geträumt haben. Bei der Rückkehr ins Leben aus der Ohnmacht gibt es zwei Stadien: das erste ist das Bewußtsein der seelischen und geistigen Existenz, das zweite das der körperlichen. Es ist wahrscheinlich, daß wenn es uns möglich wäre, nach Erreichen des zweiten Stadiums die Eindrücke des ersten zurückzurufen, diese Eindrücke sehr beredt von den Erinnerungen an den jenseits liegenden Abgrund erzählen würden. Und was ist denn dieser Abgrund? Wie sollen wir schließlich seine Schatten von denen des Grabes unterscheiden? Aber, wenn diese Eindrücke aus jenem Zeitraum, den ich als das erste Stadium bezeichnet habe, nicht unwillkürlich zurückgerufen werden können, kommen sie denn nicht nach langer Zeit ungebeten, während wir uns wundern, woher sie wohl kommen? Ein Mensch, der noch nie ohnmächtig gewesen ist, ist auch keiner, der seltsame Paläste und merkwürdig bekannte Gesichter unter glühenden Kohlen sieht; er ist nicht derjenige, der in der Luft traurige Visionen sieht, welche die Masse nicht sehen kann; er ist nicht der, welcher über den Duft irgendeiner neuen Blume nachsinnt — nicht der, dessen Geist durch den Gedanken an irgendeine musikalische Kadenz, die niemals zuvor seine Aufmerksamkeit gefangengenommen hatte, in die Irre geführt wird.

Bei meinen häufigen und anstrengenden Versuchen, mich zu erinnern, bei meinen ernsten Bemühungen, irgendein Zeichen aus dem Zustand meines scheinbaren Nichtseins, in den meine Seele gefallen war, ins Gedächtnis zu rufen, gab es Augenblicke, in denen ich von einem Erfolg träumte; es gab kurze, äußerst kurze Zeitspannen, in denen ich Erinnerungen heraufbeschwor, welche die klare Vernunft, die ich später wieder gewann, unbedingt jenem Zustand scheinbarer Bewußtlosigkeit zuschrieb. Diese Schatten des Gedächtnisses erzählen verworren von großen Gestalten, die mich aufhoben und schweigend nach abwärts trugen — hinab — immer weiter hinab — bis mich ein furchtbares Schwindelgefühl bei dem bloßen Gedanken an das unaufhörliche Hinabgleiten bedrückte. Sie sprechen auch von einem unbestimmten Schauder meines Herzens, wegen der unnatürlichen Stille dieses meines Herzens. Dann stellte sich ein Gefühl der völligen Bewegungslosigkeit aller Dinge ein, so als ob die, welche mich trugen — ein gespenstischer Zug — in ihrem Abwärtsschreiten die Grenzen des Grenzenlosen überschritten hätten und nun von der Mühe ihrer Aufgabe ausruhten. Hierauf erinnere ich mich an flaches Liegen und an Feuchtigkeit; und dann ist alles Wahnsinn . . . der Wahnsinn der Erinnerung, die sich mit verbotenen Dingen zu schaffen macht.

Ganz plötzlich nahm meine Seele wieder Bewegung und Laute wahr — das heftige Pochen meines Herzens, und in meinen Ohren das Geräusch seines Schlagens.

Hierauf eine Pause, in der alles leer war. Hernach von neuem Geräusch, Bewegung und Gefühl — eine krampfartige Empfindung, welche meinen Körper durchdrang. Schließlich stellte sich das bloße Bewußtsein des Daseins ein, ohne irgendeinen Gedanken — ein Zustand, welcher lang anhielt. Dann, ganz plötzlich, das Denken, und schauderhafte Angst, und das äußerste Bemühen, meine wahre Lage zu begreifen. Darauf ein heftiges Verlangen, wieder in den Zustand der Empfindungslosigkeit zurückzufallen. Dann ein plötzliches Wiedererwachen der Seele und ein erfolgreicher Versuch, mich zu bewegen. Und nun kam die ganze Erinnerung an das Verhör, an die Richter, an die düsteren Draperien, an das Urteil, an die Übelkeit und an die Ohnmacht, und völliges Vergessen alles folgenden, all dessen, was mir ein später Tag und heftigste Anstrengungen vage ins Gedächtnis zurückzurufen ermöglichten.

Bis jetzt hatte ich meine Augen noch nicht geöffnet. Ich spürte, daß ich ungefesselt auf dem Rücken lag. Ich streckte meine Hand aus, und sie fiel schwer auf etwas feuchtes und hartes. Hier ließ ich sie viele Minuten liegen, während ich mich bemühte, mir vorzustellen, wo und was ich sein könnte. Ich hatte das Bedürfnis, meine Augen zu öffnen, aber ich wagte es nicht. Ich fürchtete mich vor dem ersten Blick auf meine Umgebung. Ich fürchtete mich nicht davor, schreckliches zu erblicken, aber mir graute davor, überhaupt nichts zu sehen. Endlich öffnete ich, mit wilder Verzweiflung im Herzen, schnell meine Augen. Da bestätigten sich meine schlimmsten Befürchtungen. Die Dunkelheit einer ewigen Nacht hüllte mich ein. Ich kämpfte um Atem. Die Dichte der Finsternis schien mich zu bedrücken und mich zu erstikken. Die Luft war unerträglich dumpf. Ich lag immer noch still und strengte mich an, meine Vernunft zu gebrauchen. Ich vergegenwärtigte mir das Inquisitionsverfahren und versuchte von da aus meine wahre Lage abzuleiten. Das Urteil war gesprochen, und es schien mir, daß seither eine lange Zeit vergangen sei. Aber keinen Augenblick lang hielt ich mich für tot. Eine solche Vorstellung ist, was immer man in Dichtungen auch darüber lesen mag, mit dem wirklichen Leben unvereinbar — aber wo und in welchem Zustand befand ich mich? Die zum Tode Verurteilten, das wußte ich, endeten gewöhnlich in den Autodafés, und ein solches war in der Nacht vor meiner Verurteilung abgehalten worden. War ich in meinen Kerker zurückgebracht worden, um auf die nächste Aufopferung zu warten, die erst in einigen Monaten stattfinden sollte? Ich sah jedoch sogleich ein, daß dies nicht der Fall sein konnte. Zur Zeit herrschte ein Mangel an Opfern. Außerdem hatte mein Kerker, so wie die Zellen aller anderen Verurteilten in Toledo, einen Steinfußboden gehabt, und auch dem Licht war der Zutritt nicht völlig verwehrt worden.

Plötzlich trieb ein fürchterlicher Gedanke das Blut in Strömen nach meinem Herzen, und für kurze Zeit verfiel ich wieder in Empfindungslosigkeit. Nachdem ich mein Bewußtsein wiedererlangt hatte, sprang ich sofort auf, in jeder Faser krampfhaft zitternd. Wild warf ich meine Arme in jeder Richtung über und um mich. Ich spürte nichts; aber ich wagte keinen Schritt zu machen, aus Furcht, an die Wände eines Grabes zu stoßen. Schweiß brach mir aus allen Poren und stand in großen, kalten Tropfen auf meiner Stirn. Die Qual der Ungewißheit wurde schließlich unerträglich, und ich bewegte mich vorsichtig mit ausgestreckten Armen vorwärts, während meine Augen, in der Hoffnung irgendeinen schwachen Lichtschimmer zu erhaschen, fast aus ihren Höhlen drangen. Ich machte viele Schritte vorwärts, aber immer noch war alles schwarz und leer. Ich atmete freier. Es schien offenbar, daß mir wenigstens nicht das gräßlichste Schicksal zugedacht war.

Und nun, während ich fortfuhr vorsichtig vorwärtszugehen, drängten sich tausend vage Gerüchte über die Schrecken von Toledo in mein Gedächtnis. Über die Kerker hier erzählte man sich seltsame Dinge — ich hatte sie immer für Lügen gehalten — aber sie waren so seltsam und fürchterlich, daß man sie nur im Flüsterton erwähnte. Wollte man mich in dieser unterirdischen Welt der Dunkelheit des Hungers sterben lassen, oder welches vielleicht noch grauenvollere Schicksal erwartete mich? Zu gut kannte ich den Charakter meiner Richter, als daß ich daran zweifeln konnte, daß das Ende der Tod, und zwar ein Tod von mehr als gewöhnlicher Bitterkeit sein würde. Die Art und die Stunde desselben waren alles, was mich noch beschäftigte und quälte.

Schließlich stießen meine ausgestreckten Hände auf irgendein festes Hindernis. Es war eine Wand, anscheinend aus behauenen Steinen — sehr glatt, schlüpfrig und kalt. Ich ging an ihr entlang mit all dem vorsichtigen Mißtrauen, in welches mich gewisse alte Erzählungen versetzt hatten. Dieses Vorgehen brachte mir jedoch keinen Aufschluß über die Ausmaße meines Kerkers, denn ich konnte den ganzen Umfang durchschreiten und wieder zum Ausgangspunkt zurückgelangen, ohne dessen inne zu werden, so vollkommen gleichartig schien die Wand. Ich suchte daher nach dem Messer, welches sich in meiner Tasche befunden hatte, als ich in das Inquisitionszimmer geführt worden war, aber es war verschwunden; meine Kleider waren gegen einen Umhang aus grober Wolle vertauscht worden. Ich hatte daran gedacht, die Klinge in irgendeinen schmalen Spalt des Mauerwerks zu stoßen, um auf diese Weise meinen Ausgangspunkt wiederzuerkennen. Die Schwierigkeit war übrigens gar nicht so groß, jedoch war mir meine Absicht in meiner Geistesverwirrung zuerst undurchführbar erschienen. Ich riß ein Stück vom Saum meines Kleides ab und legte diesen Fetzen der Länge nach im rechten Winkel zur Mauer auf den Boden. Wenn ich tastend den Weg um mein Gefängnis nahm, konnte ich ihn nicht verfehlen, nachdem ich meine Runde gemacht hätte. Das dachte ich schließlich. Aber ich hatte die Ausdehnung des Gefängnisses und meine eigene Schwäche dabei nicht in Rechnung gezogen. Der Boden war feucht und schlüpfrig. Eine zeitlang wankte ich weiter, bis ich stolperte und herfiel. Meine außerordentliche Müdigkeit zwang mich liegenzubleiben; und bald übermannte mich, da ich so dalag, der Schlaf.

Als ich aufwachte und den Arm ausstreckte, fand ich an meiner Seite einen Laib Brot und einen Krug voll Wasser. Ich war zu erschöpft, um mir über diesen Umstand Gedanken zu machen, aber ich aß und trank gierig. Kurz darauf setzte ich meinen Rundgang fort und kam schließlich unter großer Anstrengung zu dem Wollfetzen. Bis zu dem Zeitpunkt, da ich niedergefallen war, hatte ich zweiundfünfzig Schritte gezählt, und als ich meinen Gang wieder von neuem aufgenommen hatte, weitere achtundvierzig, bis ich den Fetzen erreichte. Insgesamt waren es also hundert Schritte, und, wenn man zwei Schritte pro Yard rechnete, betrug der Umfang des Kerkers fünfzig Yards. Ich war an viele Ecken in der Wand gestoßen und konnte daher zu keiner Vorstellung über die Gestalt des Grabgewölbes — denn für ein solches hielt ich es — gelangen.

In diesen Untersuchungen lag für mich wenig Sinn — auf jeden Fall keine Hoffnung. Aber eine unbestimmte Neugierde veranlaßte mich, dieselben fortzusetzen. Die Wand verlassend, ging ich daran, den Raum zu durchqueren. Anfangs schritt ich äußerst vorsichtig vorwärts, denn der Boden war, obwohl er aus solidem Material zu bestehen schien, von trügerischem Schlamm bedeckt. Schließlich wurde ich jedoch mutiger und zögerte nicht, fest auszuschreiten, wobei ich mich bemühte, in möglichst gerader Linie auf die andere Seite zu gelangen. Auf diese Art war ich zehn oder zwölf Schritte vorwärtsgegangen, als sich der abgerissene Saum meiner Bekleidung zwischen meinen Füßen verwickelte. Ich trat darauf und fiel heftig auf mein Gesicht.

In der Verwirrung, in die mich mein Fall versetzte, bemerkte ich nicht einen ziemlich bestürzenden Umstand, der jetzt ein paar Sekunden später, während ich noch ausgestreckt lag, meine Aufmerksamkeit erregte. Es war folgendes: mein Kinn lag auf dem Boden des Gefängnisses, jedoch meine Lippen und der übrige Teil meines Kopfes, welcher doch anscheinend tiefer lag als das Kinn, berührten nichts. Gleichzeitig schien meine Stirn in einem klebrigen Dampf zu baden und der eigenartige Geruch von abgestorbenen Schwämmen stieg mir in die Nase. Ich streckte meinen Arm nach vorne und schauderte zusammen, als ich fand, daß ich an den Rand einer runden Grube gefallen war, über deren Ausdehnung ich mir augenblicklich keine Vorstellung verschaffen konnte. Am Mauerrand umhertastend gelang es mir, ein kleines Steinchen loszubrechen, welches ich in die Tiefe fallen ließ. Viele Sekunden lang lauschte ich auf den Widerhall, wenn es beim Fall in die Tiefe an die Wände des Schlundes aufschlug. Schließlich gab es ein dumpfes Aufschlagen im Wasser, dem laute Echos folgten. Im selben Augenblick war ein Laut zu vernehmen, der wie ein schnelles Öffnen und Schließen einer Tür auf der Decke klang, während ein schwacher Lichtschimmer durch die Dunkelheit huschte und sogleich wieder verschwand.

Ich sah nun klar das Los, welches man mir zugedacht hatte, vor mir, und gratulierte mir zu dem rechtzeitigen Unfall, durch den ich ihm entgangen. Noch ein Schritt weiter vor meinem Sturz, und die Welt hätte mich nicht mehr gesehen. Und der Tod, dem ich gerade entgangen war, entsprach so ganz der Art, welche ich in den Erzählungen über die Inquisition als erfunden und unmöglich gehalten hatte. Für die Opfer ihrer Tyrannei gab es die Wahl zwischen dem Tod unter gräßlichsten körperlichen oder dem Tod unter fürchterlichsten seelischen Qualen. Mich hatte man für die zweite Art aufgehoben. Durch lange Leiden waren meine Nerven so zerrüttert, daß ich schließlich vom Geräusch meiner eigenen Stimme zitterte und ein in jeder Weise dankbares Objekt für die Art der Peinigung geworden war, die mich erwartete.

An allen Gliedern bebend, tastete ich mich wieder zur Wand zurück — entschlossen, lieber dort zu verenden, als mich den Schrecken der Schächte auszusetzen, die sich meine Phantasie nun an vielen Stellen des Kerkers vorstellte. In einer anderen Seelenverfassung hätte ich vielleicht den Mut gehabt, meine Qual durch einen Sprung in einen dieser Abgründe schnell zu enden; aber nun war ich der feigste Mensch auf Erden. Auch konnte ich nicht vergessen, was ich über diese Gruben gelesen hatte — daß nämlich keineswegs das schnelle Ende deren schreckliche Bestimmung sei.

Die Erschütterung meines Gemütes hielt mich für viele Stunden wach, schließlich aber schlief ich doch ein. Beim Erwachen fand ich wie früher an meiner Seite einen Laib Brot und einen Krug Wasser. Brennender Durst verzehrte mich, und ich trank das Gefäß mit einem Schluck leer. Man mußte ein Schlafmittel beigemengt haben, denn kaum hatte ich getrunken, als ich von einer unwiderstehlichen Müdigkeit erfaßt wurde. Ich fiel in tiefen Schlaf, ähnlich dem Schlaf des Todes. Wie lange er gedauert hatte, wußte ich natürlich nicht, doch als ich von neuem meine Augen aufschlug, waren die Gegenstände um mich sichtbar. Ein wilder, schwefeliger Glanz unbekannten Ursprungs ermöglichte es mir, die Ausdehnung und das Aussehen meines Kerkers wahrzunehmen.

In seiner Größe hatte ich mich arg getäuscht. Der gesamte Umfang der Mauern war nicht größer als fünfundzwanzig Yards. Einige Minuten lang versetzte mich diese Tatsache in eine Welt unnötiger Aufregung; in der Tat, überflüssig — denn was konnte unter den schrecklichen Umständen, die mich umgaben, weniger bedeutend sein als die Dimensionen meines Kerkers? Aber mein Geist fand ein merkwürdiges Interesse an Kleinigkeiten, und ich bemühte mich angestrengt, den Irrtum zu ergründen, der mir in meiner Messung unterlaufen war. Schließlich blitzte mir die Lösung auf. Bei meinem ersten Versuch, den Raum zu untersuchen, hatte ich bis zu meinem Sturz zweiundfünfzig Schritte gezählt; ich muß mich damals also ein oder zwei Schritte vom Wollfetzen entfernt befunden haben; in der Tat hatte ich die Runde nahezu vollendet. Dann schlief ich ein — und nach dem Aufwachen mußte ich meinen Weg wieder zurückgegangen sein — auf diese Art und Weise hielt ich den Umfang für nahezu doppelt so lang, als er wirklich war. Meine Geistesverwirrung ließ mich nicht bemerken, daß ich meinen Rundgang mit der Wand zur linken begann und mit der Wand zur rechten beendete.

Auch hatte ich mich über die Form des Gefängnisses

getäuscht. Als ich mich meinen Weg entlang tastete, hatte ich viele Ecken gefunden und daraus auf große Unregelmäßigkeit geschlossen. So sehr kann völlige Dunkelheit jemanden täuschen, der aus einer Ohnmacht oder einem Schlaf erwacht. Die Ecken waren nur einige kleine Vertiefungen oder Nischen. Im großen und ganzen war mein Gefängnis von rechteckiger Gestalt. Was ich zuerst für Mauerwerk gehalten hatte, schien nun Eisen oder irgend ein anderes Metall zu sein, riesige Platten, deren Scharniere oder Gelenke die Vertiefungen bildeten. Die ganze Fläche dieser metallischen Wände war roh mit all den gräßlichen und abstoßenden Bildern bemalt, die der abwegige Aberglaube der Mönche hervorbringen konnte. Teufelsgestalten mit drohendem Gesichtsausdruck, Gerippe haltend, und andere noch fürchterlichere Gestalten bedeckten und verunzierten die Wände. Ich beobachtete, daß die Umrisse dieser Ungeheuer deutlich genug, die Farben jedoch verblichen und verwischt waren, so wie unter der Einwirkung von feuchter Luft. Nun richtete ich meine Aufmerksamkeit auf den Boden, der von Stein war. In der Mitte gähnte die runde Grube, deren Rachen ich entkommen war. Es gab jedoch nur eine einzige solche in meinem Kerker.

All das sah ich undeutlich und unter großer Anstrengung — denn meine Lage hatte sich während des Schlafes sehr verändert. Nun lag ich auf meinem Rücken auf einer Art niedrigem Rahmen aus Holz. Auf diesen war ich sorgfältig durch einen langen Riemen, der eine gewisse Ähnlichkeit mit einem Gürtel aufwies, festgebunden. Er wand sich mir in vielen Windungen um Leib und Glieder und ließ nur meinem Kopf und meinem linken Arm soviel Bewegungsfreiheit, um mich aus einer irdenen Schüssel, die neben mir auf dem Boden stand, mit Nahrung zu versorgen. Ich sah zu meinem Schrekken, daß man den Krug weggenommen hatte. Ich sage, zu meinem Schrecken, denn ich wurde von unerträglichem Durst geplagt. Diesen Durst zu reizen schien die Absicht meiner Peiniger, denn die Nahrung in der Schüssel war stark gewürztes Fleisch.

Nach aufwärts schauend überblickte ich die Decke meines Gefängnisses. Sie befand sich etwa dreißig bis vierzig Fuß über mir, und war von gleicher Art wie die Wände. Eine eigenartige Figur, die sich in einem ihrer Felder befand, nahm meine ganze Aufmerksamkeit in Anspruch. Es war ein Bild der Zeit, wie sie gewöhnlich dargestellt wurde, nur daß sie anstatt einer Sense etwas in der Hand hielt, das ich für ein riesiges Pendel, wie man solche bei altertümlichen Uhren sieht, hielt. Irgendetwas in der Erscheinung dieses Instrumentes veranlaßte mich, es genauer anzublicken. Während ich senkrecht nach aufwärts starrte, — denn es befand sich genau über mir — bildete ich mir ein, es in Bewegung zu sehen. Einen Augenblick später erwies sich diese Vermutung als richtig. Seine Schwingungen waren kurz und sehr langsam. Einige Minuten lang beobachtete ich es ein wenig mit Angst, aber noch mehr mit Verwunderung. Von der Beobachtung seiner schwachen Bewegung, richtete ich mein Augenmerk auf andere Dinge in der Zelle.

Ein leises Geräusch zog meine Aufmerksamkeit auf sich, und auf den Boden schauend, beobachtete ich einige riesige Ratten, die darüber hinliefen. Sie waren aus dem Brunnen gekommen, der mir zur Rechten in meinem Blickfeld lag. Gerade, als ich auf sie hinstarrte, kamen sie eilig in Scharen, mit raubgierigen Augen, vom Geruch meiner Nahrung angelockt. Es erforderte viel Mühe und Aufmerksamkeit, um sie von dieser wegzuscheuchen.

Es dürfte etwa eine halbe Stunde, oder vielleicht eine ganze Stunde vergangen sein — denn ich konnte die Zeit nur ungenau schätzen — bis ich meine Augen wieder zur Decke richtete. Was ich dort sah, versetzte mich in Erstaunen und Bestürzung. Die Schwingungsweite des Pendels hatte um nahezu ein Yard zugenommen. Dadurch war naturgemäß seine Geschwindigkeit auch viel größer geworden. Aber was mich vor allem beunruhigte, war die Wahrnehmung, daß es sich merklich gesenkt hatte. Nun bemerkte ich — es ist wohl unnötig zu sagen, mit welchem Entsetzen — daß sein unterer Teil einen Halbmond aus glitzerndem Stahl bildete, der etwa ein Fuß von

Horn zu Horn maß. Die Hörner waren nach oben gerichtet, und die unten befindliche Schneide schien so scharf wie ein Rasiermesser. Wie ein Rasiermesser schien es auch massiv und schwer, indem es über der Schneide dicker wurde. Es war an einer mächtigen Messingstange befestigt und das ganze zischte beim Durchschneiden der Luft.

Ich konnte nicht länger mehr über mein Los zweifeln, welches mir die Folterlust der Mönche zugedacht hatte. Meine Entdeckung der Grube hatten die Knechte der Inquisition bemerkt — der Grube, die für einen solch wackeren Ketzer wie mich bestimmt war — der Brunnen, die Darstellung der Hölle, die von der Fama als die „ultima Thule" aller ihrer Bestrafungen bezeichnet wurde. Dem Sturz in diesen Brunnen war ich durch einen bloßen Zufall entgangen, und ich wußte, daß überraschende und unerwartete Qualen eine bedeutende Rolle in diesen unnatürlichen Kerkerhinrichtungen spielten. Nachdem ich nicht von selbst in diesen Abgrund gestürzt war, war es anscheinend in jenem dämonischen Plan nicht vorgesehen, mich dort hineinzustoßen. Und da es dort sonst keine Möglichkeit gab, erwartete mich wohl eine andere mildere Todesart. Milder! Ich lächelte beinahe in meinem Wahnsinn über die Verwendung solch eines Ausdruckes.

Was nützte es, von den vielen langen Stunden übermenschlichen Schreckens zu erzählen, während der ich die sausenden Schwingungen des Stahles zählte! Inch um Inch — Stück für Stück — aber so langsam, daß man seinen Niedergang immer nur nach längeren Zeiträumen, die mir Ewigkeiten deuchten — feststellen konnte — kam es tiefer und tiefer! Tage vergingen — es mögen viele Tage verstrichen sein — ehe es so dicht über mir schwang, daß es mich mit seinem sausenden Atem fächelte. Der Geruch des scharfen Stahls drang mir in die Nase. Ich betete — ich bestürmte den Himmel mit meinem Gebet, es schneller herabsinken zu lassen. Ich wurde rasend und bemühte mich, mich dem fürchterlichen Schwert, das über mich hinwegfegte, entgegenzuheben. Und dann wurde ich ganz plötzlich ruhig und lag und lächelte den glitzernden Tod an, so wie ein Kind über irgendein seltenes Spielzeug lächelt.

Wieder verfiel ich in völlige Bewußtlosigkeit, sie dauerte jedoch wahrscheinlich nur kurz, denn, als ich wieder zum Leben zurückgekehrt war, hatte sich das Pendel nicht merklich gesenkt. Aber dennoch kann sie auch lange gedauert haben — denn ich wußte, daß die Teufel auf meine Ohnmacht achtgaben und die Bewegung nach Belieben angehalten haben konnten. Nach meinem Wiedererwachen fühlte ich mich ganz unaussprechlich krank und schwach, so wie nach einer großen Anstrengung. Auch in Zeiten solcher Todesängste verlangt die menschliche Natur nach Nahrung. Mit schmerzlicher Anstrengung streckte ich meinen linken Arm aus, so weit es meine Fesseln erlaubten, und nahm von dem kleinen Rest, den mir die Ratten übriggelassen hatten, Besitz. Als ich etwas davon an meine Lippen führte, überfiel mich ein halbfertiger freudiger Gedanke, — ein Strahl der Hoffnung. Aber was hatte ich denn überhaupt noch zu hoffen? Es war, wie ich sagte, ein halbfertiger Gedanke — einer jener vielen, die einen Menschen manchmal überkommen und nicht zu Ende gedacht werden. Ich fühlte, daß er freudig und hoffnungsvoll war, aber ich fühlte auch daß er schon während seiner Entstehung wieder zerstört wurde. Vergebens mühte ich mich, ihn wiederaufzunehmen und zu vollenden. Das lange Leiden hatte meine normalen Geisteskräfte fast ganz vernichtet. Ich war ein Schwachkopf, ein Idiot.

Die Schwingungen des Pendels verliefen im rechten Winkel zu meiner Körperlage. Ich sah, daß der Halbmond mir quer durchs Herz schneiden sollte. Er würde zuerst an den Stoff meines Kleides streifen — er würde zurückschwingen und diesen Vorgang wiederholen — wieder und immer wieder. Ungeachtet seiner schrecklichen weiten Schwingung — etwa dreißig Fuß oder mehr — und der zischenden Gewalt seines Niedersausens, stark genug, diese mächtigen eisernen Mauern zu durchschneiden, würde seine einzige Wirkung darin bestehen, meine Kleidung zu streifen. Und bei diesem Gedanken blieb ich stehen. Ich wagte es nicht, in dieser Betrachtung fortzufahren. Ich verweilte dabei mit hartnäckiger Aufmerksamkeit, — so als ob ich mit diesem Verweilen gerade hier den Niedergang des Stahls aufhalten könnte. Ich bemühte mich, mir den Ton vorzustellen, mit dem der Halbmond quer über meine Kleidung hinsausen würde — jene eigentümliche durchdringende Empfindung, welche das Durchschneiden von Stoff auf die Nerven ausübt. Ich überdachte alle diese Nichtigkeiten, bis meine Zähne klapperten.

Nieder — ganz langsam ging er nieder. Ich fand ein wahnsinniges Vergnügen daran, sein langsames Niedergehen mit der Schnelligkeit der Hin- und Herbewegung zu vergleichen. Nach rechts — nach links — fern und nah — mit dem Kreischen einer verdammten Seele! Auf mein Herz zu mit dem schleichenden Schritt eines Tigers! Ich lachte und heulte abwechselnd, je nachdem der eine oder der andere Gedanke in mir die Oberhand gewann.

Nieder — unaufhaltsam, erbarmungslos nieder! Er schwang drei Inches über meiner Brust! Ich bemühte mich heftig und wütend, meinen linken Arm freizubekommen. Dieser war nur vom Ellbogen an frei. Den letzteren konnte ich mit großer Mühe von der Schüssel an meiner Seite zu meinem Mund führen, aber nicht weiter. Hätte ich die Fesseln über dem Ellbogen zerreißen können, hätte ich das Pendel ergriffen und versucht, es aufzuhalten. Genausogut hätte ich versuchen können, eine Schneelawine aufzuhalten.

Nieder — noch immer unaufhörlich — immer unerbittlich nieder! Ich schnappte bei jeder Schwingung nach Luft und kämpfte bei jeder Schwingung von neuem. Ich zuckte jedesmal, wenn es an mir vorüberfegte, krampfhaft zusammen. Meine Augen folgten seinem Auf- und Abgehen mit dem Eifer sinnlosester Verzweiflung. Sie schlossen sich krampfhaft beim niedersausen, obwohl der Tod eine unaussprechliche Erlösung gewesen wäre! Dennoch erzitterte ich in jedem Nerv bei dem Gedanken, welch ein geringes Niedersinken der Maschine noch nötig war, um diesen scharfen, glitzernden Stahl durch meine

Brust zu treiben. Es war eine Hoffnung, welche die Nerven erbeben, den Körper erzittern ließ. Es war die Hoffnung, die über Foltern triumphiert, die den Todgeweihten sogar in den Kerkern der Inquisition noch Trost zuflüstert.

Ich sah, daß nach etwa zehn bis zwölf Schwingungen, der Stahl mit meiner Kleidung in Berührung kommen mußte — und mit dieser Beobachtung überkam meinen Geist all die klare gesammelte Ruhe der Verzweiflung. Das erstemal während vieler Stunden oder vielleicht sogar Tage dachte ich. Nun fiel es mir auf, daß die Bänder oder Riemen, die mich fesselten, aus einem Stück bestanden. Sie waren durch keinen zusätzlichen Knoten zusammengeknüpft. Der erste Streich des rasiermesserartigen Halbmondes der an irgendeiner Stelle schräg über irgendein Stück der Fesseln gehen würde, würde es so zerschneiden, daß ich sie mit Hilfe meiner linken Hand von meinem Körper lösen könnte. Aber wie gefährlich war in diesem Fall die Nähe des Stahls! Wie tödlich die Folge der kleinsten Bewegung. Und war darüber hinaus denn nicht anzunehmen, daß die Folterknechte diese Möglichkeit nicht vorgesehen und dagegen Maßnahmen ergriffen hatten? War es denn wahrscheinlich, daß die Fesseln meine Brust gerade in der Bahn des Pendels kreuzten? In der Furcht, meine schwache und wie es schien, letzte Hoffnung, vereitelt zu sehen, erhob ich meinen Kopf so weit, um einen genauen Blick auf meine Brust zu werfen. Die Fesseln umschlangen meine Glieder und meinen Körper in allen Richtungen — nur nicht in der Bahn des zerstörerischen Messers.

Kaum hatte ich mein Haupt wieder in seine ursprüngliche Lage gebracht, als wieder etwas von meinem Denken Besitz nahm, was ich nicht besser als die unvollendete Hälfte jenes Befreiungsgedankens bezeichnen kann, der mir undeutlich vorgeschwebt war, als ich die Nahrung an meine Lippen führte. Nun stand der ganze Gedanke vor mir — schwach, unsicher und unbestimmt — aber dennoch in seiner Gänze. Ich ging sofort mit der Energie der Verzweiflung an seine Ausführung.

Viele Stunden lang war der niedere Rahmen, auf dem ich lag, von Ratten buchstäblich umschwärmt worden. Sie waren wild, unverschämt, und raubgierig — ihre roten Augen starrten auf mich, als ob sie nur auf meine Regungslosigkeit warteten, um sich auf ihre Beute zu stürzen. „An welche Nahrung", dachte ich mir, „haben sie sich in jener Grube gewöhnt?"

Trotz aller meiner Bemühungen, es zu verhindern, hatten sie bis auf einen kleinen Rest den gesamten Inhalt der Schüssel verschlungen. Ich war in ein gleichmäßiges Hin- und Herbewegen der Hand über der Schüssel verfallen; und schließlich hatte die unbewußte Gleichförmigkeit der Bewegung diese ihrer Wirkung beraubt. In ihrer Freßgier hatten die Raubtiere des öftern mit ihren scharfen Zähnen in meine Finger gebissen. Mit den Stückchen der öligen und würzigen Speise, welche noch übrig war, rieb ich nun bedächtig, überall wo ich hingelangen konnte, meine Fesseln ein; und dann lag ich, meine Hand vom Boden erhoben, atemlos still.

Zuerst waren die gierigen Raubtiere durch den Wechsel, nämlich das Aufhören der Bewegung, aufgeregt und erschreckt. Ängstlich stoben sie zurück. Viele suchten den Brunnen auf. Aber dies dauerte nur kurze Zeit. Nicht umsonst hatte ich auf ihre Gefräßigkeit gerechnet. Nachdem sie erkannt hatten, daß ich ohne Bewegung verharrte, hüpften ein oder zwei der zudringlichsten auf den Rahmen und rochen an den Fesseln. Dies schien das Signal für den allgemeinen Angriff. In neuen Scharen eilten sie vom Brunnen her. Sie klammerten sich ans Holz, rannten darüber hinweg und hüpften zu hunderten auf meinen Leib. Die abgemessene Bewegung des Pendels störte sie keineswegs. Seinen Schlägen ausweichend, beschäftigten sie sich mit den eingeschmierten Gurten. Sie bedrückten mich und schwärmten in immer größeren Mengen über mich. Sie legten sich an meinen Hals; ihre kalten Lippen suchten die meinen. Ich wurde durch ihr Drängen fast erstickt; ein Ekel, für den es in der Welt keinen Namen gibt, hob meine Brust und ließ mein Herz wie von eisernen Klammern festgehalten erstarren. Doch in einer Minute merkte ich, würde der Kampf vorüber sein. Deutlich nahm ich wahr, wie sich die Gurte lockerten. Ich wußte, daß sie schon an mehr als einer Stelle durchtrennt sein mußten. Mit übermenschlicher Entschlossenheit blieb ich noch eine Weile liegen.

Ich hatte mich weder in meinen Berechnungen getäuscht, noch hatte ich vergebens ausgeharrt. Schließlich fühlte ich, daß ich frei war. Die Fesseln hingen in Fetzen von meinem Körper. Aber die Schwingungen des Pendels berührten bereits meine Brust. Dieses hatte schon den Stoff meiner Kleidung durchtrennt. Es hatte auch das darunter befindliche Leinen durchschnitten, noch zweimal schwang es, und ein schneidendes Schmerzgefühl zuckte mir durch jeden Nerv. Aber der Augenblick der Befreiung war gekommen. Auf eine Bewegung meiner Hand eilten meine Befreier verwirrt von dannen. Ruhig und vorsichtig mich nach der Seite zusammenkrümmend, glitt ich langsam aus den Gurten, die mich umschlangen und aus der Reichweite des Messers. Endlich war ich, für den Augenblick zumindest, frei.

Frei! — und in der Gewalt der Inquisition! Ich war mit Mühe meinem hölzernen Schreckensbett auf dem Steinboden des Gefängnisses entkommen, als die Bewegung der Höllenmaschine aufhörte und ich bemerkte, wie sie durch irgendeine unsichtbare Kraft durch die Decke hinaufgezogen wurde. Dies war eine Lehre, die ich mir verzweifelt zu Herzen nahm. Zweifellos wurde jede meiner Regungen bewacht. Frei! — Ich war nur einer Todesart entgangen, um einer schlimmeren Art des Todes ausgeliefert zu werden. Mit diesem Gedanken ließ ich meine Augen über die eisernen Wände gleiten, die mich einschlossen. Offensichtlich hatte hier irgendeine ungewöhnliche Veränderung, die ich nicht sogleich richtig zu würdigen verstand, im Kerker stattgefunden. Viele Minuten lang quälte ich mich zitternd und wie im Traum mit vergeblichen zusammenhanglosen Vermutungen. In dieser Zeit wurde ich zum erstenmal den Ursprung jenes schwefeligen Lichtes gewahr, welches die Zelle erhellte. Es entsprang einem etwa eine halbe Inch breiten Spalt, der sich am Fuße der Wände den ganzen Kerker entlang erstreckte, wodurch diese dem Anschein nach und auch in Wirklichkeit vollständig vom Fußboden getrennt wurden. Ich bemühte mich, natürlich vergeblich, durch diesen Spalt zu blicken.

Als ich mich nach diesem Versuch wieder erhob, erfaßte ich plötzlich die geheimnisvolle Veränderung des Raumes. Ich hatte bemerkt, daß die Farben der Gestalten an den Wänden verblichen und unklar schienen, obwohl die Umrisse genügend deutlich erkennbar waren. Diese Farben hatten nun eine sehr intensive Leuchtkraft angenommen, die sich im Augenblick noch verstärkte und den gespenstischen Teufelsfratzen ein Aussehen gaben, welches auch stärkere Nerven als die meinen erschauern gemacht hätte. Dämonische Augen glotzten mich mit wilder und geisterhafter Lebendigkeit aus tausend Richtungen an, wo früher nichts zu sehen gewesen war, und glänzten in jenem düsteren Feuer, das ich nicht als unwirklich denken konnte, sosehr ich mich bemühte, mir dies einzubilden.

Unwirklich! Sogar wenn ich Atem schöpfte, drang in meine Nase der Dunst von erhitztem Eisen! Eine erstikkende Atmosphäre erfüllte das Gefängnis! Jeden Augenblick glühten die Augen, die auf mich starrten, stärker! Ein stärkeres Rot ergoß sich über die Gemälde des blutigen Schreckens. Ich keuchte! Ich schnappte nach Luft! Es konnte kein Zweifel über die Absicht meiner Peiniger bestehen — oh, ihr erbarmungslosen, teuflischen Menschen! Ich wich vor dem glühenden Metall in die Mitte der Zelle. Bei dem Gedanken an den Tod durch die Hitze, der mir drohte, kam wie Balsam der Gedanke an die Kühle des Brunnens über meine Seele. Ich eilte an seinen tödlichen Rand. Ich richtete meine angestrengten Augen nach unten. Der Schein der glühenden Decke erleuchtete seine letzten Winkel. Dennoch wehrte sich mein Geist einen verzweifelten Augenblick lang, das zu erfassen, was ich sah. Schließlich überwältigte es mich, fand seinen Weg in meine Seele und brannte sich in meinen schaudernden Geist ein. Oh, hätte ich nur Worte dafür! — O Grauen! — Lieber jeder andere Schrecken als dieser! Mit einem Schrei rannte ich vom Rande weg, vergrub mein Gesicht in den Händen und weinte.

Die Hitze nahm schnell zu, neuerlich richtete ich den Blick nach oben, wie im Fieber zusammenschauernd. Eine zweite Veränderung hatte in der Zelle stattgefunden — und offensichtlich bezog sich diese auf die Form. Wie früher versuchte ich anfangs diese Veränderung zu würdigen und zu begreifen. Aber ich blieb nicht lange im Zweifel. Die Rachsucht der Inquisition war durch mein zweimaliges Entkommen aufgestachelt worden, und mit dem König der Schrecken war nun nicht mehr zu scherzen. Der Raum war anfangs rechteckig gewesen. Ich sah, daß nun zwei der eisernen Ecken spitze, die beiden anderen logischerweise nun stumpfe Winkel bildeten. Die schreckliche Veränderung nahm schnell mit einem dumpfen rumpelnden oder stöhnenden Geräusch zu. In einem Augenblick hatte sich die Form des Raumes in einen Rhombus verwandelt. Aber die Veränderung hörte hier nicht auf — weder hoffte noch wünschte ich dies. Ich hätte die glühenden Wände als ein Gewand des ewigen Friedens um meine Brust schließen mögen. „Jeder Tod", sagte ich mir, „nur nicht der im Brunnen!" Ich Tor! Hätte ich nicht wissen können, daß es der Zweck des feurigen Eisens war, mich in die Grube zu drängen? Konnte ich denn seiner Glut widerstehen? Und wenn auch, konnte ich es seiner pressenden Gewalt? Schmäler und immer schmäler wurde der Rhombus, mit einer Geschwindigkeit, welche mir keine Zeit zur Überlegung ließ. Sein Mittelpunkt und natürlich auch seine größte Breite befand sich gerade über dem gähnenden Abgrund. Ich wich zurück — doch die sich schließenden Wände drückten mich widerstandslos weiter. Schließlich gab es für meinen verbrannten, sich krümmenden Körper, für meine Füße, keine Inch mehr festen Bodens. Ich kämpfte nicht mehr länger, aber meine Seelenqual machte sich in einem lauten, langen letzten Schrei der Verzweiflung Luft. Ich spürte, daß ich am Rande des Brunnens taumelte — ich wandte meine Augen ab —

Da ließ sich ein mißtöniges Gemurmel menschlicher Stimmen vernehmen! Ein lauter Ton wie von vielen Trompeten! Ein lautes Krachen wie von tausend Donnern! Die feurigen Wände wichen zurück! Ein ausgestreckter Arm erfaßte meinen eigenen, als ich vor Schwäche in den Abgrund fallen wollte. Es war der des Generals Lasalle. Die französische Armee war in Toledo einmarschiert. Die Inquisition war in den Händen ihrer Feinde.

EINE ERZÄHLUNG AUS DEN RAGGED MOUNTAINS

Es war reiner Zufall, daß ich im Herbst des Jahres 1827 unweit von Charlottesville in Virginia die Bekanntschaft eines Herrn August Bedloe machte. Dieser junge Mann war in jeder Hinsicht bemerkenswert und erregte mein Interesse und meine Neugierde in höchstem Maße. Sowohl in geistiger wie in physischer Beziehung erschien er mir rätselhaft. Über seine Familie konnte ich keine befriedigende Auskunft erhalten. Woher er stammte, konnte ich nie herausbekommen. Selbst in bezug auf sein Alter gab es — obwohl ich ihn einen jungen Mann genannt habe — etwas geheimnisvolles, das mich nicht wenig in Verwirrung setzte. Er sah gewiß jung aus, und er sprach oft über seine Jugend, aber es gab Augenblicke, in denen ich ihn unbedenklich für hundert Jahre alt hätte halten können. Aber nichts an ihm war so eigenartig, wie seine persönliche Erscheinung. Er war ungewöhnlich groß und sehr schmächtig. Dabei hielt er sich stark gebückt. Seine Gliedmaßen waren außerordentlich lang und abgemagert, seine Stirne breit und niedrig, sein Gesicht vollkommen blutleer. Sein Mund war groß und sehr beweglich, seine Zähne, obgleich gesund, waren viel ungleichmäßiger, als ich sie bisher bei irgendeinem Menschen gesehen hatte. Der Ausdruck seines Lächelns war keineswegs, wie man vielleicht vermuten könnte, unsympathisch, aber es war immer gleich und wies keine Varianten auf. Es zeugte von einer tiefen Melancholie, von einem unwandelbaren nicht endenwollenden Trübsinn. Seine Augen waren ungewöhnlich groß und rund, wie die einer Katze. Auch zogen sich seine Pupillen zusammen oder dehnten sich aus, wie man es bei den katzenartigen Tieren beobachten kann. In Augenblicken der Aufregung brannte in seinen Augenhöhlen ein unerklärlich helles Feuer, wobei man den Eindruck gewann, daß die Strahlen nicht in den Augen reflektiert wurden, sondern aus ihnen herauskamen, sie glichen dem Licht einer Kerze oder der Sonne, obwohl die Augen normalerweise so ausdruckslos und trüb waren, daß sie an die Augen eines schon längst beerdigten Leichnams gemahnten.

Diese Eigentümlichkeiten schienen ihn nicht wenig zu bedrücken, und er pflegte daher halb erklärend, halb entschuldigend darauf anzuspielen, was mich das erstemal äußerst peinlich berührte. Bald jedoch gewöhnte ich mich daran, und mein unbehagliches Gefühl wich von mir. Er schien andeuten, wenn auch nicht direkt behaupten zu wollen, daß sein körperlicher Zustand nicht immer solcherart gewesen sei, sondern daß erst eine lange Reihe neuralgischer Anfälle ihn, der einst außergewöhnlich schön gewesen sei, zu dem gemacht habe, was er jetzt sei. Schon viele Jahre war er von einem Arzt namens Templeton, einem alten Herrn von vielleicht siebzig Jahren, behandelt worden, den er zu Saragota kennengelernt hatte. Diese Bekanntschaft war von großem Nutzen für ihn gewesen, zumindest bildete er es sich ein. Das eine steht jedoch fest, daß Bedloe, der wohlhabend war, mit Dr. Templeton ein Übereinkommen getroffen hatte, daß dieser seine Dienste ausschließlich seiner Pflege zur Verfügung stellen sollte, wofür er ein großzügiges, jährliches Gehalt bezog.

Doktor Templeton war in seinen jüngeren Jahren viel gereist und in Paris zu einem eifrigen Anhänger der Lehren Mesmers geworden. Einzig und allein seine suggestiven Kräfte waren es, durch welche es ihm gelang, die heftigen Schmerzen seines Patienten zu lindern, und dieser Erfolg hatte Mr. Bedloe verständlicherweise mit einem gewissen Maß an Vertrauen zu den Lehren erfüllt, denen diese bei ihm angewandten Mittel entstammten. Wie alle Enthusiasten gab sich der Arzt die größte Mühe, aus seinem Schüler einen vollkommenen Konvertiten zu machen, und schließlich war ihm das soweit gelungen, daß sich der Leidende zu zahlreichen Experimenten hergab. Die häufige Wiederholung derselben hatte ein Ergebnis gezeitigt, wie es heutzutage gar keine oder nur mehr wenig Aufmerksamkeit erregt, das aber zu der Zeit, in der diese Geschichte spielt, in Amerika nur sehr wenig bekannt war. Ich möchte damit sagen, daß sich zwischen Doktor Templeton und Bedloe nach und nach eine sehr deutlich bemerkbare Übereinstimmung oder eine magnetische Verwandtschaft entwickelte. Ich bin jedoch nicht imstande, mit Sicherheit zu behaupten, ob dieses Verhältnis über das einfache Einschläferungsvermögen hinausging, aber auf jeden Fall war dieses Vermögen sehr stark geworden. Der erste Versuch, das Medium einzuschläfern, war dem Mesmerianer vollkommen fehlgeschlagen. Der fünfte oder sechste war nur zum Teil erfolgreich, und auch das nur nach langem Bemühen. Erst beim zwölften war der Erfolg vollkommen. Nachher ordnete sich der Wille des Patienten rasch dem des Arztes unter, so daß damals, als ich die beiden kennenlernte, nur der Wille des Magnetiseurs den ersteren auf der Stelle in Schlaf versetzen konnte, und das auch dann, wenn der Kranke von dessen Anwesenheit nichts wußte. Erst jetzt, im Jahre 1845, wo ähnliche Wunder täglich zu tausenden beobachtet werden, wage ich es, diese anscheinend unmögliche Begebenheit als eine über alle Zweifel erhabene Tatsache zu berichten.

Bedloe hatte ein in höchstem Maß empfindsames, erregbares und enthusiastisches Gemüt. Seine Phantasie war einzigartig lebhaft und schöpferisch, und ohne Zweifel wurde sie durch den regelmäßigen Genuß von Morphium, welches er in großen Mengen schluckte und ohne das er wohl kaum noch hätte leben können, noch zusätzlich angeregt. Er pflegte jeden Morgen unmittelbar nach dem Frühstück oder genauer gesagt nach einer Tasse starken Kaffees, denn er aß am Vormittag nicht das geringste, eine große Dosis zu sich zu nehmen, und dann begab er sich allein, oder nur von seinem Hund begleitet, auf einen ausgedehnten Spaziergang in jene wilden und trübseligen Berge, die westlich und südlich von Charlottesville gelegen sind und unter dem Namen „Ragged Mountains" bekannt sind.

An einem trüben, warmen und nebligen Tag gegen Ende November, während jenes seltsamen Interregnums der Jahreszeiten, das in Amerika als „Indianischer Sommer" bezeichnet wird, geschah es einmal, daß Mr. Bedloe sich wieder wie üblich nach den Bergen aufmachte. Der Tag verstrich jedoch, und er kam noch immer nicht zurück.

Etwa gegen acht Uhr abend wollten wir uns, durch sein langes Ausbleiben beunruhigt, gerade aufmachen, ihn zu suchen, als er, gesundheitlich nicht schlechter beisammen als sonst und eher munterer als gewöhnlich, ganz unerwartet auftauchte. Was er uns von seinem Ausflug sowie von den Ereignissen, welche ihn zurückgehalten hatten, erzählte, war in der Tat äußerst seltsam.

„Sie werden sich erinnern", begann er, „daß es etwa neun Uhr früh war, als ich Charlottesville verließ. Ich richtete meine Schritte sogleich nach den Bergen, und etwa um zehn gelangte ich in eine Schlucht, die mir vollkommen neu war. Mit größtem Interesse folgte ich den Windungen des Weges. Die Landschaft, die mich umgab, rief in mir, obwohl sie kaum großartig zu nennen war, ein angenehmes Gefühl trauriger Verlassenheit wach. Die Einsamkeit schien völlig jungfräulich zu sein. Ich konnte mich des Gefühls nicht erwehren, als wäre der grüne Rasen und die grauen Felsen, auf die ich meinen Fuß setzte, noch nie von eines Menschen Fuß betreten worden. So völlig abgeschlossen und fast unzugänglich, wenn einen nicht der Zufall hinführt, ist der Eingang dieser Schlucht, daß es keinesfalls unmöglich ist, daß ich wirklich der einzige Glückliche war — der erste und einzige Glückliche, der je in ihre Einsamkeit vorgedrungen ist.

Der dichte seltsame Nebel, der den Indianischen Sommer kennzeichnet, der schwer über der ganzen Natur lag, hatte zweifelsohne die vagen Eindrücke der Dinge noch verstärkt. So dicht war dieser Nebel, daß ich bisweilen nicht mehr als zwölf Yards des Weges vor mir erkennen konnte. Dieser Weg machte unerhört viele Windungen, und da ich die Sonne nicht sehen konnte, ging mir jedes

Orientierungsvermögen verloren und ich wußte nicht mehr, in welcher Richtung ich mich bewegte. Inzwischen zeitigte das Morphium seine übliche Wirkung, das heißt, es hatte ein verstärktes Interesse an der Außenwelt wachgerufen. Im Zittern eines Blattes — in der Farbe eines Grashalms — in der Form eines Kleeblatts — im Summen einer Biene — im Glitzern eines Tautropfens — im Atem des Windes — in den schwachen Düften, die aus dem Wald kamen, aus all dem kam eine ganze Welt von Vorstellungen — ein heiterer, bunter Zug rhapsodischer ungeordneter Gedanken, auf mich zu.

In diese Gedanken versunken, wanderte ich einige Stunden, während welcher der mich umgebende Nebel so stark wurde, daß ich schließlich gezwungen war, meinen Weg tastend zu suchen. Und nun nahm ein unbeschreiblich unbehagliches Gefühl von mir Besitz — eine Art nervöser Zaghaftigkeit, und ich zitterte. Ich fürchtete bei jedem Schritt, in einen Abgrund zu stürzen. Auch kamen mir seltsame Geschichten, die man sich von diesen ‚Ragged Mountains' und den ungeschlachten feurigen Menschen, welche ihre Haine und Höhlen bewohnen sollten, erzählte, in den Sinn. Tausend vage Vorstellungen bedrückten und verwirrten mich, und dies umso mehr, je unbestimmter sie waren. Ganz plötzlich jedoch wurde meine Aufmerksamkeit von lauten Trommelschlägen gefangengenommen.

Wie man sich denken kann, kannte mein Staunen keine Grenzen. Trommeln in dieser Gegend waren etwas vollkommen unbekanntes. Ich für meinen Teil wäre vom Ton der Posaune des Erzengels nicht mehr in Erstaunen gesetzt worden. Aber nun sollte etwas geschehen, was dazu angetan war, mein Interesse und meine Verwirrung noch zu erhöhen. Es ließ sich nämlich ein tolles rasselndes oder klirrendes Geräusch hören, wie wenn eine Menge großer in einem Bunde vereinigter Schlüssel geschüttelt wird, und im selben Augenblick eilte von hinten ein halbnackter Mann von dunkler Gesichtsfarbe mit einem lauten Schrei an mir vorüber. Er kam so nahe an mir vorbei, daß ich seinen heißen Atem auf meinem

Gesicht spürte. In der Hand trug er ein Gerät, das aus lauter Stahlringen bestand, und dieses schüttelte er während des Laufes heftig. Kaum war er vor mir im Nebel verschwunden, als ihm keuchend ein riesiges Untier mit offenem Mund und feurigen Augen nachschoß. Ich konnte mich darin nicht irren, es war eine Hyäne.

Der Anblick dieses Ungeheuers war eher dazu angetan, meinen Schrecken zu vermindern, statt ihn zu vergrößern — denn nun hielt ich es für sicher, daß ich träumte, und bemühte mich, das wache Bewußtsein wiederzuerlangen. Kühn und kräftig schritt ich weiter. Ich rieb mir die Augen. Ich rief laut. Ich kniff mich in Arme und Beine. Da bot sich meinem Blick eine Quelle, ich bückte mich und badete Hände, Kopf und Hals darin. Dies schien die unklaren Empfindungen zu verscheuchen, die mich bisher beunruhigt hatten. Ich erhob mich als neuer Mensch, und setzte festen Schrittes und zufrieden den unbekannten Weg fort.

Schließlich ließ ich mich, von der Anstrengung und der bedrückenden Schwüle der Atmosphäre ermattet, unter einem Baum nieder. Gleichzeitig trat die Sonne ein wenig hervor, und der Schatten der Baumblätter fiel zwar schwach doch deutlich erkennbar auf das Gras. Viele Minuten lang starrte ich voller Verwunderung auf diesen Schatten. Seine Form setzte mich in Erstaunen. Ich blickte in die Höhe, und siehe da, es war eine Palme.

Rasch sprang ich auf, in einem Zustand fürchterlicher Erregung — denn nicht länger glaubte ich zu träumen. Ich sah — ich fühlte, daß mir meine Sinne vollkommen gehorchten — und diese Sinne trugen nun meiner Seele eine Welt neuer einzigartiger Empfindungen zu. Die Hitze wurde auf einmal unerträglich. Ein seltsamer Geruch erfüllte die Luft. Leises, anhaltendes Gemurmel, ähnlich dem eines großen, aber langsam dahinfließenden Stromes, mit dem sich das eigentümliche Summen einer zahlreichen Menschenmenge vermischte, drang an mein Ohr.

Während ich noch in äußerstem Erstaunen, das ich gar nicht zu beschreiben wage, diesem Geräusch lauschte, verscheuchte ein kurzer starker Windstoß, wie ein Zauberschlag, den über der Gegend lastenden Nebel.

Ich befand mich am Fuße eines ungeheuren Berges und schaute in ein riesiges Blachfeld hinab, durch welches sich ein majestätischer Strom wand. Am Ufer dieses Flusses breitete sich eine orientalisch aussehende Stadt aus, etwa in der Art, wie man sie in ‚Tausendundeiner Nacht' beschrieben findet, aber in ihrer Art noch einzigartiger als irgendeine der dort geschilderten. Von meinem Standpunkt aus, der weit über dem Niveau der Stadt gelegen war, konnte ich, wie auf einer Landkarte, alle ihre Ecken und Winkel deutlich überblicken. Die Straßen schienen zahllos zu sein und kreuzten sich unregelmäßig nach allen möglichen Richtungen, aber sie ähnelten eher langen, krummen Gäßchen als Straßen und waren mit Menschen vollgepfropft. Die Häuser waren wild malerisch. Überall gab es eine Fülle von Balkonen, Veranden, Minaretts, Erkern und phantastisch verzierten Heiligtümern. Basare gab es in großer Zahl, und in diesen lagen auch prächtige Waren in unbegrenzter Fülle und Mannigfaltigkeit ausgebreitet; Seidengespinste, Musselins, die blendendsten Erzeugnisse der Messerschmiedekunst und die prächtigsten Juwelen und Gemmen gab es dort zu sehen. Daneben erblickte man allenthalben Fahnen, Tragsessel, Sänften mit stattlichen, dicht verschleierten Damen, prächtig aufgeputzte Elefanten, grotesk gehauene Götterstatuen, Trommeln, Banner, Gongs, Speere, silberne und goldene Keulen. Und inmitten des schreienden Volkes, inmitten der allgemeinen Verknäuelung und Verwirrung, mitten unter den Millionen schwarzer und gelbhäutiger Menschen, mit Turbanen und langen Gewändern bekleidet, mit wallenden Bärten, tummelte sich eine unzählbare Menge mit Bändern geschmückter heiliger Stiere umher, während eine unermeßliche Herde schmutziger, aber ebenfalls heiliger Affen, zähnefletschend und schreiend an den Gesimsen der Moscheen hinaufkletterten, oder an den Minaretten und Galerien hingen. Von den dichtbevölkerten Straßen führten unzählige Treppen zu Badeplätzen am Fluß hinunter, der sich nur mit Mühe einen Weg durch die riesige Flotte schwer beladener Schiffe zu bahnen schien, die so weit das Auge reichte, seine Oberfläche bedeckten. Jenseits der Grenzen der Stadt erhoben sich neben anderen gigantischen und gespenstischen Bäumen zahllose majestätische Gruppen von Palmen und Kokosbäumen; und da und dort konnte man ein Reisfeld sehen, das Strohdach einer ländlichen Hütte, einen Brunnen, einen einzelnen Tempel, ein Zigeunerlager oder ein anmutiges einsames Mädchen, das mit einem Wasserkrug auf dem Kopf dem Ufer des großartigen Stromes zuschritt.

Sie werden natürlich sagen, ich hätte geträumt, doch darin irren Sie. In allem, was ich sah, hörte, fühlte und dachte, gab es keines jener unmißverständlichen Merkmale eines Traumes. Alles stand in vollkommenem Einklang miteinander. Anfangs, als ich daran zweifelte, wach zu sein, stellte ich eine Menge Proben an, welche mich bald davon überzeugten, daß ich wachte. Wenn einer, der träumt, im Traum vermutet, daß er träume, wird sich diese Vermutung immer dadurch bestätigen, daß der Schlafende sogleich aufwacht. Novalis geht darin nicht fehl, wenn er sagt, daß wir kurz vor dem Erwachen sind, wenn wir träumen, daß wir träumen. Hätte ich diese Vision gehabt, ohne die Annahme, daß ich träume, dann hätte es durchaus ein Traum sein können, aber unter den erwähnten Umständen und nach jenem Verdacht und der Überprüfung, bleibt mir nur übrig, es unter andere Phänomene einzureihen."

„Ich bin mir nicht sicher, ob Sie damit unrecht haben", bemerkte Dr. Templeton, „doch fahren Sie fort. Sie standen also auf und stiegen zur Stadt hinab."

„Ja, ich stand auf, wie Sie sagen", fuhr Bedloe, mit einem Blick des höchsten Erstaunens auf den Doktor fort, „und ging in die Stadt hinunter. Auf meinem Weg traf ich mit einer ungeheuren Menschenmenge zusammen, die sämtliche Straßen erfüllte und sich in ein und derselben Richtung drängte und durch ihr Gehaben größte Aufregung verriet. Ganz plötzlich interessierte ich mich, auf mir selbst unbegreifliche Weise, für das, was hier vorging. Ich schien zu fühlen, daß ich eine wichtige Rolle zu spielen hatte, ohne jedoch genau zu wissen, worin diese bestand. Gegen die Menge jedoch, die mich umringte, fühlte ich heftige Abneigung. Ich entfernte mich aus ihrer Mitte und erreichte auf einem Umweg bald darauf die Stadt. Hier herrschte der ärgste Tumult und Streit. Eine kleine Gruppe halb indisch, halb europäisch gekleideter Leute, von Offizieren befehligt, welche teilweise britische Uniformen trugen, kämpften mit dem in den Gassen herumschweifenden Pöbel. Ich stellte mich auf die Seite der Schwächeren, bewaffnete mich mit den Waffen eines gefallenen Offiziers und kämpfte, ich wußte nicht gegen wen, mit dem Ingrimm der Verzweiflung. Bald jedoch mußten wir der Übermacht weichen und waren gezwungen, in einer Art Kiosk Deckung zu suchen. Hier verbarrikadierten wir uns, und für den Augenblick wenigstens waren wir sicher. Durch ein Guckloch in der Nähe des Daches des Kioskes, beobachtete ich, wie eine ungeheure Menschenmenge in zornigster Aufregung einen prächtigen Palast am Ufer des Stromes umzingelte und bestürmte. Gleich darauf ließ sich aus einem der oberen Fenster dieses Palastes ein weibisch aussehender Mann mit einem anscheinend aus den Turbanen seiner Dienerschaft zusammengeknüpften Strick herunter. Dort wartete ein Boot, mit Hilfe dessen er an das gegenüberliegende Ufer des Stromes entkam.

Und jetzt nahm etwas neues meine Seele gefangen. Ich sprach ein paar eilige, jedoch energische Worte zu meinen Gefährten, und nachdem es mir gelungen war, ein paar von ihnen von meinem Plan zu überzeugen, machte ich einen wütenden Ausfall aus dem Kiosk. Wir stürzten uns mitten in den Pöbelhaufen, der uns umgab. Zuerst wichen die Gegner vor uns zurück. Dann sammelten sie sich, kämpften wie verrückt, und wichen von neuem zurück. Inzwischen entfernten wir uns immer weiter vom Kiosk, und wurden in schmale Gassen zwischen hohen, überhängenden Häusern, Winkel, in denen wohl nie die Sonne schien, abgedrängt. Der Pöbel drang auf uns mit ungestümer Heftigkeit ein, hielt uns mit Speeren in

Schach und bedachte uns mit Schwärmen von Pfeilen. Letztere waren sehr bemerkenswert, indem sie in mancher Hinsicht an die geflammten Dolche der Malayen erinnerten. Sie stellten die Form einer kriechenden Schlange dar, waren lang und schwarz und hatten einen vergifteten Widerhaken als Spitze. Einer davon traf mich an der rechten Schläfe. Ich taumelte und fiel zu Boden. Gleichzeitig überkam mich eine schreckliche Übelkeit. Ich wand mich in Krämpfen, rang nach Luft und starb."

„Sie werden nun kaum mehr behaupten wollen", sagte ich lächelnd, „daß Ihr ganzes Abenteuer etwa kein Traum war. Sie werden doch nicht darauf bestehen wollen, daß Sie jetzt tot sind?"

Als ich diese Worte sprach, erwartete ich selbstredend irgendeine lebhafte Bemerkung Bedloes als Antwort, aber zu meinem Erstaunen zeigte er sich unschlüssig, zitterte, wurde entsetzlich blaß und blieb stumm. Ich blickte auf Templeton. Er saß aufrecht und steif in seinem Stuhl, klapperte mit den Zähnen, und seine Augen schienen aus ihren Höhlen treten zu wollen. „Erzählen Sie weiter!" sagte er schließlich mit heiserer Stimme zu seinem Patienten.

„Viele Minuten lang", fuhr der letztere fort, „empfand ich nichts als Dunkelheit und das Nichts, und ich war mir bewußt, tot zu sein. Schließlich schien ein heftiger, plötzlicher Schlag, so wie wenn man sich elektrisiert, durch meine Seele zu zucken. Mit ihm kam die Empfindung der Gespanntheit und des Lichtes zurück. Letzteres fühlte ich, doch ich sah es nicht. Ich schien mich augenblicklich vom Boden zu erheben. Aber mir fehlte die körperliche, sichtbare, hörbare und greifbare Gegenwart. Die Menge hatte sich verzogen, der Tumult aufgehört. In der Stadt war es verhältnismäßig ruhig. Neben mir lag mein Leichnam, in dessen Schläfe noch der Pfeil stak, der ganze Kopf war stark geschwollen und entstellt. All dies jedoch fühlte, aber sah ich nicht. Ich nahm an nichts irgendwelchen Anteil. Sogar mein Leichnam schien etwas, was mich nichts anging. Ich hatte keinen eigenen Willen, aber ich schien erfaßt und in Bewegung gesetzt zu werden, und ich entschwebte aus der Stadt auf demselben verschlungenen Weg, auf welchem ich sie betreten hatte. Als ich jene Stelle der Bergesschlucht erreicht hatte, an dem ich die Hyäne gesehen hatte, fühlte ich von neuem einen Schlag wie von einer galvanischen Batterie und jetzt kehrte mir wieder das Gefühl der Schwere, der eigene Wille und das Bewußtsein der körperlichen Existenz zurück. Ich wurde wieder ich selbst, und rasch richtete ich meine Schritte heimwärts — aber das Vergangene hat den lebhaften Eindruck der Wirklichkeit nicht eingebüßt, und auch jetzt kann ich mich nicht, nicht einmal einen Augenblick lang, dazu zwingen, das alles für einen Traum zu halten."

„Es war auch keiner", sagte Templeton, im Ausdruck höchster Feierlichkeit, „obgleich es schwierig wäre, zu sagen, wie man es sonst bezeichnen sollte. Wir wollen nur annehmen, daß die Seele des Menschen von heutzutage an der Schwelle wunderbarer psychischer Entdeckungen steht. Seien wir damit zufrieden. Für das übrige habe ich einige Erklärungen abzugeben. Hier ist ein kleines Aquarell, das ich Ihnen schon längst zeigen wollte, aber ein unerklärliches Gefühl des Schreckens hat mich bisher daran gehindert."

Wir blickten auf das Bild, das er uns vorhielt. Ich konnte daran nichts feststellen, was außergewöhnlich gewesen wäre, aber die Wirkung auf Bedloe war ungeheuer. Er wurde beinahe ohnmächtig, als er darauf blickte. Und doch war es nur ein Miniaturbild, allerdings ein wunderbar ähnliches Abbild seiner eigenen so auffallenden Züge. Wenigstens schien es mir so, als ich es ansah.

„Sie können das Datum dieses Gemäldes lesen", sagte Templeton, „hier in dieser Ecke ist es, kaum sichtbar — 1780. In diesem Jahr wurde das Porträt gemalt. Es stellt einen verstorbenen Freund von mir dar — einen gewissen Mr. Oldeb — der mir in Kalkutta während der Regierung Warren Hastings sehr ans Herz gewachsen war. Ich war damals erst zwanzig Jahre alt. Als ich Sie zu Saratoga das erstemal sah, Herr Bedloe, war es die Ähnlichkeit zwischen Ihnen und jenem Porträt, welche mich veranlaßte, mich Ihnen zu nähern, Ihre Freundschaft zu suchen und jenes Übereinkommen zustande zu bringen, auf Grund dessen ich Ihr dauernder Begleiter wurde. Was mich dazu gebracht hat, war zum Teil, und vielleicht sogar in erster Linie, die schmerzliche Erinnerung an den Hingeschiedenen, aber auch eine gewisse unbehagliche, und nicht ganz grauenfreie Neugierde für Ihre eigene Person.

In der Erzählung Ihrer Vision, die Sie in den Bergen hatten, haben Sie mit größter Genauigkeit die indische Stadt Benares am heiligen Fluß beschrieben. Die Aufstände, der Kampf und das Massaker, das Sie gesehen haben, waren die Begleiterscheinungen der Revolte von Cheyte Sing, welche sich im Jahre 1780 ereignete. Damals befand sich Hastings in höchster Lebensgefahr. Der Mann, der durch das Turbanseil entfloh, war Cheyte Sing selbst. Die Truppe im Kiosk waren Sepoys und englische Offiziere, die von Hastings angeführt wurden. Ich war einer von dieser Gruppe, und ich tat mein möglichstes, um den tollkühnen und unheilvollen Ausfall jenes Offiziers zu verhindern, der dann durch einen vergifteten Pfeil eines Bengalen zugrunde ging. Dieser Offizier war mein bester Freund, nämlich Oldeb. Sie sehen aus diesen Schriften", hier langte der Sprecher nach einem Notizbuch, von dem einige Seiten erst vor kurzer Zeit niedergeschrieben worden zu sein schienen, „daß ich gerade zu der Zeit, als Sie in den Bergen diese Dinge träumten, dabei war, sie hier zu Hause zu Papier zu bringen."

Etwa eine Woche nach diesem Gespräch konnte man in einer Charlottesviller Zeitung folgenden Artikel lesen:

„Wir haben die traurige Pflicht, unseren geschätzten Lesern das Ableben Mr. Augustus Bedlos bekanntzugeben — eines Herrn, dessen liebenswürdige Art und viele gute Eigenschaften ihn schon längst bei den Einwohnern Charlottesvilles beliebt gemacht haben.

Schon seit einigen Jahren hatte Herr B. an Neuralgie gelitten, die oft einen tödlichen Ausgang zu nehmen drohte. Doch diese kann nur als die mittelbare Ursache seines Todes angesehen werden. Die unmittelbare war eine ganz außergewöhnliche. Bei einem Ausflug in die Ragged Mountains, vor ein paar Tagen, hatte sich Herr B. eine fiebrige Erkältung zugezogen, die von einem großen Blutandrang im Gehirn begleitet war. Um diesen zu beheben, nahm Dr. Templeton einen topischen Aderlaß vor. An die Schläfen wurden Blutegel gesetzt. Aber nach unglaublich kurzer Zeit starb der Patient, als man feststellte, daß in das Gefäß mit den Blutegeln durch einen unglückseligen Zufall einer jener giftigen wurmartigen Blutegel gekommen war, die man bisweilen in den umliegenden Teichen findet. Dieses Tier verbiß sich in eine kleine Arterie an der rechten Schläfe. Seine große Ähnlichkeit mit dem medizinischen Blutegel war schuld daran, daß man das unheilvolle Versehen erst entdeckte, als es schon zu spät war.

Nachschrift: Der giftige Blutegel von Charlottesville kann vom medizinischen Blutegel stets durch seine schwarze Farbe und ganz besonders durch seine wurmartigen Bewegungen, die denen einer Schlange sehr ähnlich sind, unterschieden werden."

Eben sprach ich mit dem Herausgeber dieser Zeitung über jenen außergewöhnlichen Unglücksfall, als es mir einfiel, ihn zu fragen, woher es wohl käme, daß der Name des Verstorbenen als Bedlo gedruckt worden war.

„Ich nehme an", sagte ich, „Sie haben Ihre Gründe gehabt, den Namen so und nicht anders zu schreiben, aber ich dachte immer, daß am Ende noch ein e stehen müßte."

„Gründe? — nein", gab er zur Antwort, „es handelt sich nur um einen Druckfehler. Es heißt Bedloe mit e, und ich habe es in meinem Leben nie anders gelesen."

„Dann", murmelte ich, indem ich mich zum Gehen wandte, „dann ist es wirklich so, daß die Wahrheit seltsamer ist als irgendeine Phantasie — denn Bedloe, ohne e, ist nichts anderes als die Umkehrung des Namens Oldeb! Und der Mensch will mir einreden, daß es sich um einen Druckfehler handelt."

DREI SONNTAGE IN EINER WOCHE

„Du dickköpfiger, dummer, halsstarriger, verrosteter, mürrischer, schimmliger, verstaubter, alter Heide!" nannte ich eines Nachmittags in meiner Phantasie meinen Großonkel Rumgudgeon und hob in Gedanken die Faust gegen ihn.

Nur in der Phantasie. In Wahrheit bestand ein kleiner Unterschied zwischen dem, was ich sagte und dem, was zu sagen ich nicht den Mut hatte — zwischen dem, was ich tat, und dem, was ich gerne getan hätte.

Das alte Meerschwein saß, als ich die Tür zum Wohnzimmer öffnete, mit seinen Füßen auf dem Kaminsims, einen Humpen Portwein in seinen Pfoten und war eifrig bemüht, nach dem Sinn jenes Liedchens zu handeln:

Remplis ton verre vide!
Vide ton verre plein!

„Mein lieber Onkel", sagte ich, indem ich leise die Tür schloß und mich ihm mit dem liebenswürdigsten Lächeln näherte, „du bist immer so freundlich und verständnisvoll, und du hast dein Wohlwollen bei so vielen, unerhört vielen Gelegenheiten bewiesen, daß ich fühle, ich brauche dir mein kleines Anliegen nur anzudeuten, um deine vollständige Einwilligung zu erlangen."

„Hm", sagte er, „mein guter Junge! Also los!"

„Ich bin sicher, mein liebster Onkel (du verfluchter, alter Schuft), daß du nicht ernstlich beabsichtigst, dich einer Verbindung zwischen Kate und mir entgegenzustellen. Das ist doch nur ein Spaß von dir, ich weiß es doch, hahaha! — wie unerhört spaßig du bisweilen sein kannst."

„Hahaha!" lachte er, „du verflixter Kerl!"

„Siehst du, natürlich! Ich wußte ja, daß es ein Spaß

war. Nun, Onkel, alles was Kate und ich augenblicklich von dir wollen, ist, daß du uns deinen Rat gibst — wegen dem Zeitpunkt — du weißt doch, Onkel — kurz, wann es dir am liebsten wäre, daß die Hochzeit losgehen — losgehen soll, weißt du?"

„Losgehen soll, du Schlingel! — was willst du damit sagen? — Warte lieber, bis sie losgeht."

„Hahaha! — Hehehe! — Hihihi! — Hohoho! — Huhuhu! — oh, das ist gut! — das ist famos! — so ein Spaß! Aber, Onkel, weißt du, wir wollen jetzt so gerne, daß du uns einen genauen Zeitpunkt nennst."

„Ah! — einen genauen Zeitpunkt?"

„Ja, Onkel — das heißt, wann es dir selbst am besten paßt."

„Wäre es nicht genug, Bobby, wenn man es dem Zufall überlassen würde — irgendeinmal im Jahr zum Beispiel? — muß ich es genau sagen?"

„Wenn du lieb bist, Onkel, bitte genau."

„Also gut, Bobby, mein Junge — du bist ein feiner Kerl, nicht wahr? — da du schon den genauen Zeitpunkt wissen möchtest, so will ich dir also gleich den Gefallen tun."

„Bester Onkel!"

„Still, mein Herr!" schnitt er mir meine Rede ab, „ich kann dir ja den Gefallen tun. Du sollst meine Einwilligung haben — und die Mitgift, wir dürfen die Mitgift nicht vergessen — laß mich nachdenken! Wann soll es sein? Heute ist doch Sonntag, nicht? — Gut, also, du sollst sie genau dann heiraten — nun paß auf, genau dann — wenn drei Sonntage in einer Woche zusammenkommen! Hörst du mich, Mann! Was gaffst du so? Ich sage, du sollst Kate und ihre Mitgift bekommen, wenn drei Sonntage in einer Woche zusammenkommen — nicht eher — du junger Taugenichts — nicht früher, und wenn ich dafür sterben müßte. Du kennst mich — ich bin ein Mann, der sein Wort hält — und nun verschwinde!"

Damit goß er sich seinen Humpen Portwein hinunter, während ich voll Verzweiflung aus dem Zimmer rannte.

Ein ganz „feiner, alter, englischer Gentleman" war mein Großonkel Rumgudgeon, aber ungleich dem im Liede, hatte er seine Schwächen. Er war ein kleiner, fetter, prahlerischer, aufbrausender, kugeliger Jemand mit einer roten Nase, dickem Schädel, dickem Geldbeutel und einem festen Glauben an die Bedeutung seines Ichs. Mit dem besten Herzen von der Welt, brachte er es durch seinen beständig vorherrschenden Widerspruchsgeist zuwege, von denjenigen Leuten, die ihn nur oberflächlich kannten, für einen Geizkragen gehalten zu werden. Wie viele hervorragende Menschen schien er von einer Lust zu quälen besessen zu sein, die unter Umständen leicht als Böswilligkeit mißdeutet werden konnte. Auf jede an ihn herangetragene Bitte war ein unbedingtes „Nein" die Antwort; aber am Ende — einem langen, äußerst langen Ende — gab es nur wenige Bitten, die er nicht erfüllt hätte. Gegen alle Angriffe auf seinen Geldbeutel verteidigte er sich mit besonderer Hartnäckigkeit; aber die Summe, die man ihm schließlich herauspreßte, stand im allgemeinen in genauem Verhältnis zur Dauer der Belagerung und zur Hartnäckigkeit seines Widerstandes. Zu wohltätigen Zwecken spendete kaum jemand reichlicher und mit größerem Widerwillen.

Für die schönen Künste, besonders für die Literatur, hegte er tiefste Verachtung. Daran war Casimir Perier schuld, dessen vorlaute kleine Schrift „A quoi un poète est-il bon?" er mit einer sehr drolligen Aussprache als das Nonplusultra logischer Geistesschärfe zu zitieren pflegte. Daher hatte auch meine Vorliebe für die Musen sein höchstes Mißfallen erregt. Er versicherte mir eines Tages, als ich ihn um eine neue Ausgabe von Horaz bat, daß die Übersetzung von „Poeta nascitur non fit" laute: „ein widerlicher Dichterling, zu nichts zu gebrauchen" — eine Bemerkung, die ich ihm sehr übelnahm. Seine Abneigung gegen die klassische Philologie war zuletzt noch durch eine zufällig wachgerufene Neigung zu etwas, was er für Naturwissenschaft hielt, gesteigert worden. Irgendjemand hatte ihn auf der Straße angesprochen, weil er ihn versehentlich mit keinem geringeren als Doktor Dubble L. Dee, den naturwissenschaftliche Vorträge haltenden Quacksalber verwechselt hatte. Dies brachte ihn ganz aus dem Häuschen; und gerade zu der Zeit, da diese Geschichte spielt — denn eine Geschichte sollte es ja wirklich werden — war mein Großonkel Rumgudgeon nur in bezug auf jene Dinge zugänglich und friedfertig, die zufällig irgendwie mit den Bocksprüngen des Steckenpferdes, das er gerade ritt, in Einklang zu bringen waren. Es bleibt nur noch zu sagen, daß er mit Armen und Beinen lachte, und daß seine politischen Ansichten starrköpfig und sehr primitiv waren. Er vertrat mit Horsley die Meinung, daß „die Leute mit den Gesetzen nichts weiter zu schaffen haben, als ihnen zu gehorchen".

Mein ganzes Leben hatte ich mit diesem alten Herrn verbracht. Meine Eltern hatten mich ihm hinterlassen, ein großartiges Vermächtnis. Ich glaube, der alte Schuft liebte mich wie sein eigenes Kind — fast, wenn nicht genau so, wie er Kate liebte — aber trotz allem führte ich ein Hundeleben bei ihm. Von meinem ersten bis zu meinem fünften Lebensjahr behandelte er mich mit regelmäßigen Schlägen. Vom fünften bis zum fünfzehnten drohte er mir stündlich mit der Besserungsanstalt. Vom fünfzehnten bis zum zwanzigsten verging nicht ein einziger Tag, an dem er mir nicht verkündete, er würde mich mit einem Schilling vor die Tür setzen. Ich war ein beklagenswerter Hund, das stimmt — aber anderseits lag es in meiner Natur, treu auszuharren. Jedoch hatte ich in Kate eine unerschütterliche Freundin, und ich wußte dies. Sie war ein liebes Mädchen und sagte mir in süßen Worten, daß ich sie, die Mitgift und alles übrige haben könne, wenn ich nur meinen Onkel Rumgudgeon zu der notwendigen Einwilligung bringen könnte. Armes Mädchen! — sie war kaum fünfzehn, und ohne seine Einwilligung konnte sie ihr kleines Vermögen nicht eher ausbezahlt bekommen, bevor nicht fünf unermeßliche Sommer „ihre träge Last vorübergeschleppt hätten". Was also tun? Mit fünfzehn oder selbst mit einundzwanzig (ich hatte nämlich meine fünfte Olympiade hinter mir) scheinen fünf Jahre, die vor einem liegen, soviel wie fünfhundert. Vergeblich bestürmten wir den alten Herrn mit unseren Bitten. Hier handelte es sich um eine „pièce de resistance“, wie die Herrn Ude und Careme sagen würden, die seine perverse Laune zum Widerstand herausforderte. Es hätte selbst den Unwillen Hiobs erregt, wenn er gesehen hätte, wie er, gleich einem alten Rattenfänger, mit uns beiden armen elenden kleinen Mäusen umging. In seinem Herzen hatte er keinen brennenderen Wunsch als unsere Heirat. Schon längst war er zu diesem Entschluß gekommen. Tatsächlich würde er uns zehntausend Pfund aus seiner eigenen Tasche dazugegeben haben — Kates Mitgift war ihr Eigentum — wenn er nur irgendeine Entschuldigung dafür hätte finden können, mit unseren, ach so natürlichen Wünschen gemeinsame Sache zu machen. Aber wir hatten den Fehler gemacht, die Sache von unserer Seite aus aufs Tapet zu bringen. Sich ihr unter diesen Umständen nicht entgegenzustellen, denke ich, lag nicht in seiner Macht.

Ich habe bereits gesagt, daß er seine Schwächen hatte; aber man darf nicht glauben, daß ich damit seine Halsstarrigkeit meine, denn diese war eine Stärke von ihm — „assurement ce n'était pa sa foible“. Wenn ich von seinen Schwächen spreche, so spiele ich damit auf einen seltsamen Altweiberglauben an, der ihn beherrschte. Er glaubte an Träume, Vorzeichen und all dieses Gewäsch. Er war außerordentlich empfindlich in Kleinigkeiten, die seine Ehre betrafen, und in seiner Art zweifelsohne ein Mann, der Wort hielt. Über den Sinn seiner Gelübde konnte er sich leicht hinwegsetzen, aber der Buchstabe war ein unverletzliches Band. Und diese letztere Eigenart seines Charakters ermöglichte es Kates Schlauheit eines schönen Tages, nicht lange nach der denkwürdigen Unterredung im Wohnzimmer, einen unerwarteten Vorteil für uns herauszuschlagen. Und nun, nachdem ich in der Art aller modernen Bänkelsänger und Redner mich, sowohl was meine Zeit als auch den für die Erzählung verfügbaren Platz anlangt, in Einleitungen erschöpft habe, will ich nun in kurzen Worten zusammenfassen, worin die Pointe der Geschichte besteht.

Es geschah — so wollte es das Geschick — daß sich unter den seefahrenden Bekannten meiner Verlobten zwei Herren befanden, die nach einer einjährigen überseeischen Reise abwesend gewesen und gerade erst ihren Fuß auf englischen Boden gesetzt hatten. In Gesellschaft dieser Herren statteten wir, meine Cousine und ich, am Nachmittag des 10. Oktober, eines Sonntags, genau drei Wochen nach jener denkwürdigen Entscheidung, welche unsere Hoffnungen so grausam zerschlagen hatte, einen Besuch ab. Etwa eine halbe Stunde lang bewegte sich die Konversation in den üblichen Bahnen, bis wir es ganz unauffällig dahin brachten, ihr folgende Wendung zu geben:

Kapitän Pratt: „Nun bin ich gerade ein Jahr abwesend. — Genau ein Jahr ist es heute, so wahr ich lebe — laß mich einmal nachdenken! Wirklich! — heute ist der zehnte Oktober. Sie erinnern sich doch, Herr Rumgudgeon, wie ich Ihnen vor einem Jahr Lebewohl sagte. Aber nebenbei, scheint dies nicht ein seltsamer Zufall, daß unser Freund, Kapitän Smitherton, heute ebenfalls genau ein Jahr abwesend war?"

Smitherton: „Ja, auf den Tag genau ein Jahr. Sie erinnern sich, Herr Rumgudgeon, daß ich Ihnen genau vor einem Jahr gemeinsam mit Kapitän Pratt meinen Abschiedsbesuch machte."

Onkel: „Ja, ja, ja — ich erinnere mich sehr gut daran. — Wirklich höchst sonderbar. Alle beide genau ein Jahr fort. Wahrlich ein seltsames Zusammentreffen! Genau das, was Doktor Dubble L. Dee als ein außergewöhnliches Zusammentreffen von Ereignissen bezeichnen würde. Doktor Dub —"

Kate (ihn unterbrechend): „Sicherlich, Papa, ist das sehr seltsam; aber Kapitän Pratt und Kapitän Smitherton legten nicht die selbe Route zurück, und dadurch ergibt sich ein Zeitunterschied, wie du weißt."

Onkel: „Ich weiß nichts davon, du Naseweis! Wie sollte

ich auch? Ich denke, es macht die Sache nur noch bemerkenswerter, Doktor Dubble L. Dee —"

Kate: „Aber weshalb denn, Papa! Kapitän Pratt fuhr um das Kap Horn und Kapitän Smitherton umsegelte das Kap der guten Hoffnung."

Onkel: „Richtig! — der eine fuhr nach Osten und der andere nach Westen, du Quälgeist, und beide fuhren um die ganze Welt. Nebenbei, Doktor Dubble L. Dee —"

Ich (aufgeregt): „Kapitän Pratt, Sie müssen morgen kommen und den Abend mit uns verbringen — Sie und Smitherton — Sie müssen uns alles über Ihre Reise erzählen, wir werden Whist spielen und —"

Pratt: „Whist, mein Lieber? Sie vergessen sich. Morgen ist Sonntag. An irgendeinem anderen Abend —"

Kate: „O nein, pfui! — Robert ist kein schlechter Kerl. Heute ist Sonntag."

Onkel: „Richtig. Ich weiß es sicher."

Pratt: „Ich bitte um Vergebung — aber ich kann mich nicht irren. Ich weiß, daß morgen Sonntag ist, weil —"

Smitherton (sehr überrascht): „Aber was Sie nicht alle glauben? War nicht gestern Sonntag, ich möchte es wirklich wissen?"

Alle: „Gestern, wirklich! Sie sind außer Kurs!"

Onkel: „Heute ist Sonntag, sage ich. Habe ich recht?"

Pratt: „Nein! — morgen ist Sonntag."

Smitherton: „Ihr seid ja alle verrückt — jeder einzelne von euch. Ich weiß es ganz gewiß, gestern war Sonntag, so gewiß, wie ich hier in diesem Stuhl sitze."

Kate (hastig emporspringend): „Ich habs — ich habs. Papa, das ist eine Strafe für dich — du weißt, für was. Laßt mich nachdenken, und ich kann es in einer Minute sagen. Das ganze ist in Wirklichkeit sehr einfach. Kapitän Smitherton behauptet, daß gestern Sonntag war: er hat recht damit. Mein Cousin Bobby, Onkel und ich, sagen, daß heute Sonntag ist: auch wir haben recht damit. Kapitän Pratt meinte, daß morgen Sonntag ist. Auch er hat recht. Tatsache ist, daß alle recht haben, und so sind drei Sonntage in einer Woche zusammengekommen."

Smitherton (nach einer Pause): „Sieh mal her, Pratt,

Kate ist uns allen überlegen. Was sind wir beide doch für Narren! Herr Rumgudgeon, die Sache liegt folgendermaßen: die Erde hat, wie Sie wissen, einen Umfang von vierundzwanzigtausend Meilen. Nun dreht sich die Erdkugel um ihre eigene Achse, dreht sich um diese vierundzwanzigtausend Meilen genau in vierundzwanzig Stunden von Westen nach Osten. Verstehen Sie, Herr Rumgudgeon? —"

Onkel: „Ja, natürlich. Doktor Dub —"

Smitherton (seine Stimme senkend): „Also gut, das entspricht einer Geschwindigkeit von tausend Meilen in der Stunde. Nehmen wir also an, ich segle von hier aus tausend Meilen ostwärts. Selbstverständlich komme ich dann dem Sonnenaufgang hier in London genau um eine Stunde zuvor. Ich sehe die Sonne eine Stunde früher aufgehen als Sie. Wenn ich weitere tausend Meilen ostwärts segle, komme ich dem Sonnenaufgang schon zwei Stunden entgegen — wieder tausend Meilen weiter gewinne ich drei Stunden, und so weiter, bis ich um den ganzen Erdball gefahren und wieder am Ausgangspunkt angelangt bin, bin ich dem Sonnenaufgang in London um nicht weniger als vierundzwanzig Stunden voraus; das heißt, ich stehe einen Tag vor Ihrer Zeitrechnung. Verstanden, wie?"

Onkel: „Aber Dubble L. Dee —"

Smitherton (sehr laut): „Genau entgegengesetzt verhält es sich mit Pratt. Wenn er von diesem Punkt aus tausend Meilen westwärts segelte, war er eine Stunde, und als er vierundzwanzigtausend Meilen westwärts zurückgelegt hatte, vierundzwanzig Stunden oder einen Tag hinter der Zeitrechnung von London. Daher war für mich gestern Sonntag, — für Sie ist heute Sonntag — und für Pratt wird morgen Sonntag sein. Und was das seltsamste an der Sache ist, es ist vollkommen klar, daß wir alle recht haben. Denn keine Philosophie kann einen Grund dafür angeben, warum der Standpunkt irgendeines von uns den Vorzug vor den anderen haben sollte."

Onkel: „In der Tat! — also gut, Kate und Bobby! — das ist eine Strafe für mich, sagt ihr. Aber ich bin ein

Mann, der Wort hält, ihr sollt sehen! Du kannst sie haben, mein Junge, Mitgift und alles übrige, wenn es dir gefällt. Hereingefallen, beim Jupiter. Drei Sonntage hintereinander. Ich werde nun gehen und Dubble L. Dees Meinung darüber einholen."

HINAB IN DEN MAELSTRØM

Die Wege Gottes in der Natur wie auch in der Vorsehung gleichen nicht unseren Wegen, auch sind die Maßstäbe, die wir anlegen, in keiner Weise mit der Unendlichkeit, Abgründigkeit und Unerforschlichkeit Seiner Werke vergleichbar, die tiefer sind als der Brunnen Demokrits.

Joseph Glanville

Wir hatten nun den Gipfel der höchsten Klippe erreicht. Einige Minuten lang schien der alte Mann zu sehr erschöpft, um weiter zu sprechen.

„Vor gar nicht langer Zeit", sagte er schließlich, „hätte ich Sie diese Route so gut führen können, wie der jüngste meiner Söhne, aber vor etwa drei Jahren stieß mir etwas zu, das noch kein Sterblicher erlebt — oder zumindest etwas, was noch keiner überlebt hat, um davon zu erzählen — und jene sechs Stunden tödlichen Schreckens haben mich körperlich und seelisch gebrochen. Sie halten mich für einen sehr alten Mann — aber ich bin es nicht. Es brauchte weniger als einen Tag, um meine vorher tiefschwarzen Haare weiß werden zu lassen, meine Glieder zu entkräften und meine Nerven so zu erschlaffen, daß ich bei der geringsten Anstrengung zittere und ein Schatten mich erschreckt. Wissen Sie, daß ich kaum über diese kleine Klippe blicken kann, ohne schwindlig zu werden?"

Die „kleine Klippe", über deren Rand er sich so sorglos zur Rast hingeworfen hatte, daß der gewichtigere Teil seines Körpers darüber hinaushing, wobei er nur durch das Aufstützen seines Ellbogens auf dem schlüpfrigen Rand vor dem Hinabfallen bewahrt wurde — diese „kleine Klippe", ein steil abfallender, schwarzglänzender Felsen, erhob sich etwa fünfzehn- bis sechzehnhundert Fuß über die Welt der Klippen um uns. Nichts hätte mich dazu bringen können, näher als sechs Schritte an ihren Rand heranzutreten. Ja in Wirklichkeit wurde ich durch die gefährliche Stellung meines Begleiters so sehr in Aufregung versetzt, daß ich mich der Länge nach zu Boden fallen ließ, mich an dem Gesträuch neben mir festhielt und nicht einmal zum Himmel emporzublicken wagte, während ich mich vergeblich mühte, die Vorstellung loszuwerden, daß das Fundament des Berges von den Winden erschüttert wurde. Schließlich gewann ich doch genügend Mut, mich aufzusetzen und in die Ferne zu blicken.

„Sie müssen diese Vorstellungen überwinden", sagte der Führer, „denn ich habe Sie hieher gebracht, damit sie den Schauplatz des erwähnten Abenteuers so gut als möglich vor Augen haben, und damit ich Ihnen angesichts des Ortes die ganze Geschichte erzählen kann.

Wir sind nun", fuhr er in jener ihm eigentümlichen ausführlichen Art fort, „nahe der norwegischen Küste — auf dem achtundsechzigsten Breitengrad in der großen Provinz Nordland in der trübseligen Gegend der Lofoten. Der Berg, auf dessen Gipfel wir sitzen, ist Helseggen, der ‚bewölkte'. Erheben Sie sich noch ein wenig höher, halten Sie sich, wenn Sie sich schwindlig fühlen, am Gras fest — so — und blicken Sie über den Nebelgürtel auf die See!"

Ich schaute schwindelnd auf und nahm die weite Fläche des Ozeans wahr, dessen Wasser so tintenschwarz war, daß es mir sogleich den Bericht des nubischen Geographen vom Mare Tenebrarum ins Gedächtnis rief. Einen Anblick von noch jammervollerer Einsamkeit kann sich keine menschliche Phantasie vorstellen. Zur Linken und zur Rechten ragten, so weit das Auge reichte, Wällen gleich, lange Ketten drohendschwarzer Klippen empor, deren düsteres Aussehen durch die Brandung nur noch verstärkt wurde, die heulend und kreischend ihre weißen Wogenkämme an ihnen emporwarf. Gerade jenem Vorgebirge gegenüber, auf dessen Gipfel wir saßen, etwa fünf bis sechs Meilen von uns entfernt, war in der See ein kleines, schwärzliches Eiland zu sehen — oder richtiger, man konnte durch die schäumenden Wogen hindurch seine Lage erkennen. Etwa zwei Meilen näher vom Land erhob sich eine zweite, kleinere Insel; sie war unerhört felsig und unfruchtbar, und in ungleichen Abständen waren ihr Haufen schwarzer Felsklippen vorgelagert.

Der Anblick des Ozeans zwischen der entfernteren Insel und der Küste war in verschiedener Hinsicht sehr ungewöhnlich. Obwohl augenblicklich ein derart starker Wind landwärts blies, daß eine Brigg, die in der offenen See draußen unter doppelt gerefftem Gaffelsegel lag, ständig mit ihrem ganzen Rumpf in den Wogen versank, war hier nichts von einer regelmäßigen Brandung zu bemerken, sondern nur ein kurzes, schnelles, zorniges Aufklatschen des Wassers in jede Richtung, sowohl mit als auch gegen den Wind. Es gab hier auch nur wenig Schaum, außer in unmittelbarer Nähe der Felsen.

„Die ferne Insel", fuhr der alte Mann fort, „wird von den Norwegern Vurrgh genannt. Die eine in der Mitte ist Moskoe. Jene, die sich eine Meile nördlich befindet, ist Ambaaren. Dort drüben liegen Islesen, Hotholm, Keildhelm, Suarven und Buckholm. Weiter draußen zwischen Moskoe und Vurrgh, liegen Otterholm, Flimen, Sandflesen und Stockholm. Dies sind die richtigen Namen für die Orte — warum man es aber für notwendig hielt, sie überhaupt zu benennen, können weder Sie noch ich verstehen. Hören Sie irgendetwas? Bemerken Sie irgendeine Veränderung des Wassers?"

Wir waren jetzt etwa zehn Minuten auf dem Gipfel des Helseggen gewesen, zu dem wir aus dem inneren Teil von Lofoten aufgestiegen waren, so daß wir keinen Schimmer der See zu sehen bekamen, bis wir sie plötzlich von der Spitze aus erblickten. Während der alte Mann sprach, kam mir plötzlich ein lautes, ständig stärker werdendes Geräusch zum Bewußtsein, welches sich wie das Brüllen einer ungeheuren Büffelherde auf einer amerikanischen Prärie anhörte. Und im selben Augenblick bemerkte ich, daß das Hacken des Meeres, wie es die Seeleute nennen, sich mit rasender Schnelligkeit in eine östliche Strömung verwandelte. Während ich noch darauf starrte, hatte diese Strömung eine ungeheuerliche Geschwindigkeit erlangt. Jeder Augenblick vergrößerte ihre Eile, ihre ungestüme Heftigkeit. In fünf Minuten tobte das ganze Meer bis hinaus nach Vurrgh in einem zügellosen Sturm, aber zwischen Moskoe und der Küste tobte der Aufruhr am stärksten. Hier türmte sich die unermeßliche Wasserflut und stürmte in tausend entgegengesetzte Kanäle, brach sich plötzlich unter rasenden Zukkungen — keuchend, kochend und zischend — in gigantischen, unzählbaren Wirbeln kreisend, und alles drängte gen Osten mit einer rasenden Geschwindigkeit, die das Wasser sonst nur in steilen Wasserfällen annimmt.

Einige Minuten später hatte sich der Anblick wiederum völlig verändert. Die gesamte Oberfläche glättete sich etwas, und die Wirbel verschwanden einer nach dem andern, während mächtige Schaumstreifen überall dort auftauchten, wo vorher keine zu sehen gewesen waren. Diese Streifen breiteten sich schließlich immer mehr aus, vereinigten sich und nahmen nun selbst die kreisende Bewegung der verschwundenen Strudel an, so daß sie den Rand eines neuen, viel größeren Strudels zu bilden schienen. Plötzlich — ganz plötzlich — nahm das ganze eine deutlich bestimmte Form an und rundete sich zu einem Kreis von mehr als einer Meile im Durchmesser. Den Rand des Strudels säumte ein breiter Gürtel schimmernden Schaums, aber nicht der kleinste Teil davon glitt in den Schlund des schrecklichen Trichters, dessen Inneres, so weit das Auge es ergründen konnte, von einem glatten, glänzenden, kohlschwarzen Wasserwall gebildet wurde, der sich gegen die Horizontale unter einem Winkel von etwa fünfundvierzig Graden neigte und sich in schwindelerregender Geschwindigkeit mit schwingender Bewegung im Kreise drehte, wobei er solch schreckliche, halb brüllende, halb heulende Laute zum Himmel sandte, wie sie nicht einmal der mächtige Niagarafall jemals in seiner Todesangst ausstößt.

Der Berg erbebte in seinen Grundfesten, und der Fels wankte. Ich warf mich zu Boden, vergrub mein Gesicht in den Händen und klammerte mich in einem Anfall nervöser Aufregung an das spärliche Strauchwerk.

„Dies", sagte ich schließlich zu dem alten Mann, „kann nichts anderes sein, als der große Strudel des Maelströms."

„So wird er manchmal genannt", sagte er, „wir Norweger nennen ihn den Moskoeström, nach der Insel Moskoe in der Mitte."

Die bekannten Berichte über diesen Strudel hatten mich keinesfalls auf das vorbereitet, was ich nun sah. Jener von Jonas Ramus, welcher vielleicht der ausführlichste von allen ist, kann weder von der Großartigkeit noch von dem Grauen des Anblicks — oder auch von dem seltsam verwirrenden Gefühl des neuen, welches den Beschauer befällt, auch nur die leiseste Vorstellung erwecken. Ich bin nicht sicher, von welchem Punkt aus der genannte Schriftsteller das Schauspiel betrachtete, noch, zu welcher Zeit, aber er konnte es weder von der Spitze des Helseggen noch während eines Sturmes getan haben. Nichtsdestoweniger gibt es in jener Beschreibung einzelne Stellen, die gewisser Einzelheiten wegen angeführt werden mögen, obwohl ihre Wirkung verglichen mit dem Eindruck des Schauspiels selbst außerordentlich schwach ist.

„Zwischen den Lofoten und Moskoe", schreibt er, „schwankt die Tiefe des Wassers zwischen sechsunddreißig und vierzig Faden; aber an der anderen Seite, gegen Ver (Vurrgh) zu nimmt diese Tiefe ab, so daß ein Schiff nicht passieren kann, ohne Gefahr zu laufen, an den Klippen zu zerschellen, was selbst bei ruhigem Wetter bisweilen vorkommt. Während der Flutzeit geht die Strömung landwärts zwischen Lofoten und Moskoe in ungestümer Hast dahin; aber das Brüllen ihrer heftigen Ebbe gegen die See hin, wird kaum von den lautesten und fürchterlichsten Katarakten erreicht. Das Getöse ist einige Meilen weit vernehmbar, und die Wirbel oder Abgründe sind von solcher Ausdehnung und Tiefe, daß ein Schiff, welches in ihre Reichweite kommt, von ihnen unvermeidlich angezogen und in die Tiefe hinabgerissen wird und dort an den Felsen zerschellt. Wenn das Wasser sich dann wieder beruhigt, werden die Trümmer wieder emporgetragen. Aber diese Perioden der Ruhe gibt es nur beim Wechsel von Ebbe und Flut und auch nur bei ruhigem Wetter, und nach einer Viertelstunde beginnt das frühere Wüten von neuem. Wenn die Strömung am heftigsten ist und ihr Rasen noch durch einen Sturm verstärkt wird, ist es gefährlich, ihr um weniger als eine norwegische Meile nahezukommen. Boote, Jachten und größere Schiffe wurden fortgerissen, weil sie sich nicht rechtzeitig vor ihr in acht nahmen und ihr zu nahe kamen. Es kommt auch bisweilen vor, daß Wale in die Nähe der Strömung geraten und von ihr fortgerissen werden; und es ist unmöglich, ihr Heulen und Bellen bei ihren vergeblichen Anstrengungen, zu entkommen, zu beschreiben. Einmal wurde ein Bär, der von den Lofoten nach Moskoe zu schwimmen versuchte, vom Strom erfaßt und in die Tiefe gerissen, wobei er ein derart fürchterliches Brüllen ausstieß, daß es bis zur Küste zu hören war. Mächtige Fichten- und Pinienstämme kamen, nachdem sie vom Wirbel verschlungen worden waren, wieder so zersplittert an die Oberfläche, daß sie Stacheln zu tragen schienen. Dies spricht deutlich dafür, daß der Grund aus Felsklippen besteht, zwischen welchen sie hin und her geschleudert wurden. Der Strom wird durch Ebbe und Flut des Meeres bestimmt — so daß alle sechs Stunden hoher und niedriger Wasserstand miteinander abwechseln. Im Jahre 1645 in der Frühe des Sonntags Sexagesimi raste der Strom mit solchem Lärm und Ungestüm, daß die Häuser an der Küste zusammenfielen."

Was die Wassertiefe betrifft, so konnte ich nicht begreifen, wie man diese überhaupt in der Nähe des Strudels hätte messen können. Die „vierzig Faden" konnten sich nur auf Teile des Kanals nahe der Küste von Moskoe oder Lofoten beziehen. Die Tiefe im Zentrum des Moskoeströms mußte unermeßlich größer sein. Für diesen Tatbestand gibt es keinen besseren Beweis, als daß man seitwärts einen Blick in den Abgrund tut, was vom höchsten Grat des Helseggen aus möglich ist. Von diesem

Gipfel aus in den heulenden Phlegethon hinabsehend, konnte ich mich eines Lächelns über die Einfalt nicht erwehren, die der ehrenwerte Jonas Ramus an den Tag legte, indem er die Geschichten von dem Wale und dem Bären als etwas fast unglaubwürdiges berichtet, denn es schien mir in der Tat nur selbstverständlich, daß auch das größte Linienschiff, wenn es je in den Bereich jener tödlichen Anziehungskraft kam, ihr ebensowenig widerstehen könnte, wie eine Feder dem Hurrikan, und daß es sogleich vollkommen verschwinden mußte.

Die Erklärungsversuche für das Phänomen, von denen mir viele beim Durchlesen genügend plausibel erschienen waren, zeigten sich mir nun in einem ganz anderen Licht und waren völlig unzureichend. Die allgemein anerkannte Ansicht ist die, daß dieser Strudel genauso wie drei kleinere in der Nähe der Ferroe Islands seinen Ursprung im Anprall der Wogen an unterirdische Felsenriffe habe, die das Wasser derart aufstauen, daß es beim Wechsel von Flut und Ebbe wie bei einem Katarakt herabstürzt. Und je höher die Flut war, desto tiefer mußten also die Wassermassen hinabfließen, und die natürliche Folge all dessen ist ein Strudel, dessen wunderbare Saugkraft man schon an kleinen Versuchen erproben kann. So also nach den Worten der „Encyklopädia Brittannica". Bircher und andere vertreten die Meinung, daß sich in der Mitte des Maelström-Kanals eine Öffnung befinde, die den Erdball durchbohre und in irgendeiner entfernten Gegend der Erde endige. Irgendjemand nannte in diesem Zusammenhang mit ziemlicher Bestimmtheit den Bottnischen Meerbusen. Diese an sich recht abwegige Vorstellung erschien mir jetzt beim Anblick dieses erhabenen Naturschauspiels noch als die am leichtesten vorstellbare. Als ich meinem Führer eine diesbezügliche Bemerkung machte, antwortete er zu meinem Erstaunen, daß dies zwar unter den Norwegern die allgemein verbreitete Ansicht sei, er selbst sie jedoch nicht teile. Was jedoch die vorher erwähnte Theorie betraf, gestand er, sie nicht begreifen zu können. Und darin pflichtete ich ihm bei. — Denn obwohl sie auf dem Papier sehr glaubwürdig erscheint, erweist sie sich unter dem Donnern des Strudels als völlig unzureichend und geradezu absurd.

„Sie haben nun eine gute Aussicht auf den Strudel gehabt", sagte der alte Mann, „und wenn Sie um den Felsen herumkriechen, so daß wir auf seine Leeseite kommen, wo wir auch das Brausen des Wassers weniger stark hören, werde ich Ihnen eine Geschichte erzählen, die Sie davon überzeugen wird, daß ich einiges vom Moskoeström wissen muß."

Ich setzte mich so, wie er es wünschte, und er fuhr fort:

„Meine beiden Brüder und ich besaßen einst eine schonerartig aufgetakelte Schmack von etwa siebzig Tonnen, mit der wir hinter Moskoe bei den Inseln in der Nähe von Vurrgh zu fischen pflegten. Bei allen heftigen Wirbeln ist zu geeigneten Zeiten der Fischfang sehr ausgiebig, wenn man nur den Mut hat, ihn zu wagen; aber von allen Küstenbewohnern der Lofoten waren wir drei die einzigen, die sich einen regelrechten Beruf daraus gemacht hatten, zu den besagten Inseln hinauszufahren. Die üblichen Fangplätze sind viel weiter südlich gelegen. Dort kann man zu allen Zeiten ohne besondere Gefahr fischen, und deshalb werden diese Plätze bevorzugt. Die Plätze hier zwischen den Felsen liefern nicht nur die besten Sorten, sondern diese auch in so reichlichem Maße, daß wir oft an einem einzigen Tag mehr fingen, als ängstlichere Schiffsbesatzungen in einer ganzen Woche zusammenbringen konnten. In der Tat, es war ein verzweifeltes Unternehmen, bei dem die Lebensgefahr die Arbeit, und Mut das Kapital ersetzte.

Wir ankerten unser Schiff in einer Bucht etwa fünf Meilen oberhalb dieser Küste; und es war unsere Art, bei schönem Wetter die fünfzehn Minuten Totwasser zu benützen, um über den Hauptkanal des Moskoeströms, weit oberhalb des Strudels, zu segeln, um dann irgendwo in der Nähe von Otterholm oder Sandflesen, wo die Brandung nicht so stark war, vor Anker zu gehen. Hier blieben wir gewöhnlich bis kurz vor dem neuerlichen Einsetzen des Totwassers, dann lichteten wir die Anker und rüsteten uns zur Heimfahrt. Niemals machten wir uns ohne einen beständigen Wind für die Hin- und Rückfahrt auf den Weg — einen Wind, von dem wir überzeugt waren, daß er uns vor unserer Rückkehr nicht im Stiche lassen würde — und selten verrechneten wir uns in dieser Hinsicht. Nur zweimal im Laufe von sechs Jahren waren wir wegen einer völligen Windstille, welche gerade hier eine äußerst seltene Erscheinung ist, gezwungen, die ganze Nacht über vor Anker zu liegen, und einmal mußten wir fast eine ganze Woche auf den Fischplätzen bleiben, wobei wir vor Erschöpfung umzukommen drohten, infolge eines Sturmes, der sich kurz nach unserer Ankunft erhob und die Überfahrt zu gefahrvoll machte, um nur überhaupt daran denken zu können. Bei dieser Gelegenheit wären wir trotz aller Bemühungen in die See getrieben worden, denn die Strudel wirbelten uns so heftig herum, daß wir schließlich unseren Anker lösten und einzogen, wenn wir nicht zufällig in eine jener zahllosen Gegenströmungen geraten wären, die heute da und morgen schon wieder verschwunden sind, und die uns in die windgeschützte Gegend von Flimen trieb, wo wir das Glück hatten, landen zu können.

Ich könnte Ihnen nicht den zwanzigsten Teil der Schwierigkeiten aufzählen, denen wir an unseren Fischplätzen begegneten — sie sind selbst bei gutem Wetter eine üble Gegend, aber es glückte uns stets, den Moskoeström selbst ohne Zwischenfall zu passieren; aber mein Herz stockte, wenn wir einmal eine Minute vor oder nach dem Totwasser ankamen. Der Wind war bisweilen nicht so stark, wie wir beim Losfahren angenommen hatten, und dann kamen wir langsamer voran, als es uns wünschenswert erschien, während wir in der Strömung die Gewalt über das Schiff verloren. Mein ältester Bruder hatte einen Sohn von achtzehn Jahren, und ich selbst hatte zwei stämmige Buben. Sie hätten uns zu dieser Zeit beim Auswerfen und Einholen der Netze, sowie beim Fischen selbst viel helfen können, aber dennoch brachten wir es nicht übers Herz, obwohl wir selbst das Wagnis auf uns mahnen, die Knaben in Gefahr zu bringen, denn diese war, man muß sagen, wirklich entsetzlich.

Es ist jetzt in ein paar Tagen drei Jahre her, seitdem sich das ereignete, was ich Ihnen nun erzählen will. Es war der zehnte Juli 18.., ein Tag, welchen die Bevölkerung jener Gegend nie vergessen wird, denn es war ein Tag, an dem der heftigste Orkan, der je aus dem Himmel niederstürzte, wütete. Und dennoch hatte an diesem Tag den Vormittag bis spät am Nachmittag ein sanfter und gleichmäßiger Südwestwind geweht, während die Sonne freundlich strahlte, so daß auch der älteste Seemann unter uns nicht vorhersehen hätte können, was sich nachher ereignete.

Wir drei — meine zwei Brüder und ich — waren etwa um zwei Uhr nachmittag zu den Inseln hinübergekreuzt und hatten in kurzer Zeit unsere Schmack mit den besten Fischen geladen, die an jenem Tag zahlreicher erschienen waren, als wir uns je erinnern konnten. Auf meiner Uhr war es gerade sieben, als wir den Anker lichteten und die Rückfahrt antraten, um den schlimmsten Teil des Ström bei Totwasser zu überqueren, welches, wie wir wußten, etwa um acht Uhr einsetzen würde.

Wir fuhren mit einem frischen Wind von Steuerbord her los, und eine Zeitlang eilten wir mit großer Geschwindigkeit vorwärts, von keiner Gefahr träumend, denn wir sahen dazu nicht den geringsten Grund. Ganz plötzlich jedoch wurden wir von einer Brise von Helseggen her nach rückwärts getrieben. Dies war ganz ungewöhnlich — etwas, was wir bisher noch nie erlebt hatten — und ich begann unruhig zu werden, ohne genau zu wissen, weshalb. Wir richteten das Boot nach dem Winde aus, konnten jedoch gegen die Wogen nicht vorwärtskommen, und ich wollte gerade den Vorschlag machen, zu unserem Ankerplatz zurückzukehren, als wir, nach dem Heck blickend, den ganzen Horizont von einer einzigen, kupferfarbenen Wolke bedeckt sahen, die mit unheimlicher Geschwindigkeit heraufzog.

Inzwischen hatte sich die Brise, die uns zurückgeworfen, gelegt, und in der tödlichen Stille trieben wir in allen Richtungen ziellos hin und her. Dieser Zustand dauerte jedoch nicht lange genug, daß wir Zeit hatten, darüber nachzudenken. Innerhalb einer Minute war der Sturm über uns, und in weniger als zwei war der Himmel völlig bedeckt, und dabei wurde es so dunkel, daß wir in unserer Schmack einander nicht mehr erkennen konnten.

Der Orkan, der damals wütete, spottet jeder Beschreibung. Der älteste Seemann in Norwegen hat noch nie so etwas erlebt. Wir hatten unsere Segel dem Wind überlassen, bevor er uns richtig erfaßte; aber beim ersten Windstoß stürzten unsere beiden Masten über Bord, als ob sie abgemäht worden wären. Dabei riß der Hauptmast meinen jüngsten Bruder, der sich sicherheitshalber an ihn festgebunden hatte, mit sich.

Unser Boot schien das leichteste Ding, das je auf dem Wasser schwamm. Es hatte ein vollkommen geschlossenes Verdeck mit nur einer Luke nahe beim Bug, und es war unsere Gewohnheit, sie zu verschließen, wenn wir den Ström überquerten. Es war dies eine Vorsichtsmaßregel gegen die Sturzseen. Ohne diese Maßnahme wären wir sofort untergegangen, denn wir waren einige Augenblicke lang vollkommen von den Wassermassen begraben. Wie mein älterer Bruder der Vernichtung entkam, kann ich nicht sagen, denn ich hatte niemals Gelegenheit, es zu erfahren. Ich für meinen Teil warf mich, nachdem ich das Vordersegel ausgelassen hatte, an Deck flach zu Boden, stemmte die Füße gegen das schmale Schanddeck des Bugs, wobei ich mit meinen Händen einen Ringbolzen in der Nähe des unteren Endes des Vordermastes erfaßte. Es war der bloße Instinkt, der mich veranlaßte, dies zu tun, was zweifellos das beste war, was ich tun konnte, denn ich war viel zu sehr erschrocken, um zu denken.

Einige Augenblicke lang waren wir, wie ich schon sagte, vollkommen unter Wasser, und während dieser Zeit hielt ich meinen Atem an und klammerte mich an den Ring. Als ich es nicht mehr länger aushalten konnte, erhob ich mich auf meine Knie, wobei ich mich mit den Händen weiterhin festhielt, und bekam auf diese Weise meinen Kopf frei. In diesem Augenblick schüttelte sich unser kleines Boot, genau so wie ein Hund, wenn er aus dem Wasser kommt, und erhob sich auf diese Weise ein wenig aus den Wogen. Ich versuchte nun, der Betäubung Herr zu werden, welche mich erfaßt hatte, und meine Sinne zu sammeln, um zu sehen, was zu machen war, als ich mich am Arm gepackt fühlte. Es war mein älterer Bruder, und mein Herz hüpfte vor Freude, denn ich hatte es für sicher gehalten, daß er über Bord geschleudert worden war — aber im nächsten Augenblick verwandelte sich all meine Freude in Entsetzen, denn er näherte seinen Mund ganz nahe meinem Ohr und stieß das Wort ‚Moskoe-ström!' heraus.

Niemand wird je ermessen, welche Gefühle mich in jenem Augenblick bewegten. Ich erbebte am ganzen Körper, wie in einem heftigen Anfall von Schüttelfrost. Ich wußte durch dieses einzige Wort gut genug, was er meinte — ich wußte, was er mich begreifen machen wollte. Mit dem Wind, welcher uns jetzt vorwärtstrieb, waren wir dem Strudel des Ströms verfallen, und nichts konnte uns retten!

Sie wissen, daß wir selbst bei ruhigstem Wetter den Kanal stets weit oberhalb des Wirbels überquerten und sorgfältig das Totwasser abwarteten — aber nun trieben wir direkt auf den Strudel zu, und das in einem solchen Orkan! ‚Sicher', dachte ich, ‚kommen wir gerade zur Zeit des Totwassers dort an. — Darin liegt ein wenig Hoffnung' — aber im nächsten Augenblick schalt ich mich einen Narren, überhaupt von Hoffnung zu träumen. Ich wußte recht gut, daß wir verloren waren, und wenn wir zehnmal ein Kriegsschiff mit neun Kanonen gewesen wären.

Zu dieser Zeit hatte sich die erste Wut des Sturmes gelegt, oder vielleicht merkten wir ihn nur nicht mehr so sehr, da wir vor ihm hergetrieben wurden, auf jeden Fall aber erhoben sich jetzt die Wogen, die der Wind bisher niedergehalten, zu wahren Bergen. Auch mit dem Himmel war eine Veränderung vorgegangen. Ringsum war er in jeder Richtung noch immer pechschwarz, aber fast senkrecht über uns brach ganz plötzlich ein kreisförmiger Fleck klaren Himmels hervor — klarer, als ich ihn je gesehen — und von tiefem, strahlendem Blau — und durch ihn leuchtete der volle Mond mit einem Glanz, den ich nie vorher an ihm gekannt hatte. Er erhellte alles um uns mit größter Deutlichkeit — aber, o Gott, welches Schauspiel beleuchtete er.

Nun machte ich einen oder zwei Versuche, um mit meinem Bruder zu sprechen, aber unerklärlicherweise hatte das Getöse so zugenommen, so daß ich ihm nicht ein einziges Wort verständlich machen konnte, obwohl ich ihm mit allergrößter Lautstärke ins Ohr brüllte. Er schüttelte seinen Kopf, wobei er totenbleich aussah und seinen Zeigefinger erhob, als wollte er sagen: ‚Horch!'

Zuerst konnte ich nicht feststellen, was er meinte, aber bald überfiel mich ein schrecklicher Gedanke. Ich zog die Uhr aus der Tasche. Sie ging nicht mehr. Ich blickte im Mondlicht auf ihr Ziffernblatt und dann brach ich in Tränen aus und schleuderte sie weit weg in den Ozean. Sie war um sieben Uhr stehengeblieben! Die Zeit des Totwassers war vorbei, und der Strudel des Ström in voller Wut!

Wenn ein Boot gut gebaut ist, richtig getrimmt und nicht zu schwer beladen, scheinen in einem heftigen Sturm die Wellen, immer wenn es niedergeht, unterhalb des Schiffes hervorzukommen, was einem Landmenschen immer seltsam erscheint; und das wird in der Seemannssprache als das Reiten des Schiffes bezeichnet. Bisher waren wir auf den Wellen geritten, nun aber erfaßte uns eine gigantische Woge gerade unter der Gilling und hob uns mit sich empor, immer weiter empor, so als wolle sie uns in den Himmel tragen. Ich hätte nicht geglaubt, daß irgendeine Welle so hoch steigen könne. Und dann ging es wieder fegend, gleitend und stürzend hinab, daß ich mich ganz krank und schwindlig fühlte, genau so, wie man im Traum von einem hohen Berggipfel fällt. Aber während wir uns oben befunden hatten, hatte ich einen schnellen Blick ringsum geworfen — und dieser Blick genügte völlig. Augenblicklich erkannte ich unsere Lage. Der Strudel des Moskoeströms lag etwa eine Viertelmeile vor uns — aber er glich so wenig dem gewöhnlichen Moskoeström, so wie dieser Strudel da dem Lauf eines Mühlbaches. Hätte ich nicht gewußt, wo wir uns befanden und was uns erwartete, hätte ich den Ort überhaupt nicht erkannt. Unwillkürlich schloß ich vor Entsetzen die Augen. Die Lider preßten sich krampfhaft zusammen.

Es konnte nicht mehr als zwei Minuten später gewesen sein, als wir plötzlich merkten, daß die Wellen sich legten und wir in Gischt eingehüllt waren. Das Boot machte eine kurze halbe Drehung nach Backbord und schoß dann gleich einem Blitz in seiner neuen Richtung vorwärts. Im gleichen Augenblick wurde das Brüllen des Wassers von einer Art kreischendem Geschrei, das Sie sich vorstellen können wie das Geräusch, welches die Ventile mehrerer Tausend Dampfschiffe beim gleichzeitigen Auslassen des Dampfes hervorbringen würden, völlig erstickt. Nun waren wir in dem Schaumgürtel, welcher den Strudel immer umgibt, und ich dachte natürlich, daß uns der nächste Moment in den Abgrund schleudern würde, den wir infolge der unglaublichen Heftigkeit, mit der wir vorwärtsgetrieben wurden, nur undeutlich erkennen konnten. Das Boot schien überhaupt nicht ins Wasser einzutauchen, sondern wie eine Luftblase an der Oberfläche der Wogen zu tanzen. Seine Steuerbordseite war dem Strudel zugekehrt, und auf der Backbordseite lag der grenzenlose Ozean, den wir verlassen hatten. Er stand wie ein ungeheurer, sich drehender Wall zwischen uns und dem Horizont.

Vielleicht erscheint es seltsam, aber nun, da wir uns im Rachen des Abgrundes befanden, fühlte ich mich ruhiger, als zu der Zeit, da wir uns ihm erst näherten. Nachdem ich mich daran gewöhnt hatte, mir keine Hoffnungen mehr zu machen, verließ mich auch ein großer Teil jenes Schreckens, welcher mich vorher gelähmt hatte. Ich dachte, es sei die Verzweiflung, die meine Nerven stählte.

Es mag prahlerisch erscheinen — aber was ich erzähle, ist die reine Wahrheit — ich begann zu empfinden, was für ein großartiges Ding es sei, auf solche Weise zugrunde zu gehen und wie töricht es von mir war, beim Anblick eines solch wunderbaren Beweises von Gottes Macht, so erbärmlich an mein eigenes Leben zu denken. Ich glaube, daß ich vor Scham errötete, als dieser Gedanke mir durch den Kopf ging. Kurze Zeit später wurde ich von einer wilden Neugier in bezug auf den Strudel selbst erfaßt. Ich fühlte geradezu den Wunsch, seine Tiefen zu erforschen, obgleich ich mich selbst dabei opfern mußte, und mein größter Kummer war es, daß ich niemals in der Lage sein würde, meinen alten Bekannten an der Küste über die Geheimnisse zu erzählen, die ich sehen würde. Dies waren ohne Zweifel seltsame Gedanken für einen Menschen in solch einer Lage — und ich habe mir seither oft gedacht, daß mir die Drehungen des Bootes um den Strudel ein wenig den Kopf verdreht hatten.

Es gab auch noch einen anderen Umstand, der dazu beitrug, mir meine Selbstbeherrschung wiederzugeben, und dieser war das Aufhören des Windes, welcher uns in der gegenwärtigen Lage nicht erreichen konnte, denn, wie Sie selbst sehen, liegt der Schaumgürtel merklich unter der Oberfläche des Meeres, und er erhob sich nun über uns wie ein hoher, schwarzer Bergrücken. Wenn Sie noch nie bei heftigem Sturm auf See gewesen sind, können Sie sich keine Vorstellung von der Geistesverwirrung machen, die durch Wind und Sturzseen zusammen verursacht wird. Sie machen einen blind und taub und nehmen einem den Atem und rauben alle Kraft zum Denken und Handeln. Nun waren wir aber zum größten Teil von diesen Qualen befreit — so wie zum Tode verurteilte Verbrecher im Gefängnis kleine Erleichterungen genießen, die ihnen versagt sind, solange ihr Schicksal noch nicht entschieden ist.

Wie oft wir den Schaumgürtel umkreisten, ist unmöglich zu sagen. Wir drehten uns vielleicht eine Stunde lang immer rundherum, mehr fliegend als schwimmend, wobei wir immer mehr der Mitte des Gischtstreifens näher kamen, und dann immer näher seinem fürchterlichen inneren Rand. Diese ganze Zeit hindurch hatte ich den Ringbolzen nicht ausgelassen. Mein Bruder befand sich am Heck und hielt sich an einem kleinen leeren Wasserfaß fest, welches sorgfältig an der Gilling festgebunden und das einzige Ding war, das beim ersten Angriff des Sturmes nicht über Deck geschleudert worden war. Als wir uns dem Rande des Abgrundes näherten, ließ er diesen Halt fahren und langte nach dem Ring, von welchem er in seiner Todesangst meine Hände wegzureißen versuchte, da dieser nicht groß genug war, um uns beiden genügend Halt zu bieten. Nie fühlte ich einen größeren Schmerz als damals, als ich ihn diese Tat begehen sah, obwohl ich wußte, daß er damals verrückt war, ein Wahnsinniger aus grenzenloser Angst. Es lag mir jedoch nichts daran, mit ihm um diesen Ring zu kämpfen. Ich wußte, daß es vollkommen gleichgültig war, ob sich einer von uns daran festhielt oder nicht; daher überließ ich ihm den Ring und ging nach rückwärts zum Faß. Das war gar nicht schwierig, denn die Schmack schwebte genügend ruhig rundherum und stand gerade im Wasser, wobei sie nur vom Wirbel immer wieder in große Höhe gehoben und fallengelassen wurde. Kaum hatte ich mich in meiner neuen Lage genügend gesichert, als wir einen wilden Sprung nach Steuerbord machten und im selben Augenblick in den Abgrund stürzten. Ich murmelte ein Stoßgebet und dachte, es sei alles zu Ende.

Als ich das schwindelerregende Hinabstürzen fühlte, klammerte ich mich instinktiv fester an das Faß und schloß meine Augen. Einige Sekunden lang wagte ich sie nicht zu öffnen, denn ich erwartete das sofortige Ende und wunderte mich, daß ich mich noch immer nicht im Todeskampf mit dem Wasser befand. Aber Sekunde um Sekunde verrann, und immer noch lebte ich. Das Gefühl des Hinabgleitens hatte aufgehört, und die Bewegung des Schiffes schien genau die gleiche zu sein wie vorher im Schaumgürtel, abgesehen davon, daß es jetzt mehr auf der Seite lag. Ich nahm meinen Mut zusammen und warf von neuem einen Blick auf den Schauplatz.

Nie werde ich das Gefühl von Ehrfurcht, Entsetzen und Bewunderung vergessen, das ich fühlte, während ich um mich sah. Das Boot schien wie durch Zaubermacht mit seiner Seite an der Innenfläche eines Trichters von unermeßlichen Ausmaßen festzukleben, dessen vollkommen glatte Wände man für Ebenholz hätte halten können, hätten sie sich nicht mit verwirrender Geschwindigkeit im Kreise gedreht und einen geisterhaften Glanz ausgestrahlt, da die Strahlen des Vollmondes durch jenes kreisförmige Loch in den Wolken, das ich bereits erwähnt habe, in einer goldenen Flut die schwarzen Wände hinabströmten, tief hinunter in das Innere des Abgrundes.

Anfangs war ich zu sehr verwirrt, um irgend etwas deutlich wahrzunehmen. Ich hatte nur den allgemeinen Eindruck eines entsetzlichen, großartigen Geschehens. Als ich mich jedoch wieder gefaßt hatte, lenkte ich meinen Blick instinktiv in die Tiefe. In dieser Richtung konnte ich deutlich beobachten, auf welche Weise die Schmack an der geneigten Fläche des Strudels hing. Sie lag vollkommen gleichlastig — das heißt, ihr Deck lag parallel zur Wasseroberfläche — aber letztere bildete mit der Horizontalen einen Winkel von mehr als fünfundvierzig Grad, so daß es schien, als lägen wir auf unseren Deckbalken. Nichtsdestoweniger konnte ich nicht umhin, festzustellen, daß es kaum schwieriger war, mich festzuhalten und Fuß zu fassen, als wenn wir uns in normaler Lage befunden hätten, und dies war, wie ich vermute, auf die Geschwindigkeit zurückzuführen, mit der wir im Kreise gedreht wurden.

Die Strahlen des Mondes schienen den Grund des riesenhaften Schlundes zu suchen; aber ich konnte dort dennoch nichts deutlich erkennen wegen eines dichten Nebels, in dem sich ein großartiger Regenbogen spannte, gleich der schmalen und schwankenden Brücke, welche nach Meinung der Moslems den einzigen Pfad zwischen Zeit und Ewigkeit bildet. Dieser Nebel oder Gischt wurde ohne Zweifel von dem Zusammenprallen der riesigen Wassermauern am unteren Ende des Trichters verursacht — aber ich wage nicht einmal den Versuch, den Lärm, der aus diesem Nebel gen Himmel stieg, zu beschreiben.

Unser erstes Hinabgleiten in den Abgrund aus dem Schaumgürtel hatte uns ein beträchtliches Stück tiefer gebracht, aber unser Hinabgleiten entsprach dem in keiner Weise. Rundherum schwebten wir, aber nicht mit gleichförmiger Geschwindigkeit, sondern in schwindelerregenden Schwüngen und Sprüngen, die uns bisweilen nur einige hundert Yards vorwärts brachten, zuweilen aber um den ganzen Umfang des Wirbels. Unser Abwärtsgleiten bei jeder Umdrehung war klein, jedoch sehr merklich.

In dieser Wüste flüssigen Ebenholzes, auf der wir auf solche Weise herumgetragen wurden, um mich blickend, bemerkte ich, daß unser Boot nicht der einzige Gegenstand war, der sich in der Gewalt des Wirbels befand. Sowohl über als auch unter uns waren Schiffstrümmer, große Mengen Bauholz und Baumstämme, sowie viele kleinere Gegenstände, wie zum Beispiel Hausrat, zerbrochene Kisten, Fässer und Dauben sichtbar. Ich habe schon von der unnatürlichen Neugier gesprochen, die an die Stelle meines ursprünglichen Schreckens getreten war. Sie schien zuzunehmen, je mehr ich mich meinem schrecklichen Ende näherte. Nun begann ich mit seltsamem Interesse die vielen Dinge zu beobachten, welche mit uns schwammen. Ich muß schon wahnsinnig gewesen sein, da ich sogar Vergnügen daran fand, die relative Geschwindigkeit, mit der die Dinge auf den Nebel unten zueilten, zu beobachten. Ich ertappte mich einmal dabei, wie ich sagte: ‚Diese Fichte wird sicher das nächste sein, das den schrecklichen Sprung tut und verschwindet', und war hierauf enttäuscht, daß das Wrack eines holländischen Handelsschiffes sie überholte und vor ihr hinabgezogen wurde. Nachdem ich einige Vermutungen dieser Art angestellt hatte und in allen getäuscht worden war, ließ mich schließlich diese Tatsache, die Tatsache, daß ich mich dauernd geirrt hatte, einen Gedanken fassen, welcher meine Glieder abermals erzittern machte, und bei dem mein Herz von neuem in schweren Schlägen pochte.

Es war nicht neues Entsetzen, das mich solcherart erfaßte, sondern das Aufdämmern einer Hoffnung, die noch aufregender war. Diese Hoffnung entsprang zum Teil früheren Erfahrungen und zum Teil den gegenwärtigen Beobachtungen. Ich rief mir die große Verschiedenheit des Strandgutes, welches an die Küste der Lofoten angeschwemmt worden war, nachdem es zuerst vom Ström erfaßt und dann wieder ausgestoßen worden war, ins Gedächtnis. Der weitaus größte Teil davon war ganz außerordentlich zersplittert — so rauh und zersplittert, daß es wie mit Stacheln besät aussah — aber daneben erinnere ich mich ganz deutlich, daß einige Stücke vollkommen unversehrt waren. Ich konnte mir diesen Unterschied nur so erklären, daß die beschädigten Stücke die einzigen waren, die wirklich vollständig eingesogen worden waren, während die andern erst gegen Ende einer Tätigkeitsperiode in den Ström geraten oder aus irgendeinem Grunde so langsam nach abwärts sanken, daß sie den Grund des Trichters nicht erreichten, ehe wiederum Flut oder Ebbe — je nachdem — eintrat. Ich hielt es in beiden Fällen möglich, daß sie wieder an die Oberfläche hinaufgewirbelt werden konnten, ohne das Schicksal jener Dinge zu teilen, die schon früher oder mit größerer Geschwindigkeit hinabgezogen worden waren. Ich machte auch noch drei andere bedeutsame Beobachtungen. Die erste war die, daß im allgemeinen das Abwärtsgleiten umso schneller erfolgte, je größer die Dinge waren, — zweitens, daß von zwei Gegenständen gleicher Größe, wovon der eine kugelig, der andere irgendeine andere Gestalt hatte, der kugelige schneller hinabgezogen wurde, drittens, daß von zwei Gegenständen von gleicher Größe, wovon der eine zylindrisch war, der andere aber irgendeine andere Gestalt aufwies, der zylindrische langsamer eingesogen wurde. Nach meiner Rettung habe ich mich mit einem Lehrer der Gegend des öfteren über diesen Gegenstand unterhalten, und von ihm erfuhr ich auch die Anwendung der Wörter ‚Zylinder' und ‚Sphäre'. Er erklärte mir — jedoch habe ich die Erklärung wieder vergessen — daß das, was ich beobachtet hatte, die natürliche Folge der Gestalt der schwimmenden Körper sei, und er zeigte mir auf, woher es kommt, daß ein Zylinder in einem Strudel der Einsaugung mehr Widerstand entgegensetzt und langsamer hinabgezogen wird als irgendein anders gestalteter Körper von gleichem Rauminhalt.

Es gab noch einen überraschenden Umstand, welcher diese Beobachtungen als richtig erscheinen ließ und mich begierig machte, sie zu verwerten, und zwar war es der, daß wir bei jeder Umdrehung an irgendeinem Faß oder einer Rahe oder einem Mast vorbeikamen, während viele Dinge, die in gleicher Höhe mit uns trieben, als ich die Augen zuerst den Wundern des Strudels öffnete, nun hoch über uns schwammen und sich nur wenig von ihrer ursprünglichen Höhe entfernt zu haben schienen.

Nun gab es keinen Zweifel mehr darüber, was zu tun war. Ich beschloß mich an das Wasserfaß, an das ich mich bis jetzt angeklammert hatte, festzubinden, es von der Gilling wegzuschneiden und mich mit ihm ins Wasser zu werfen. Ich machte meinen Bruder durch Zeichen darauf aufmerksam, zeigte auf die schwimmenden Fässer, die an uns vorübertrieben, und versuchte auf jede mögliche Weise ihm verständlich zu machen, was ich im Sinne hatte. Schließlich dachte ich, daß er meine Zeichen verstanden hätte — doch, ob es nun der Fall war oder nicht, er schüttelte verzweifelt den Kopf und weigerte sich, seinen Platz am Ringbolzen zu verlassen. Es war unmöglich, zu ihm hinzukommen, die Situation erlaubte keinen Aufschub, und so überließ ich ihn unter schweren Seelenkämpfen seinem Schicksal, band mich mittels der Stricke, die es an der Gilling festgehalten, an das Faß und warf mich mit ihm ohne weiteres Zögern ins Meer.

Der Erfolg war genau der, den ich erhofft hatte. Da ich selbst es bin, der Ihnen nun diese Geschichte erzählt, da Sie sehen, daß ich entkommen bin, und da Sie nun schon wissen, auf welche Art diese Rettung bewerkstelligt wurde, und Sie daher schon im voraus wissen werden, was ich Ihnen noch erzählen werde, will ich meine Geschichte rasch zu Ende führen. Es dürfte eine Stunde vergangen sein, seit ich die Schmack verlassen hatte, als sie, nachdem sie schon tief unter mir war, schnell hintereinander einige wilde Umdrehungen machte und plötzlich kopfüber, meinen geliebten Bruder mit sich führend, in das schäumende

Chaos stürzte. Das Faß, an welches ich mich festgebunden hatte, war kaum die Hälfte der Strecke zwischen dem Grund des Strudels und der Stelle, an der ich das Schiff verlassen hatte, niedergesunken, als eine große Veränderung mit dem Strudel vor sich ging. Die Neigung der Seitenwände des riesigen Trichters wurde von Augenblick zu Augenblick weniger steil und die Drehungen des Wirbels nahmen beständig an Heftigkeit ab. Die Gischt und der Regenbogen verschwanden allmählich, und der Grund des Schlundes schien sich langsam zu heben. Der Himmel war klar, der Wind hatte sich gelegt und der volle Mond ging strahlend im Westen unter, als ich mich an der Oberfläche des Ozeans fand, in voller Sicht auf die Lofotenküste, und über der Stelle, wo das Zentrum des Moskoeströms gewesen war. Es war die Zeit des Totwassers — aber das Meer rollte infolge des vorherigen Sturmes noch immer in haushohen Wellen. Ich wurde von der Strömung heftig erfaßt und in wenigen Minuten zu den Fischplätzen getragen. Ein Boot las mich, der ich vor Müdigkeit völlig erschöpft und jetzt, da die Gefahr vorüber, sprachlos in der Erinnerung ihrer Schrecken war, auf. Jene, die mich an Bord zogen, waren meine alten Kameraden und täglichen Begleiter, aber sie erkannten mich ebensowenig, wie sie einen Wanderer aus dem Land der Schatten erkannt hätten. Mein Haar, welches tags zuvor noch rabenschwarz gewesen, war so weiß, wie Sie es jetzt sehen. Man sagt auch, daß sich mein Gesichtsausdruck vollkommen verändert hat. Ich erzählte meine Geschichte — doch man glaubte sie mir nicht. Nun erzähle ich sie Ihnen, und ich kann schwerlich erwarten, daß Sie ihr mehr Glauben schenken als die kühnen Fischer der Lofoten."

DIE TATSACHEN IM FALLE VALDEMAR

Selbstverständlich wundere ich mich nicht darüber, daß der außergewöhnliche Fall des Herrn Valdemar viel diskutiert worden ist. Es wäre seltsam, wenn dies nicht der Fall gewesen wäre — besonders unter diesen Umständen. Durch die Bemühungen aller Beteiligten, die Angelegenheit vor der Öffentlichkeit geheim zu halten, wenigstens damals, bis wir Gelegenheit für weitere Untersuchungen hatten — durch unser Bemühen, eben dies zu erreichen — gelangten entstellende oder übertriebene Gerüchte unter die Bevölkerung und entwickelten sich zur Quelle vieler unerwünschter Mißdeutungen und, selbstverständlich bildeten sie den Grund starker Ungläubigkeit.

Es erscheint nun notwendig, daß ich die Tatsachen berichte — so weit ich sie wenigstens selbst begreife. Zusammenfassend sehen sie also folgendermaßen aus:

Während der letzten drei Jahre war meine Aufmerksamkeit auf das Phänomen des Mesmerismus hingelenkt worden. Und vor etwa neun Monaten fiel mir ganz plötzlich ein, daß bei der Reihe der Experimente, die auf diesem Gebiet ausgeführt wurden, eine sehr bemerkenswerte und unverantwortliche Unterlassungssünde begangen worden war: — man hatte noch keinen Sterbenden hypnotisiert. Es blieb also zuerst noch festzustellen, ob ein Patient in einem solchen Zustand überhaupt eine Empfänglichkeit für den magnetischen Einfluß aufwies; zweitens, ob diese, falls eine solche vorhanden war, durch seinen Zustand schwächer oder stärker war als gewöhnlich, und drittens, in welchem Grade und für wie lange der Eintritt des Todes aufgehalten werden konnte. Es gab noch andere Einzelheiten, die festzustellen waren, aber vor diesen allen erregte besonders die letzte meine Neugier, — wegen der unerhörten Bedeutung der Schlüsse, die man daraus ziehen konnte.

Bei der Suche nach einem Menschen, mit dessen Hilfe ich jene Einzelheiten untersuchen könnte, dachte ich schließlich an meinen Freund, Herrn Ernst Valdemar, den bekannten Sammler der „Bibliotheka Forensica", und (unter dem Pseudonym Issachar Marx) Verfasser der polnischen Ausgaben von „Wallenstein" und „Gargantua". Herr Valdemar, welcher vorwiegend in Harlem, und seit dem Jahre 1839 in New York gelebt hatte, ist oder war vielmehr wegen seiner außergewöhnlichen Magerkeit, wegen seiner kurzen Gliedmaßen, wodurch er John Randolph ähnlich war, und auch wegen der weißen Farbe seines Bartes, welche im heftigsten Kontrast zur Schwärze seiner Haare stand, wodurch man fälschlicherweise glaubte, er trage eine Perücke, bemerkenswert. Er war von auffallender Nervosität, was ihn zu einem guten Objekt für mesmerismische Versuche machte. Zwei- oder dreimal hatte ich ihn ohne Schwierigkeit in Schlaf versetzen können, aber in anderen Fällen waren meine Erwartungen, die ich mir auf Grund seiner besonderen Veranlagung machen konnte, enttäuscht worden. Sein Wille war zu keiner Zeit völlig unter meiner Kontrolle, und in bezug auf Hellsehen konnte ich mit ihm nichts Zuverlässiges anfangen. Ich schrieb meinen Mißerfolg in dieser Hinsicht immer seinem zerrütteten Gesundheitszustand zu. Denn einige Monate, bevor ich seine Bekanntschaft machte, hatten ihn seine Ärzte als unheilbar schwindsüchtig erklärt. Es war seine Gewohnheit, unbefangen von seiner nahenden Auflösung als von einer Tatsache zu sprechen, die weder zu vermeiden noch zu bedauern war.

Als sich der erwähnte Gedanke mir zum erstenmal aufdrängte, war es nur natürlich, daß ich an Herrn Valdemar dachte. Ich kannte die ruhige Philosophie dieses Menschen zu gut, um irgendwelche Bedenken von seiner Seite zu erwarten, außerdem hatte er keine Verwandten in Amerika, die dagegen Einspruch erheben hätten können. Ich sprach mit ihm ganz offen über meinen Plan, und zu meiner Überraschung schien dieser sein Interesse lebhaft zu erregen. Ich sage zu meiner Überraschung, denn, obwohl er seine Person immer willig für meine Experimente zur Verfügung gestellt hatte, hatte er meinem Tun niemals ein Zeichen von Sympathie entgegengebracht. Die Art seines Leidens würde es erlauben, seine Todesstunde genau vorherzusagen, und schließlich wurde zwischen uns vereinbart, daß er mich ungefähr vierundzwanzig Stunden vor der von seinen Ärzten angegebenen Sterbestunde rufen lassen wollte.

Es ist jetzt etwas mehr als sieben Monate her, als ich von Herrn Valdemar persönlich folgendes Schreiben erhielt:

„Mein lieber P —!

Nun können Sie also kommen. D. und F. stimmen darin überein, daß ich es nicht mehr länger als bis morgen mitternacht machen werde. Und mir scheint, sie haben die Zeit ziemlich genau getroffen.

Valdemar".

Ich erhielt diesen Brief in weniger als einer halben Stunde nachdem er geschrieben worden war, und fünfzehn Minuten später befand ich mich schon im Zimmer des Sterbenden. Ich hatte ihn schon seit zehn Tagen nicht mehr gesehen und war entsetzt über die fürchterliche Veränderung, die während dieser kurzen Zeit mit ihm vorgegangen war. Sein Gesicht war bleifarben, die Augen vollkommen glanzlos, und er war so sehr abgemagert, daß die Haut von den Backenknochen durchbohrt zu werden schien. Sein Schleimauswurf war außerordentlich stark. Der Puls war kaum fühlbar. Nichtsdestoweniger hatte er auffallenderweise die Kraft seines Geistes und ein gewisses Maß von Körperstärke behalten. Er sprach deutlich — nahm ohne fremde Hilfe einige schmerzlindernde Medikamente zu sich — und als ich das Zimmer betrat, war er gerade damit beschäftigt, in sein Notizbuch einige Anmerkungen zu machen. Man hatte ihn, von Kissen gestützt, aufrecht hingesetzt. Die Doktoren D. und F. waren anwesend.

Nachdem ich Valdemars Hand gedrückt hatte, nahm ich diese Herren beiseite und erhielt von ihnen einen ausführlichen Bericht über den Zustand des Patienten. Der linke Lungenflügel war schon seit achtzehn Monaten halb verknöchert oder verknorpelt und natürlich vollkommen unbrauchbar. Der obere Teil des rechten war ebenfalls teilweise, wenn nicht vollkommen verknöchert, während der untere Teil nur mehr aus einer Menge ineinander übergehender Eiterherde bestand. Es gab einige ausgedehnte Durchbrüche, und an einer Stelle waren auch die Rippen von Eiterung ergriffen. Diese Erscheinungen im rechten Flügel waren verhältnismäßig jungen Datums. Die Verknöcherung war mit einer sehr ungewöhnlichen Schnelligkeit fortgeschritten, einen Monat vorher hatte man noch kein Anzeichen davon entdecken können, und die Vereiterung war erst während der letzten drei Tage beobachtet worden. Unabhängig von der Schwindsucht vermutete man bei dem Patienten eine Geschwulst der Aorta; aber in dieser Hinsicht machten die Symptome, die mit der Verknöcherung zusammenhingen, eine genaue Diagnose unmöglich. Es war die Meinung beider Ärzte, daß Herr Valdemar ungefähr um Mitternacht des nächsten Tages — eines Sonntags — sterben würde. Nun war es Samstag, sieben Uhr abends.

Bevor sie sich vom Bette des Kranken entfernt hatten, um sich mit mir zu unterhalten, hatten die Doktoren D. und F. ihm ein letztes Lebewohl geboten. Es war nicht in ihrer Absicht gelegen, wiederzukommen, aber auf meine Bitte willigten sie ein, am nächsten Abend etwa um zehn Uhr noch einmal nach dem Patienten zu sehen.

Als sie gegangen waren, sprach ich mit Herrn Valdemar ganz offen sowohl über seine bevorstehende Auflösung und noch ausführlicher über das geplante Experiment. Er erklärte sich noch immer damit einverstanden, und sogar begierig, daß es durchgeführt würde, und er drängte mich, es sogleich in Angriff zu nehmen. Ein Pfleger und eine Pflegerin waren anwesend, aber ich fühlte mich nicht ganz berechtigt, mich einer Aufgabe dieser Art ohne verläßlichere Zeugen, als es diese Leute waren, zu unterziehen, für den Fall eines unerwarteten Zwischenfalles. Daher verschob ich mein Unternehmen bis zum folgenden Abend etwa um acht Uhr, wo die Ankunft eines Studenten der Medizin, Herrn Theodor L . . . l, mit dem ich einige Beziehungen unterhielt, mich weiterer Verlegenheit enthob. Ursprünglich war es meine Absicht gewesen, noch auf die Ärzte zu warten, doch ich war gezwungen zu beginnen, erstens wegen der drängenden Bitten Herrn Valdemars und zweitens wegen meiner Überzeugung, daß kein Augenblick mehr zu verlieren war, da es offensichtlich mit ihm zu Ende ging.

Herr L . . . l war so freundlich, meinem Ersuchen nachzukommen, alles niederzuschreiben, was geschehen würde, und das, was ich jetzt berichten will, ist zum größten Teil entweder etwas gekürzt oder wörtlich aus diesen Aufzeichnungen.

Es war etwa fünf Minuten vor acht, als ich den Patienten, indem ich ihn bei der Hand nahm, bat, Herrn L . . . l, so klar wie möglich anzugeben, ob er, Herr Valdemar, durchaus einverstanden sei, daß ich das mesmerismische Experiment in seinem jetzigen Zustand durchführe.

Er antwortete schwach, jedoch deutlich hörbar: „Ja, ich wünsche, hypnotisiert zu werden" — und fügte gleich darauf hinzu: „Ich fürchte, Sie haben es schon zu lange hinausgezögert."

Während er dies sprach, wandte ich diejenigen Striche an, die ich schon früher bei ihm als die wirksamsten erkannt hatte. Offenbar übte bereits der erste Strich über seine Stirne einen gewissen Einfluß aus, jedoch zeigte sich bis etwa einige Minuten nach zehn Uhr, als die Doktoren D. und F. vereinbarungsgemäß vorsprachen, keine weitere Wirkung, obwohl ich all meine Macht anwendete, und da sie keinen Einwand erhoben, weil sie sagten, daß der Kranke schon in Agonie liege, fuhr ich unverzüglich fort — jedoch machte ich anstelle der seitlichen Striche solche von oben, meine Blicke starr in das rechte Auge des Leidenden versenkend.

Zu dieser Zeit war sein Puls nicht mehr feststellbar und sein Atem, in Abständen von je einer halben Minute, röchelnd.

Dieser Zustand blieb etwa eine Viertelstunde unverändert. Nach Ablauf dieser Zeit jedoch entrang sich der

Brust des Sterbenden ein gewöhnlicher, jedoch sehr tiefer Seufzer, und der röchelnde Atem hörte auf — oder vielmehr das Röcheln war nicht mehr zu vernehmen, jedoch blieben die Intervalle zwischen den Atemzügen unverändert. Die Gliedmaßen des Patienten waren von eisiger Kälte.

Fünf Minuten vor elf bemerkte ich unzweideutige Anzeichen des mesmerismischen Einflusses. Der glasige Ausdruck der rollenden Augen verwandelte sich in den Ausdruck unruhigen nach innen gekehrten Suchens, welchen man nur im Falle des wachen Schlafens feststellen kann, und der nicht zu verkennen ist. Mit ein paar schnellen seitlichen Strichen machte ich die Augenlider zittern, wie beim Einschlafen, und nach ein paar weiteren schlossen sie sich ganz. Dennoch war ich damit nicht zufrieden, sondern fuhr mit Eifer und äußerster Willensanstrengung in meinem Bemühen fort, bis die Glieder des Schlafenden, nachdem ich sie zuerst in eine angenehm scheinende Lage gebracht hatte, vollkommen steif geworden waren. Die Beine waren lang ausgestreckt, die Arme waren es fast auch und lagen ein kleines Stück von den Hüften entfernt auf dem Bett. Der Kopf war ein klein wenig erhöht.

Als ich dies erreicht hatte, war es genau Mitternacht, und ich ersuchte die anwesenden Herren, Herrn Valdemars Zustand zu untersuchen. Nach kurzer Untersuchung stellten sie fest, daß er sich in einem ungewöhnlich tiefen hypnotischen Trancezustand befand. Die Neugier der beiden Ärzte war in höchstem Maße erweckt. Doktor D. beschloß plötzlich, die ganze Nacht bei dem Patienten zu verbringen, während Doktor F. uns mit dem Versprechen, bei Tagesanbruch wiederzukommen, verließ. Herr L . . . l und die Pfleger blieben zurück.

Wir ließen Herrn Valdemar bis etwa drei Uhr früh vollkommen ungestört, dann näherte ich mich ihm und fand ihn in genau demselben Zustand, als zu dem Zeitpunkt, da Doktor F. weggegangen war, — das heißt, seine Lage war unverändert, der Puls war nicht mehr zu fühlen, der Atem leicht — nur mittels eines vor den Mund gehaltenen Spiegels feststellbar; die Augen waren wie früher geschlossen, und die Gliedmaßen starr und kalt wie Marmor. Jedoch erweckte er alles in allem nicht den Eindruck eines Toten.

Als ich mich Herrn Valdemar näherte, machte ich so eine Art halben Versuch, seinen Arm dem meinen folgen zu lassen, indem ich den letzteren sanft seinem Körper näherte und von ihm entfernte. Mit einem solchen Versuch hatte ich bei diesem Patienten vorher nie einen richtigen Erfolg erzielt, und daher hoffte ich auch jetzt kaum auf ein Gelingen, aber zu meinem Erstaunen folgte sein Arm sehr willig, wenn auch schwach, in jede Richtung, die ich mit dem meinen bezeichnete. Ich beschloß, ein kurzes Gespräch zu wagen.

„Herr Valdemar", sagte ich, „schlafen Sie?" Er gab keine Antwort, aber ich bemerkte ein Zittern seiner Lippen, und dies veranlaßte mich, die Frage noch ein zweites und drittes Mal zu stellen. Bei der zweiten Wiederholung befiel seinen Körper ein ganz leises Zittern, die Augenlider öffneten sich soweit, um einen weißen Streifen des Augapfels zu zeigen, die Lippen bewegten sich träge und mit kaum hörbarem Flüstern entrangen sich ihnen die Worte:

„Ja — ich schlafe jetzt. Wecken Sie mich nicht auf! — Lassen Sie mich so sterben!"

Nun befühlte ich die Glieder und fand, daß sie starr waren, wie früher. Der rechte Arm gehorchte, so wie vorher, dem meinen. Ich fragte den Wachschläfer noch einmal:

„Spüren Sie noch Schmerzen in der Brust, Herr Valdemar?"

Die Antwort erfolgte sogleich, doch noch leiser als früher:

„Nein, keine Schmerzen — ich sterbe!"

Ich fand es nicht ratsam, ihn jetzt noch länger zu stören, und es wurde bis zur Ankunft von Doktor F., der kurz vor Sonnenaufgang erschien, und grenzenloses Erstaunen darüber äußerte, den Patienten noch am Leben zu finden, nichts mehr gesprochen. Nachdem er seinen

Puls gefühlt und einen Spiegel vor den Mund gehalten hatte, ersuchte er mich, den Wachschläfer von neuem anzusprechen. Ich entsprach dieser Bitte und sagte:

„Herr Valdemar, schlafen Sie noch?"

Wie früher vergingen einige Minuten, ehe eine Antwort erfolgte; und während dieser Zeit schien der Sterbende Energie zu sammeln, um zu sprechen. Nach der vierten Wiederholung der Frage sagte er sehr schwach, fast unhörbar:

„Ja, ich schlafe — ich liege im Sterben."

Nun war es die Meinung, oder vielmehr der Wunsch der Ärzte, Herrn Valdemar in seinem gegenwärtigen, anscheinend ruhigen Zustand zu belassen, bis der Tod siegen würde — und dies, darin stimmten alle überein, mußte in ein paar Minuten geschehen. Ich beschloß dennoch, ihn noch einmal anzusprechen, und wiederholte lediglich meine vorige Frage.

Während ich sprach, ging im Gesicht des Wachschläfers eine seltsame Veränderung vor. Die Augen öffneten sich langsam, die Pupillen drehten sich nach oben und wurden unsichtbar, die Haut nahm allgemein eine leichenhafte Farbe an und glich nun weniger Pergament als vielmehr weißem Papier, und die runden hektischen Flecken, welche bis zu diesem Zeitpunkt in der Mitte beider Wangen genau abgegrenzt waren, verloschen ganz plötzlich. Ich verwende diesen Ausdruck, weil die Plötzlichkeit ihres Verschwindens mich an nichts so sehr erinnerte, als an das Verlöschen einer Kerze durch einen Luftstoß. Die Oberlippe löste sich gleichzeitig von den Zähnen, die sie vorher völlig bedeckt hatte, während das Kinn mit einem hörbaren Ruck herunterfiel, wodurch der Mund weit offen blieb, und die geschwollene schwarze Zunge den Blicken vollkommen frei gab. Ich nehme an, daß niemandem der Anwesenden die Schrecken des Totenbettes unbekannt waren, aber der Anblick, den Herr Valdemar in diesem Augenblick bot, war so ungewöhnlich grauenvoll, daß alle aus der Nähe des Bettes zurückwichen.

Ich habe nun den Eindruck, daß ich mit meiner Erzählung zu einem Punkt gelangt bin, bei dem jeder Leser sich vollkommen ungläubig abwendet. Dennoch ist es meine Pflicht, fortzufahren.

Nun war nicht mehr das kleinste Lebenszeichen an Herrn Valdemar feststellbar, und in der Vermutung, er sei tot, wollten wir ihn gerade den Pflegern überlassen, als ein starkes Zittern der Zunge bemerkbar wurde. Dieses dauerte vielleicht eine Minute lang. Nach Ablauf dieser Zeit entrang sich den geöffneten und bewegungslosen Kinnladen eine Stimme, die nur ein Wahnsinniger zu beschreiben versuchen könnte. Es gibt wohl zwei oder drei Bezeichnungen, die man hier vielleicht anwenden könnte. Ich könnte zum Beispiel sagen, daß der Laut heiser, gebrochen und hohl klang, aber seine ganze Gräßlichkeit ist unbeschreiblich, aus dem einfachen Grund, daß kein ähnlicher Laut je das Ohr eines Menschen erreicht hat. Es gibt nichtsdestoweniger zwei Bezeichnungen, von denen ich damals dachte und auch heute noch glaube, daß sie als charakteristisch für den Klang gelten können und gut geeignet sind, eine gewisse Vorstellung von seiner unirdischen Seltsamkeit zu geben. In erster Linie schien er an unsere oder zumindest an meine Ohren aus weiter Ferne zu dringen oder aus irgendeiner tiefen Höhle im Innern der Erde. In zweiter Linie verursachte er mir — ich fürchte, daß es unmöglich ist, mich verständlich zu machen — die Empfindung, die man beim Angreifen von gallertartigen oder klebrigen Dingen erfährt.

Ich sprach sowohl von einem Laut und von einer Stimme. Ich will damit sagen, daß der Laut von einer deutlichen Artikulation, von einer geradezu wunderbar eindringlichen Deutlichkeit war. Herr Valdemar sprach — offensichtlich als Antwort auf die Frage, die ich ihm ein paar Minuten vorher gestellt hatte. Ich hatte ihm, wie man sich erinnern wird, die Frage gestellt, ob er noch schlafe. Nun sagte er:

„Ja! — nein! — Ich habe geschlafen — und jetzt — jetzt — bin ich tot."

Keiner der Anwesenden versuchte auch nur im geringsten, das unaussprechliche, schaudernde Entsetzen zu verbergen, das diese wenigen, so grauenvoll gesprochenen Worte hervorzurufen imstande waren. Herr L . . . l, der Student, fiel in Ohnmacht. Die Pfleger verließen augenblicklich das Zimmer und konnten nicht dazu gebracht werden, zurückzukehren. Meine eigenen Gefühle wage ich gar nicht dem Leser nahe zu bringen. Fast eine Stunde lang bemühten wir uns schweigend, ohne ein einziges Wort zu sprechen, Herrn L . . . l ins Leben zurückzurufen. Als er zu sich gekommen war, befaßten wir uns von neuem mit der Untersuchung von Herrn Valdemars Zustand.

Er war in jeder Hinsicht in dem Zustand verblieben, wie ich ihn zuletzt beschrieben habe, ausgenommen, daß der Spiegel keine Atmung mehr erkennen ließ. Ein Versuch, Blut aus dem Arm zu ziehen, ging fehl. Ich war auch davon überzeugt, daß dieses Glied nicht länger mehr meinem Willen unterworfen war. Ich versuchte vergeblich, es der Führung meiner Hand folgen zu lassen. Das einzige wirkliche Anzeichen des mesmerismischen Einflusses bestand in der zitternden Bewegung der Zunge, immer wenn ich eine Frage an Herrn Valdemar richtete. Er schien sich um eine Antwort zu bemühen aber nicht mehr genügend Willenskraft zu haben. Gegen Fragen, die irgendwer anders als ich an ihn stellte, schien er völlig unempfänglich, obwohl ich den Versuch machte, jeden aus der Versammlung mit ihm in mesmerismischen Kontakt zu bringen. Ich glaube, daß ich nun alles berichtet habe, was für das Verständnis des Zustandes des Schlafwachenden zu dieser Zeit nötig ist. Andere Pfleger wurden eingestellt, und um zehn Uhr verließ ich in Begleitung der beiden Ärzte und Herrn L . . . l das Haus.

Am Nachmittag fanden wir uns alle wieder ein, um nach dem Patienten zu sehen. Sein Zustand war genau derselbe geblieben. Wir hielten nun eine kleine Besprechung ab, ob es richtig und tunlich sei, ihn aufzuwecken; aber ohne Schwierigkeit einigten wir uns dahin, daß es keinen guten Zweck hätte, dies zu tun. Es war augenscheinlich, daß durch den mesmerismischen Einfluß der Tod, oder das was man gewöhnlich als den Tod bezeichnet, bis zu diesem Zeitpunkt aufgeschoben worden war. Es schien uns allen selbstverständlich, daß das Erwecken von Herrn Valdemar lediglich seine sofortige oder zumindest seine baldige Auflösung herbeiführen würde.

Von damals an bis zum Ende der letzten Woche, einem Zeitraum von fast sieben Monaten, fuhren wir fort, dem Hause des Herrn Valdemar täglich einen Besuch abzustatten, hie und da in Begleitung von Medizinkollegen oder anderen Freunden. Die ganze Zeit hindurch blieb der Wachschläfer genauso, wie ich ihn zuletzt beschrieben habe.

Es war am letzten Freitag, als wir endlich beschlossen, den Versuch, ihn aufzuwecken, zu unternehmen. Es ist vielleicht der unglückselige Ausgang jenes letzten Experimentes, der in privaten Gesellschaften Anlaß zu derart vielen Diskussionen geboten hat, was ich nur als eine unberechtigte Aufregung der Öffentlichkeit bezeichnen kann.

Um Herrn Valdemar aus dem mesmerismischen Trancezustand zu erwecken, machte ich die üblichen Striche. Eine zeitlang waren sie erfolglos. Das erste Zeichen der Wiederbelebung zeigte sich in einer teilweisen Herabsenkung der Iris. Es wurde dabei, was besonders bemerkenswert ist, beobachtet, daß dieses Herabsinken der Pupille von einem starken Ausfluß gelblichen Blutwassers von durchdringendem, äußerst üblem Geruch, welches unter den Lidern hervorkam, begleitet war.

Es wurde nun angeregt, daß ich wie früher versuchen sollte, den Arm des Patienten zu beeinflussen. Ich machte den Versuch, der jedoch mißlang. Doktor F. legte mir dann den Wunsch nahe, eine Frage zu stellen. Ich fragte also wie folgt: „Herr Valdemar, können Sie uns erklären, welche Gefühle und Wünsche Sie nun hegen?"

Augenblicklich kehrten die hektischen Flecke auf den Wangen zurück, die Zunge zitterte oder rollte vielmehr heftig im Munde hin und her, obwohl die Kinnladen und die Lippen unbeweglich blieben wie vorher, und schließlich brach dieselbe gräßliche Stimme, die ich schon beschrieben habe, hervor:

„Um Gottes willen! — schnell! — schnell — lassen Sie mich wieder einschlafen! — oder vielmehr, erwecken Sie mich schnell! — schnell! — Ich sage Ihnen, daß ich tot bin!"

Ich war völlig außer Fassung, und einen Augenblick lang wußte ich nicht, was tun. Zuerst machte ich den Versuch, den Patienten wieder zu beruhigen, aber da mir dies wegen meiner völligen Geistesabwesenheit mißlang, gab ich mein Vorhaben auf und bemühte mich mit größtem Eifer, ihn zu erwecken. Ich sah bald, daß dieser Versuch erfolgreich sein würde — oder wenigstens bildete ich mir ein, daß mir ein vollkommener Erfolg beschieden sein würde — und ich bin davon überzeugt, daß alle im Zimmer Versammelten darauf gefaßt waren, den Patienten erwachen zu sehen.

Was dann jedoch wirklich eintrat, darauf konnte ganz unmöglich irgendein menschliches Wesen vorbereitet sein.

Während ich eilig die mesmerismischen Striche machte, schrumpfte der Körper innerhalb einer einzigen Minute, während die Schreie „tot! tot!" von der Zunge und nicht von den Lippen des Leidenden hervorbrachen, zusammen, zerbröckelte und verweste unter meinen Händen. Auf dem Bett lag eine beinahe flüssige, ekelerregende, abscheuliche, verfaulte Masse.

DER MANN DER MENGE

Ce grand malheur, de ne pouvoir être seul

la Bruyére

Das war treffend, dieses „es läßt sich nicht lesen", was man von einem gewissen deutschen Buch sagte. Es gibt Geheimnisse, die nicht gestatten, daß man sie ausspricht. Menschen sterben zur Nachtzeit in ihren Betten, krampfhaft die Hände von Beichtvätern umklammernd und blikken ihnen mit jammervollem Blick ins Auge — sterben mit Verzweiflung im Herzen, und die Kehle krampft sich zusammen wegen der entsetzlichen Geheimnisse, die nicht gestatten, daß man sie enthüllt. Hie und da, o Gott, nimmt das Gewissen eines Menschen eine Bürde auf sich, die so schwer ist in ihrer Schrecklichkeit, daß sie nur im Grabe abgeworfen werden kann. Und daher wird das wahre Wesen des Verbrechens nie offenbar.

Vor nicht allzulanger Zeit saß ich an einem Herbstabend am großen Bogenfenster des Café D. in London. Einige Monate lang war ich krank gewesen, aber nun befand ich mich auf dem Wege der Besserung, und in dem Maße, in dem meine Kräfte zurückkehrten, fand ich mich in einer jener glücklichen Stimmungen, die so ganz das Gegenteil der Langeweile darstellen — eine Stimmung der lebhaftesten Begierden, wenn der Schleier vom geistigen Auge verschwindet, und der angefeuerte Verstand überragt dann seinen normalen Zustand so sehr, wie die lebhafte, jedoch aufrichtige Vernunft eines Leibniz die verrückte und geistlose Beredsamkeit eines Georgias. Das Atmen allein bereitet schon Vergnügen; und sogar aus den üblichen Quellen des Schmerzes schöpfte ich echten Genuß. Ich empfand ein ruhiges, jedoch eingehendes Interesse für alles. Eine Zigarre im Mund, eine

Zeitung auf den Knien, hatte ich mich den größten Teil des Nachmittags damit unterhalten, die Anzeigen in den Zeitungen zu studieren oder die bunte Gesellschaft im Raum zu beobachten, und nun blickte ich durch die trüben Scheiben auf die Straße.

Die letztere, eine der Hauptverkehrsadern der Stadt, war den ganzen Tag lang sehr bevölkert. Doch als die Dunkelheit hereinbrach, wuchs das Gedränge augenblicklich an, und zu der Zeit, da die Laternen angezündet wurden, eilte in beiden Richtungen ein dichter Menschenstrom an der Tür vorüber. Niemals noch hatte ich mich zu dieser Zeit des Abends in einer ähnlichen Situation befunden, und das wogende Meer von Menschenköpfen erfüllte mich mit einem neuartigen aber durchaus angenehmen Gefühl. Ich kümmerte mich schließlich überhaupt nicht mehr um das, was herinnen vorging, sondern versenkte mich ganz in den Anblick außerhalb.

Anfangs waren meine Beobachtungen ganz allgemeiner Art. Ich blickte auf die Masse der Passanten und dachte über sie nur in Gruppen. Bald jedoch ging ich zu den Einzelheiten über und beobachtete mit gespannter Aufmerksamkeit die Verschiedenheit in Gestalt, Kleidung, Mienenspiel, Gang und Gesichtsausdruck.

Der weitaus größere Teil der Vorübergehenden trug ein zufriedenes geschäftiges Gehaben zur Schau und schien nur daran zu denken, sich den Weg durch das Gedränge zu bahnen. Sie runzelten ihre Stirnen und rollten lebhaft mit den Augen. Wenn sie von anderen Passanten angestoßen wurden, zeigten sie sich nicht im mindesten gereizt, sondern sie ordneten ihre Kleider und eilten weiter. Andere wiederum, die ebenfalls zahlreich vertreten waren, bewegten sich sehr hastig, hatten gerötete Gesichter und sprachen mit lebhaften Gesten zu sich selbst, als fühlten sie sich in dem dichten Gedränge, das um sie wogte, allein. Wenn sie in ihrem Gang aufgehalten wurden, blieben sie plötzlich murmelnd stehen, aber sie verdoppelten ihre Gestikulationen und warteten mit abwesendem und müdem Lächeln, bis diejenigen, die sie aufgehalten, vorbeigegangen waren. Wenn jemand sie anstieß, verbeugten sie sich tief vor dem Betreffenden und schienen von Verlegenheit überwältigt. — Neben den bereits erwähnten Eigenschaften, die diese beiden Gruppen charakterisierten, besaßen sie nichts, was sie sonst noch auszeichnete. Ihre Kleidung war von der Art, die man etwas spöttisch die „anständige" nennt. Es waren zweifelsohne Adelige, Kaufleute, Anwälte, Handelsleute, Börsenspekulanten — die Patrizier und Allerweltsleute der Gesellschaft — Nichtstuer und Leute, die von ihren eigenen Angelegenheiten sehr in Anspruch genommen waren — Leute, die selbständig Geschäfte machten. Sie nahmen meine Aufmerksamkeit nicht sehr in Anspruch.

Das Heer der Angestellten war leicht zu überblicken, und hier ließen sich zwei Gruppen deutlich unterscheiden. Da gab es einmal jüngere Angestellte von rasch emporgewachsenen Häusern — junge Herren in enganliegenden Mänteln, glänzenden Schuhen, Pomade in den Haaren und anmaßend emporgezogenen Lippen. Abgesehen von einer gewissen Diensteifrigkeit, die ich mangels eines besseren Ausdrucks als Schreiberseele bezeichnen möchte, schien das Benehmen dieser Personen das genaue Abbild dessen, was zwölf oder achtzehn Monate für den „bon ton" gegolten hatte. Sie trugen die abgelegten Manieren der vornehmen Gesellschaftskreise zur Schau; — und das ist, glaube ich, für diese Klasse bezeichnend.

Die Gruppe der höheren Angestellten der soliden Firmen, der „guten alten Häuser" war nicht zu verkennen. Man konnte sie an ihren schwarzen oder braunen Mänteln und Hosen erkennen, die sehr bequem gemacht waren, an ihren weißen Krawatten und Westen, ihren breiten solid aussehenden Schuhen und groben Strümpfen und Gamaschen. Sie waren alle schon mehr oder weniger kahlköpfig, und ihr rechtes Ohr, das schon sehr lange die Feder getragen, hatte die Angewohnheit angenommen, weit abzustehen. Ich beobachtete, daß sie ihre Hüte stets mit beiden Händen in die richtige Lage rückten und Uhren an kurzen goldenen Ketten von plumper, altmodischer Form trugen. Sie hatten ein gezwungenes ehrbares Auftreten, wenn ein gezwungenes Auftreten überhaupt ehrbar sein kann.

Es gab da auch viele verdächtig aussehende Individuen, die ich leicht als zur Gilde der Taschendiebe gehörig erkannte, von denen alle Großstädte heimgesucht werden. Ich beobachtete diese Herrschaften sehr eingehend und fand es schwer, mir vorzustellen, wie vornehme Leute sie je mit ihresgleichen verwechseln konnten. Die Weite ihrer Manschetten in Verbindung mit einer gewissen übertriebenen Freimut mußte sie sogleich verraten.

Die Spieler, von denen ich nicht wenige erspähte, waren noch leichter zu erkennen. Sie trugen die verschiedenartigste Kleidung, angefangen von der des hemmungslosen Taschenspielers mit Samtweste, phantastischem Halstuch, vergoldeten Ketten und Filigranknöpfen, bis zu der des sorgsam gekleideten Geistlichen, denn keine andere Kleidung erregt weniger Verdacht als diese. Alle waren sie durch eine gewisse Dunkelheit der Gesichtsfarbe, ein mattes Auge und bleiche, zusammengekniffene Lippen gekennzeichnet. Darüberhinaus gab es noch zwei weitere Merkmale, an denen ich sie stets erkennen konnte: sie sprachen gewollt langsam und hielten den Daumen ungewöhnlich weit rechtwinklig zur Hand ausgespreizt. Sehr oft sah ich in Gesellschaft dieser Spitzbuben eine Klasse von Menschen, die sich in ihrem Gehabe von den letzteren unterschieden, aber doch Vögel derselben Art waren. Man könnte sie als Herren bezeichnen, die von ihren Witzen leben. Sie scheinen in zwei Bataillonen auf das Publikum loszuziehen: einmal als Stutzer und zum zweiten in militärischer Aufmachung. Die Hauptkennzeichen der ersten Gruppe sind lange Haare und Lächeln, die der zweiten mit Borten besetzte Mäntel und Stirnrunzeln.

Weiter auf der Stufenleiter der sogenannten Gesellschaft hinabsteigend, fand ich dunklere und noch interessantere Objekte für meine Grübeleien. Ich sah jüdische Hausierer mit Falkenaugen, die aus Gesichtern blickten, deren übrige Züge einzig den Ausdruck kriecherischer Demut trugen; unverschämte berufsmäßige Straßenbettler, die auf andere Bettler besserer Art, die allein die Verzweiflung heischend in die Nacht getrieben hatte, scheele Blicke warfen; schwache gespenstische Invalide, auf die der Tod schon seine sichere Hand gelegt hatte, und die kraftlos zwischen dem Mob einherwankten und jedem flehend in die Augen sahen, als suchten sie die Spur eines Trostes, irgendeine verlorene Hoffnung; anständige junge Mädchen, die spät nach langer Arbeit einem freudlosen Heim zugingen und eher mit Tränen in den Augen als entrüstet den lüsternen Blicken der Wüstlinge auswichen, mit denen eine Berührung oft nicht zu vermeiden war; Frauen aus der Stadt, jeder Art und jeden Alters — die außergewöhnliche Schönheit in der Blüte ihrer Weiblichkeit, die einen an die Statue Luciens erinnert, die außen aus parischem Marmor, innen aber aus Kot bestand — das ekelerregende, vollkommen verwahrloste Weib in Lumpen — das runzlige, juwelenbehangene und bemalte alternde Weib, das einen letzten Versuch macht, jugendlich zu erscheinen — das noch völlig unentwickelte Kind, das aber, durch lange Beobachtung in der schrecklichen Koketterie seiner Gefährtinnen erfahren, von rasendem Ehrgeiz brennt, es den Älteren im Laster gleichzutun; unzählige und unbeschreibliche Trunkenbolde — einige in Fetzen und Lumpen, die unverständliches Zeug murmelnd mit aufgedunsenen Gesichtern und verglasten Augen einhertorkelten — andere wieder in unzerrissenen, allerdings schmierigen Kleidern, mit unsicherem Schritt, dicken sinnlichen Lippen und dreistblickenden geröteten Gesichtern — andere, die Anzüge trugen, die einst gut gewesen waren und die sogar jetzt noch sorgfältig gebürstet wurden — Männer, die mit übertrieben festem und elastischem Schritt einherschritten, aber deren Gesichter entsetzlich bleich und deren gerötete Augen fürchterlich wild dreinblickten, und die, während sie sich durch die Menge schoben, mit zitternden Fingern nach allem griffen, was ihnen in die Nähe kam; neben den erwähnten Gestalten gab es noch buntgekleidete Männer, Träger, Kohlenmänner, Schornsteinfeger, Werkelmänner, Leute mit Affen, Bänkelsänger und deren Begleiter; zerlumpte Handwerker und erschöpfte Arbeiter jeder Gattung, und noch mehr der geräuschvollen, regellosen Lebendigkeit, die disharmonisch auf das Ohr einströmte und auf das Auge eine quälende Wirkung ausübte.

Je mehr die Nacht sich herniedersenkte, desto stärker wurde mein Interesse an dem Schauplatz, denn es veränderte sich nicht nur der allgemeine Charakter der Menge vollständig — ihre vornehmen Züge verschwanden in dem Maße, in dem sich der gesetztere Teil der Leute zurückzog, und ihre rauheren Seiten traten kühner hervor, je mehr die späte Stunde die Gemeinheit jeder Art aus ihren Schlupfwinkeln hervorlockte — sondern auch die Strahlen der Gaslaternen, zuerst nur schwach im Kampfe mit dem sterbenden Tag, hatten schließlich eine starke Leuchtkraft erlangt und warfen über alles ein flackerndes, glänzendes Licht. Alles war dunkel und doch strahlend — gleich jenem Ebenholz, mit dem man den Stil Tertullians verglichen hat.

Die lebhaften Wirkungen des Lichtes veranlaßten mich einzelne Gesichter zu beobachten, und obwohl die Geschwindigkeit, mit der vor dem Fenster die beleuchtete Welt vorüberflatterte, mich daran hinderte, mehr als nur einen einzigen Blick auf jedes Antlitz zu werfen, schien es mir doch, als könne ich in dem seltsamen Zustand meines Geistes sogar in diesen kurzen Augenblicken, darin oft die Lebensgeschichte vieler Jahre lesen.

Die Stirn an eine Fensterscheibe gepreßt, war ich solcherart in die Erforschung des Pöbels versunken, als plötzlich ein Antlitz in mein Blickfeld trat. Es war das eines hinfälligen alten Mannes im Alter von etwa sechzig oder siebzig Jahren — ein Antlitz, das wegen der außergewöhnlichen Eigenart seines Ausdrucks meine Aufmerksamkeit augenblicklich auf sich zog und vollständig gefangennahm. Niemals vorher hatte ich etwas gesehen, was diesem Ausdruck auch nur im entferntesten ähnelte. Ich erinnere mich gut daran, daß mein erster Gedanke damals war, daß, hätte Retszsch dieses Gesicht gesehen, er ihm unbedingt den Vorzug vor allen anderen seiner

Modelle zur Verkörperung des Satans gegeben hätte. Als ich während der kurzen Zeit, da ich es zum erstenmal sah, mir ein Bild über die Eindrücke, die es in mir wachrief, machte, stiegen verworrene und paradoxe Vorstellungen von übernatürlichen Geisteskräften, Ängstlichkeit, Dürftigkeit, Geiz, Kälte, Bosheit, Blutrünstigkeit, Triumph, Heiterkeit, wildestem Entsetzen und — äußerster Verzweiflung in mir auf. Ich fühlte mich in ungeahntem Maße aufgeregt, bestürzt und fasziniert. „Welch eine bewegte Geschichte", sprach ich zu mir, „verbirgt diese Brust!" Dann fühlte ich ein unbezähmbares Verlangen, den Mann im Auge zu behalten, mehr von ihm zu erfahren. Hastig zog ich meinen Mantel an, ergriff Hut und Stock, begab mich auf die Straße und drängte mich durch das Menschengewühl in jene Richtung, in die ich ihn fortgehen gesehen hatte, denn er war bereits verschwunden. Unter gewissen kleinen Schwierigkeiten gelang es mir, ihn wieder zu Gesicht zu bekommen, ich näherte mich ihm und folgte ihm, jedoch vorsichtig, um seine Aufmerksamkeit nicht zu erregen, dicht auf den Fersen.

Nun hatte ich gute Gelegenheit, seine Person eingehend zu mustern. Er war klein von Gestalt, mager und offensichtlich sehr schwach. Seine Kleidung war schmutzig und zerlumpt; aber wenn er dann und wann in den hellen Lichtkegel einer Lampe trat, erkannte ich, daß sein Gewand, wenngleich schmutzig, aus gutem Stoff bestand. Und wenn mich mein Blick nicht täuschte, so sah ich durch einen Riß in seinem fest zugeknöpften und offensichtlich aus zweiter Hand stammenden Regenmantel, in den er sich eingehüllt hatte, einen Diamanten und einen Dolch blitzen. Diese Beobachtung erhöhte mein Interesse für ihn, und ich beschloß, dem Fremden zu folgen, wohin auch immer er seine Schritte lenken mochte.

Nun war die Nacht endgültig hereingebrochen, und ein dichter, feuchter Nebel, der bald in andauernden starken Regen überging, lagerte über der Stadt. Dieser Witterungsumschwung übte auf die Menge eine gewaltige Wirkung aus; sie begann von neuem zu hasten, und eine Flut von Regenschirmen wogte über ihren Köpfen. Das

Hasten, das Drängen und das Summen verzehnfachte sich. Ich für meinen Teil kümmerte mich nicht um den Regen, obwohl dem verborgenen Fieber in mir die Feuchtigkeit nur zu gefährlich entgegenkam. Ich band mir ein Taschentuch um den Mund und ging weiter. Eine halbe Stunde lang behielt der alte Mann mühsam seinen Weg durch die Hauptstraße bei, und hier ging ich ganz nahe an seiner Seite, in der Furcht, ich könnte ihn sonst aus den Augen verlieren. Da er sich kein einzigesmal umblickte, bemerkte er mich nicht. Schließlich bog er in eine Querstraße ein, in der das Gedränge zwar schwächer als in der früheren Straße, jedoch immer noch stark war. Hier änderte sich sein Betragen sichtlich. Er ging langsamer und weniger zielbewußt als vorher — er zögerte. Er wechselte immer wieder ohne ersichtlichen Grund die Straßenseite; und auch hier war das Gedränge immer noch so stark, daß ich gezwungen war, ihm dicht auf den Fersen zu bleiben. Die Straße war eng und lang, und er folgte ihr fast eine Stunde lang, während welcher Zeit sich die Zahl der Passanten nach und nach vermindert hatte, bis es nicht mehr waren, als man gewöhnlich um die Mittagszeit am Broadway in der Nähe des Parkes sehen kann — ein solch großer Unterschied besteht zwischen der Bevölkerungszahl Londons und der der belebtesten amerikanischen Stadt. Eine zweite Richtungsänderung brachte uns an einen glänzend erleuchteten von Leben erfüllten Platz. Und hier kehrte das alte Benehmen des Fremden wieder. Sein Kinn sank auf die Brust, während seine Augen unter den gerunzelten Brauen wild rollten, wenn ihn jemand aufhielt. Er verfolgte seinen Weg ruhig und ausdauernd. Ich war jedoch überrascht, als er, nachdem er die Runde um den Platz gemacht hatte, sich umwandte und seine Schritte zurücklenkte. Noch mehr setzte es mich in Erstaunen, als ich ihn denselben Gang mehreremale wiederholen sah, wobei er mich einmal, als er sich mit plötzlicher Bewegung umwandte, beinahe entdeckt hätte.

Mit dieser Übung brachte er eine weitere Stunde zu, wobei wir gegen Schluß viel seltener mit Passanten zusammenstießen als am Anfang. Es regnete in Strömen, es wurde kühl, und die Leute zogen sich in ihre Wohnungen zurück. Mit einer Geste der Ungeduld wandte sich der Wanderer in eine verhältnismäßig verlassene Seitenstraße. Er eilte sie eine gute Viertelmeile mit einer derartigen Geschwindigkeit entlang, die ich mir bei einem solch bejahrten Menschen nicht hätte träumen lassen, und die es mir schwer machte, ihm zu folgen. In ein paar Minuten gelangten wir zu einem großen belebten Basar, einer Örtlichkeit, mit der der Fremde gut vertraut zu sein schien und wo sein früheres Benehmen von neuem zu Tage trat, indem er planlos zwischen den Scharen der Käufer und Verkäufer hin- und hereilte.

Während der eineinhalb Stunden oder noch mehr, die wir an diesem Ort zubrachten, bedurfte es vieler Vorsicht meinerseits, ihn im Auge zu behalten ohne seine Aufmerksamkeit zu erregen. Glücklicherweise trug ich Überschuhe aus Gummi, so daß ich mich völlig lautlos bewegen konnte. Keinen Augenblick lang sah er, daß ich ihn beobachtete. Er betrat ein Geschäft nach dem andern, sprach kein Wort und sah auf alle Dinge mit irrem, ausdruckslosem Blick. Nun war ich über sein Benehmen aufs höchste verblüfft, und ich nahm mir fest vor, mich nicht eher von ihm zu trennen, bevor ich mir nicht befriedigenden Aufschluß über seine Person verschafft haben würde.

Der laute Schlag einer Uhr verkündete elf, und die Leute verließen in großer Eile den Basar. Ein Ladenbesitzer, der sein Geschäft zuschloß, stieß den alten Mann, und in dem Augenblick sah ich ihn heftig zusammenschaudern. Er eilte in die Straße, blickte sich einen Augenblick lang ängstlich um und rannte dann mit unbeschreiblicher Geschwindigkeit durch die vielen krummen, menschenleeren Gassen, bis wir neuerdings bei der großen Hauptverkehrsstraße auftauchten, von der wir ausgegangen waren — die Straße, in der sich das Hotel D. befand. Sie zeigte jedoch nicht mehr das frühere Bild. Sie war zwar noch immer von Gaslaternen hell erleuchtet, aber der Regen fiel in Strömen nieder, und man sah nur wenige Menschen. Der Fremde wurde bleich. Er spazierte verdrießlich einige Schritte auf der einst so belebten Straße entlang, dann wandte er sich mit einem leichten Seufzer der Richtung nach dem Fluß zu und kam schließlich, nachdem er durch zahlreiche Gassen umhergeirrt, bei einem der Haupttheater heraus. Es war gerade das Ende einer Vorstellung, und das Publikum drängte sich in Scharen aus den Eingängen. Ich sah den alten Mann Luft schöpfen, indes er sich unter die Menge drängte; aber es schien mir, als habe der gequälte Ausdruck seines Gesichtes etwas nachgelassen. Sein Haupt sank wieder auf die Brust, und er machte den gleichen Eindruck wie damals, da ich ihn das erstemal gesehen hatte. Ich beobachtete, daß er die Richtung einschlug, die auch die Mehrzahl der Theaterbesucher eingeschlagen hatte — aber alles in allem war es mir nicht möglich, die Unberechenbarkeit seines Tuns zu begreifen.

Während er seinen Weg fortsetzte, zerstreute sich die Gesellschaft immer mehr, und seine alte Unrast und Unsicherheit kehrte wieder zurück. Einige Zeit folgte er in kurzem Abstand einer Gruppe von zehn oder zwölf heiteren Kumpanen, aber von ihnen machte sich einer nach dem andern selbständig, bis nur mehr drei in einer engen, düsteren und wenig frequentierten Gasse übrigblieben. Der Fremde hielt an und schien für einen Augenblick in Gedanken verloren; dann schlug er mit allen Anzeichen von Aufregung schnell eine Route ein, die uns an den Rand der Stadt führte, in Gegenden, die völlig verschieden waren von denen, durch die wir bisher gestreift waren. Es war das widerlichste Viertel Londons, wo alles den Eindruck entsetzlichster Armut und verzweifelten Verbrechertums macht. Beim düsteren Schein einer vereinzelt dastehenden Lampe sah man hohe, alte wurmstichige Mietskasernen, die in so vielen und seltsamen Richtungen ihrem Einsturz entgegensanken, daß die Zwischenräume zwischen ihnen kaum mehr als Wege zu erkennen waren. Die Pflastersteine lagen regellos, aus ihrem Bette gehoben, im üppig wuchernden Unkraut umher. Ekelerregender Unrat verfaulte in den verstopften

Gossen. Überall roch es nach Verwesung. Doch jetzt, als wir weiterschritten, drangen allmählich wieder menschliche Laute an unser Ohr, und schließlich sah man ganze Horden des verworfensten Londoner Pöbels hin- und hertaumeln. Die Lebensgeister des alten Mannes flammten von neuem auf, so wie der Schein einer Lampe, die kurz vor dem Verlöschen steht. Von neuem schritt er mit langen, elastischen Schritten aus. Plötzlich, als wir um eine Ecke gebogen waren, überflutete uns ein Meer von Licht, und wir standen vor einem jener riesigen Vorstadttempel der Ausschweifung — einem der Paläste des Teufels Gin.

Es war jetzt kurz vor Tagesanbruch; doch eine große Anzahl erbärmlicher Trunkenbolde drängte sich in beiden Richtungen durch den protzigen Eingang. Mit einem leisen Freudenschrei verschaffte sich der alte Mann Eingang und nahm wieder sein ursprüngliches Gebaren an, schritt ohne ersichtliches Ziel inmitten der Menge hin und her. Nicht lange jedoch war ihm dies vergönnt, denn ein Drängen nach den Ausgängen zeigte an, daß der Wirt sich anschickte, das Lokal für diese Nacht zu schließen. Es war mehr als Verzweiflung, was ich im Antlitz dieses sonderbaren Wesens las, das ich so ausdauernd verfolgt hatte. Doch zögerte er keinen Augenblick, sondern wandte unverzüglich seine Schritte mit wahnsinniger Entschlossenheit dem Herzen des mächtigen London zu. Rastlos und eilig floh er dahin, während ich ihm in größter Verblüffung folgte, entschlossen, nicht von dieser Untersuchung zu lassen, für die ich nun ein verzehrendes Interesse fühlte. Die Sonne ging auf während wir weiterschritten, und als wir von neuem den belebtesten Teil der dichtbevölkerten Stadt, die Straße, in der das Hotel D. stand, erreicht hatten, zeigte sie ein Bild von menschlicher Eilfertigkeit und Geschäftigkeit, das kaum vor dem zurückstand, welches ich den Abend vorher gesehen hatte. Und hier setzte ich unter dem von Augenblick zu Augenblick zunehmenden Getümmel standhaft die Verfolgung des Fremden fort. Aber, wie gewöhnlich, schritt er auf und ab, und während des ganzen Tages verließ er den

Tumult jener Straße nicht. Als die Schatten des zweiten Abends herniedersanken war ich zu Tode erschöpft, und gerade vor den Mann hintretend, blickte ich ihm starr ins Gesicht. Er nahm keine Notiz von mir, sondern seine traurige Wanderschaft wieder auf, während ich, die Verfolgung aufgebend, in Gedanken versunken zurückblieb. „Dieser alte Mann", sagte ich mir schließlich, „ist das Urbild und die treibende Kraft des verworfensten Verbrechens. Er kann nicht allein sein. Er ist der Mann der Menge. Es ist vergeblich, ihm zu folgen, denn ich würde nicht mehr von ihm oder seinen Taten erfahren. Das schlechteste Herz der Welt ist ein dickeres Buch als der ‚Hortulus Animae'*, und vielleicht ist es nur eine der großen Gnaden Gottes, dieses: ‚Es läßt sich nicht lesen'."

* „Hortulus Animae cum Oratiunculis Aliquibus Superadditis" von Grünninger.

HANS PHAALL

Den jüngsten Nachrichten aus Rotterdam zufolge scheinen sich die Gelehrten dieser Stadt in höchster Aufregung zu befinden. Es haben sich in der Tat völlig unerwartete Phänomene ereignet — so äußerst neuartige, den bisherigen Anschauungen so außerordentlich entgegengesetzte Erscheinungen — daß ich keinen Zweifel daran hege, daß in kurzer Frist ganz Europa in Aufruhr versetzt werden wird, sich Umwälzungen in der Physik ergeben werden und der gesunde Menschenverstand und die Astronomie sich in die Haare geraten werden.

Es geschah am — (ich weiß das Datum nicht genau), daß eine unerhörte Menschenmenge aus unersichtlichen Gründen sich auf dem Börsenplatz der wohlhabenden Stadt Rotterdam versammelt hatte. Es war ein warmer Tag — ganz ungewöhnlich zu jener Jahreszeit — kaum ein leiser Windhauch war zu verspüren, und die Menge empfand es nicht als unangenehm, hie und da von kurzdauernden Regenschauern besprengt zu werden, die aus mächtigen weißen, das blaue Firmament überziehenden Wolkenmassen herniederfielen. Nichtsdestoweniger machte sich etwa gegen Mittag eine schwache, doch merkliche Erregung der Menge bemerkbar, und einen Augenblick später waren zehntausend Augen gen Himmel gerichtet, zehntausend Pfeifen fielen gleichzeitig aus zehntausend Mundwinkeln, und ein Geschrei, nur mit dem Tosen des Niagara vergleichbar, tönte lang, laut und rasend durch die Stadt und die ganze Umgebung von Rotterdam.

Die Ursache dieses Lärms wurde bald offenbar. Hinter der riesigen Masse eines der bereits erwähnten scharf begrenzten Wolkenhaufen sah man einen seltsamen, fremdartig anmutenden, doch offensichtlich massiven Gegenstand, der so eigenartig geformt, und so wunderlich zusammengefügt war, daß das Heer behäbiger Bürger, die mit offenem Munde darunterstanden, ihn nicht genug bewundern und nicht das geringste davon begreifen konnte, langsam in den freien blauen Himmelsraum emporschweben. Was konnte es sein? Bei allen Geistern und Teufeln Rotterdams, was sollte das darstellen? Kein einziger wußte es, keiner konnte es sich vorstellen; kein einziger — nicht einmal der Bürgermeister Mynheer Superbus Von Underduk war auch nur im geringsten imstande, das Geheimnis zu entwirren. Da es also nichts vernünftigeres zu tun gab, steckte alles wie ein Mann seine Pfeifen wieder in den Mundwinkel zurück, und mit dem rechten Auge das Wunder verfolgend, paffte man, hielt inne, watschelte umher und grunzte bedeutungsvoll — dann watschelte man zurück, grunzte, machte wieder eine Pause und schließlich — paffte man von neuem.

Inzwischen jedoch senkte sich das Objekt, welches solche Neugier hervorgerufen und soviel Rauch verursacht hatte, immer tiefer auf die gute Stadt. In ganz wenigen Minuten war es nahe genug herangekommen, um genau erkannt zu werden. Es schien — ja, zweifelsohne war es wirklich eine Art Ballon. Aber sicher ist, daß ein solcher Ballon in Rotterdam noch nie zuvor gesehen worden war. Denn wer, frage ich, hat je von einem Ballon vernommen, der vollständig aus schmutzigem Zeitungspapier hergestellt war? Sicherlich kein einziger Mensch in Holland; doch hier, gerade unter den Nasen der Leute, oder vielmehr in einigem Abstand über ihren Nasen, bewegte sich das fragliche Ding und es bestand — ich habe das verläßlichste Zeugnis darüber — genau aus jenem Material, von dem kein Mensch zuvor gehört hatte, daß es für einen solchen Zweck verwendet worden wäre. Es war eine unerhörte Herausforderung für den gesunden Verstand der Bürger von Rotterdam. Was die Gestalt des Wunderwerkes betrifft, so war sie noch empörender, denn sie stellte nicht mehr und nicht weniger als eine verkehrte Narrenkappe dar. Und diese Ähnlichkeit wurde um nichts verringert, als man bei näherer Betrachtung eine lange Troddel von ihrer Spitze herunterhängen sah, und am oberen Rand, an der Basis des Kegels, eine Reihe kleiner Instrumente, die an Schafglöckchen erinnerten und beständig nach der Melodie von „Betty Martin" klingelten. Aber noch schlimmer. Durch blaue Bänder an den Enden der phantastischen Maschine festgebunden, hing als Gondel ein halbrunder, mächtiger graubrauner Biberhut mit einer übermächtig breiten Krempe und einem schwarzen Band mit silberner Schnalle. Es ist jedoch einigermaßen bemerkenswert, daß viele Bürger Rotterdams darauf schworen, denselben Hut vorher schon wiederholt gesehen zu haben. Und in der Tat schien ihn die ganze Gesellschaft zu betrachten, wie man einen vertrauten Gegenstand betrachtet, während Vrow Grettel Phaall bei seinem Anblick einen Ausruf freudiger Überraschung ausstieß und ihn als genau den Hut bezeichnete, den ihr guter Mann selbst getragen. Dies war nun ein umso bemerkenswerterer Umstand, als Phaall mit drei Gefährten ganz plötzlich und auf unerklärliche Weise vor fünf Jahren aus Rotterdam verschwunden und bis zu dem Tag, an dem jene Erzählung spielt, jeder Versuch, irgendeine Nachricht von ihnen zu erhalten, fehlgeschlagen war. Jedenfalls hatte man in letzter Zeit an einer verlassenen Stelle im Osten Rotterdams unter geheimnisvoll aussehendem Schutt Gebeine gefunden, die man für menschliche hielt, und einige Leute gingen so weit, zu vermuten, daß an diesem Ort ein scheußlicher Mord verübt worden sei, dessen Opfer höchstwahrscheinlich Hans Phaall und seine Genossen gewesen waren. — Doch fahren wir fort.

Der Ballon (denn um einen solchen handelte es sich ohne Zweifel) war nun bis auf eine Höhe von etwa hundert Fuß herabgesunken, und gestattete der Menge, einen genügend deutlichen Blick auf seinen Passagier zu werfen. Das war in der Tat eine sehr merkwürdige kleine Person. Er war kaum mehr als zwei Fuß groß; aber selbst diese Größe würde ausgereicht haben, ihn aus dem Gleichgewicht zu bringen und ihn über den Rand seiner winzigen Gondel zu schleudern, würde ihn nicht ein kreisförmiger Reif, der ihm bis zur Brust reichte und an den Seilen des Ballons befestigt war, gehalten haben. Der

Körper des kleinen Mannes war unverhältnismäßig breit und gab seiner ganzen Figur eine absonderliche Rundlichkeit. Seine Füße konnte man selbstredend überhaupt nicht sehen, jedoch steckte er bisweilen einen hornartigen Gegenstand von verdächtigem Aussehen durch eine Spalte am Boden der Gondel, oder genauer, an der Decke des Hutes. Seine Hände waren riesig groß. Sein Haar war völlig grau und hinten zu einem Zopf zusammengebunden. Seine Nase war gekrümmt und mächtig lang und glänzte entzündet. Seine Augen schienen hell, leuchtend und stechend; sein Kinn und seine Wangen, wenngleich vom Alter runzlig, waren breit und aufgedunsen. Aber von Ohren irgendwelcher Art war an keiner Stelle seines Kopfes irgendetwas zu entdecken. Dieses seltsame alte Männchen war mit einem lockeren Überrock von himmelblauem Satin, engen Kniehosen von gleichem Stoff mit silbernen Knieschnallen bekleidet. Seine Weste bestand aus leuchtend gelbem Stoff, eine weiße Taffetmütze saß munter auf der einen Seite seines Kopfes und zur Vervollständigung der Ausstattung umhüllte ein blutrotes seidenes Taschentuch seinen Hals und fiel zierlich in einer phantastischen Schleife von übertriebenen Dimensionen auf die Brust herab.

Als er, wie ich bereits erwähnte, auf etwa hundert Fuß an den Erdboden herabgekommen war, wurde er plötzlich von Angst befallen und schien nicht geneigt, sich der terra firma noch mehr zu nähern. Daher schüttete er aus einem leinenen Sack, den er nur unter großer Anstrengung heben konnte, eine Menge Sand und verlor augenblicklich an Fahrt. Dann zog er hastig und aufgeregt aus einer Seitentasche des Überrocks ein großes Notizbuch aus Saffianleder hervor. Dieses wog er argwöhnisch in seiner Hand, dann blickte er in höchster Überraschung darauf und war offensichtlich über seine Schwere erstaunt. Endlich öffnete er es, entnahm ihm einen riesigen Brief, der mit Siegelwachs versiegelt und sorgfältig mit einem roten Band zugebunden war, und ließ ihn genau vor die Füße des Bürgermeisters Superbus Von Underduk fallen. Seine Exzellenz bückte sich, um ihn aufzuheben. Aber der Aeronaut, der sich noch immer in großer Aufregung befand und offensichtlich keine weiteren Geschäfte in Rotterdam zu verrichten hatte, begann in diesem Augenblick eilig Anstalten zu machen; und da es nötig war, eine Menge Ballast abzuwerfen, um wieder aufsteigen zu können, fiel jeder des halben Dutzends Säcke, die er nacheinander herabwarf, ohne sich die Mühe zu nehmen, ihren Inhalt zu entleeren, höchst unglückseligerweise auf den Rücken des Bürgermeisters, der sich angesichts sämtlicher Bürger Rotterdams nicht weniger als einundzwanzigmal um seine Achse drehte. Es ist nicht anzunehmen, daß der große Underduk diese Unverschämtheit von seiten des kleinen alten Männchens ungestraft hinzunehmen gesonnen war. Man berichtet im Gegenteil, daß er bei jeder einzelnen dieser einundzwanzig Umdrehungen einen betont wütenden Zug, insgesamt also nicht weniger als einundzwanzig Züge aus seiner Pfeife tat, die er die ganze Zeit lang mit aller Gewalt festhielt, und die er bis zu seinem Todestag festzuhalten beabsichtigt.

Inzwischen hatte sich der Ballon einer Lerche gleich erhoben, segelte weit über die Stadt dahin und verschwand schließlich völlig hinter einer Wolke, ähnlich der, aus der er so wunderbar hervorgekommen war, und war solcherart den verwunderten Augen der guten Bürger Rotterdams für immer entzogen. Die gesamte Aufmerksamkeit richtete sich nun auf den Brief, dessen Niederkunft und die damit verbundenen Folgen so unheilvoll sowohl für die Person als auch für die Würde seiner Exzellenz, des berühmten Bürgermeisters Mynheer Superbus Von Underduk geworden waren. Dieser Beamte hatte jedoch während seiner Drehbewegung nicht die wichtige Aufgabe vergessen, das fragliche Päckchen in Sicherheit zu bringen, das, wie sich bei näherer Betrachtung herausstellte, in die richtigen Hände gefallen war, da es tatsächlich an ihn selbst und an Professor Rub-a-dub in ihrer amtlichen Eigenschaft als Präsident und Vizepräsident der astronomischen Hochschule zu Rotterdam gerichtet war. Deshalb wurde der Brief von diesen Würdenträgern auf der Stelle geöffnet, und man fand darin folgende außergewöhnlichen und in der Tat äußerst wichtigen Nachrichten:

„An ihre Exzellenzen Von Underduk und Rub-a-dub, Präsident und Vizepräsident der staatlichen astronomischen Hochschule zu Rotterdam.

Eure Exzellenzen können sich vielleicht an einen bescheidenen Handwerker namens Hans Phaall erinnern, seines Zeichens Blasebalgflicker, der vor etwa fünf Jahren mit drei anderen Leuten plötzlich auf unerklärliche Weise aus Rotterdam verschwand. Wenn Eure Exzellenzen gestatten, ich, der Schreiber dieses Berichtes, bin Hans Phaall selbst. Es ist den meisten meiner Mitbürger bekannt, daß ich vierzig Jahre hindurch das kleine viereckige Ziegelhaus am Ende der Sauerkrautallee in Besitz hatte und es bis zum Zeitpunkt meines Verschwindens bewohnte. Meine Vorfahren hatten es schon seit urdenklichen Zeiten bewohnt, und hatten, so wie ich, das ehrbare und in der Tat einträgliche Gewerbe des Blasebalgflickens ausgeübt. Denn, um die Wahrheit zu sprechen, bis auf die letzten Jahre, die die Köpfe aller Leute mit politischen Ideen verwirrten, konnte sich ein ehrbarer Bürger Rotterdams kein besseres Gewerbe als das meine wünschen. Kredit hatte man genug, an Arbeit herrschte nie Mangel, und auf keiner Seite fehlte Geld und guter Wille. Aber, wie ich schon sagte, begannen wir bald die Auswirkungen der Freiheit zu spüren, lange Reden gab es und Radikalismus und alles mögliche. Leute, die vormals die beste Kundschaft der Welt waren, hatten nun keinen Augenblick Zeit, an uns überhaupt nur zu denken. Sie mußten, wie sie sagten, so viel über die Revolutionen lesen, wie sie nur konnten, um nicht hinter dem Geist der Zeit zurückzubleiben. Wollte man ein Feuer anfachen, konnte man dazu leicht eine Zeitung benützen. Und so wie die Regierung schwächer wurde, wurden, wie ich nicht zweifle, Leder und Eisen im gleichen Maße dauerhafter, denn in sehr kurzer Zeit gab es in ganz Rotterdam keine zwei Blasebälge mehr, die auch nur einen Nadelstich oder einen Hammerschlag nötig gehabt hätten. Das war ein unerträglicher Zustand. Ich wurde arm wie eine Kirchenmaus, und da ich für Weib und Kinder sorgen mußte, brach ich schließlich unter meiner Bürde zusammen und verbrachte Stunde und Stunde in Nachdenken über die angenehmste Methode, meinem Leben ein Ende zu machen. Inzwischen drängten jedoch die Gläubiger und ließen mir wenig Muße zu Überlegungen. Mein Haus wurde vom Morgen bis zum Abend buchstäblich belagert, so daß ich wütend wurde und wie ein Tiger in seinem Käfig tobte. Da waren besonders drei Kerle, die mich über das erträgliche Maß hinaus quälten, indem sie unablässig bei meiner Tür Wache standen und mir mit dem Kadi drohten. Diesen dreien schwor ich in meinem Inneren bitterste Rache, sollte mir je das Glück beschieden sein, sie in meine Klauen zu bekommen. Und ich glaube, diese Hoffnung war das einzige, was mich davon abhielt, meinen Plan, mir mittels einer Donnerbüchse mein Lebenslicht auszublasen, sogleich durchzuführen. Ich hielt es für das beste, sie meinen Zorn nicht merken zu lassen und sie mit Versprechungen und schönen Worten hinzuhalten, bis sich mir durch eine glückliche Schicksalsfügung eine Gelegenheit zur Rache bieten würde.

Eines Tages, als ich meinen Gläubigern entwischt war und mich in mehr als gewöhnlich gedrückter Stimmung befand, wanderte ich ohne Unterlaß plan- und ziellos durch die abgelegensten Gassen, bis ich zuletzt zufällig gegen den Kiosk eines Buchhändlers anrannte. Als ich dort gleich daneben einen für die Kunden bestimmten Stuhl sah, ließ ich mich verbittert hineinfallen, und kaum wissend weshalb, blätterte ich das erste Buch, das mir in die Hände fiel, auf. Es war eine kleine Broschüre über spekulative Astronomie, von Professor Encke in Berlin oder einem Franzosen mit einem ähnlichen Namen. Ich hatte eine kleine Ahnung von solchen Dingen, und bald hatte ich mich so sehr in den Inhalt dieses Buches vertieft, daß ich es tatsächlich zweimal durchlas, ehe mir wieder das zu Bewußtsein kam, was um mich geschah.

Zu der Zeit begann es schon dunkel zu werden, und ich richtete meine Schritte heimwärts. Aber die Abhandlung hatte in meinem Geist einen unauslöschlichen Eindruck hinterlassen, und während ich nachhause schlenderte, ließ ich mir die seltsamen und bisweilen unverständlichen Überlegungen des Verfassers durch den Kopf gehen. Es gab einzelne Stellen, die meine Phantasie in ganz ungewöhnlich starkem Maße erregten. Je länger ich über diese nachdachte, desto stärker wurde das Interesse, das in mir wachgerufen worden war. Die Begrenztheit meiner Bildung im allgemeinen, und noch mehr meine Unkenntnis in bezug auf alles, was mit den Naturwissenschaften zusammenhängt, ließen in mir weder Bedenken darüber aufkommen, ob ich auch imstande sei, das Gelesene zu begreifen, noch riefen sie in mir ein Mißtrauen gegen die vielen vagen Vorstellungen wach, die das Buch in mir erweckt hatte, sondern wirkten nur noch als weitere Anregung meiner Phantasie. Und ich war vermessen genug, oder vielleicht sogar klug genug, Gedanken darüber anzustellen, ob denn solche unreife Ideen, die allem Anschein nach in wirren Köpfen auftauchten, nicht vielleicht in der Tat oft einen gewissen Wahrheitsgehalt und andere Eigenschaften, die dem Instinkt und der Intuition eigen sind, besitzen mögen; und, um noch einen Schritt weiter zu gehen, ob tiefgründige Forschung selbst, in Angelegenheiten rein spekulativer Natur, sich nicht als eine wahre Quelle des Irrtums erweisen kann. Mit anderen Worten, ich dachte damals und denke es heute noch, daß die Wahrheit häufig in ihrer eigenen Art an der Oberfläche liegt, und daß die Tiefgründigkeit mehr in den Abgründen liegt, wo wir sie suchen, als in den tatsächlichen Ereignissen, worin sie gefunden werden sollte. Die Natur selbst schien diese meine Annahme zu bestätigen. Bei der Betrachtung der Himmelskörper verblüffte es mich auf das höchste, daß ich einen Stern, wenn ich mit gespannter, unbeirrter Aufmerksamkeit meinen Blick direkt auf ihn richtete, nicht annähernd so deutlich erkennen konnte, als wenn ich mit meinem Auge nur in seine Umgebung blickte. Ich war mir damals verständlicherweise nicht im klaren darüber, daß dieser offensichtliche Widerspruch auf die geringe Empfindlichkeit des mittleren Teiles der Netzhaut für schwache Lichteindrücke im Vergleich zu ihrem äußeren Teil zurückzuführen ist. Diese und noch andere Erkenntnise erlangte ich später in jenen fünf ereignisreichen Jahren, in denen ich die Vorurteile aus meinem früheren armseligen Leben über Bord geworfen und das Blasebalgflicken über ganz anderen Beschäftigungen vergessen hatte. Aber zu der Zeit, von der ich nun spreche, brachte mich die Analogie mit der zufälligen Beobachtung eines Sterns zu den Überlegungen, die ich schon dargelegt habe. Die Übereinstimmung war geradezu überwältigend, und schließlich lenkte sie meine Gedanken auf das Ziel, das ich später verfolgte.

Es war schon spät, als ich nachhause kam, und ich ging sogleich zu Bett. Mein Geist jedoch war zu beschäftigt, um zu schlafen, und ich lag die ganze Nacht, in Gedanken versunken, wach. Am nächsten Morgen stand ich früh auf, und nachdem es mir wieder gelungen war, meinen mich bewachenden Gläubigern zu entkommen, begab ich mich eilig zu jenem Buchstand und legte das wenige Geld, das ich noch besaß, für den Erwerb einiger Bände über Mechanik und praktische Astronomie aus. Nachdem ich damit glücklich zuhause angelangt war, verwendete ich jede freie Minute zum Studium, und bald hatte ich dabei einen solchen Fortschritt erzielt, wie ich ihn für die Durchführung meines Planes für ausreichend hielt. Während dieser Zeit bemühte ich mich auf jede nur mögliche Weise, meine Gläubiger zu beschwichtigen, die mir soviel Kummer bereitet hatten. Das gelang mir denn auch schließlich — einerseits dadurch, daß ich einen beträchtlichen Teil meiner Wohnungseinrichtung verkaufte, um ihre Forderungen wenigstens teilweise zu befriedigen, anderseits durch das Versprechen, den Rest nach Vollendung eines kleinen Projektes zu bezahlen, das ich, wie ich ihnen erzählte, vorhatte und wofür ich sie um ihre Hilfe bat. Auf diese Weise gelang es mir, besonders, da sie nicht wußten, worum es sich handelte, sie für meine Zwecke zu gewinnen.

Nachdem die Dinge so weit geordnet waren, gelang es mir, in aller Heimlichkeit und mit all meiner Vorsicht, mit Hilfe meiner Frau den Teil meines Eigentums zu verkaufen, der mir noch geblieben war, und mir in kleinen Beträgen unter allen möglichen Vorspiegelungen, ohne mir Gedanken darüber zu machen, womit ich alles zurückzahlen sollte, eine beachtliche Menge Bargeld zusammenzuborgen. Mit Hilfe dieser Summe besorgte ich mir nach und nach sehr feinen Kambrikmusselin in Stükken von je zwölf Yards, Zwirn, eine Menge Kautschuklack, einen großen und tiefen nach Bestellung angefertigten Weidenkorb und verschiedenes anderes, was zur Herstellung und Ausstattung eines Ballons von außergewöhnlichen Ausmaßen nötig ist. Diesen hieß ich meine Frau so schnell als möglich anfertigen und gab ihr alle nötigen Anweisungen, wie sie dabei vorzugehen habe. Inzwischen flocht ich mir aus dem Zwirn ein Netzwerk von ausreichenden Dimensionen und befestigte einen Reifen und die nötigen Seile daran. Ansonsten kaufte ich mir einen Quadranten, einen Kompaß, ein Fernrohr, ein Barometer, das einige wichtige Abänderungen gegen die übliche Bauart aufwies, und zwei astronomische Instrumente, die nicht so allgemein bekannt sind. Dann beförderte ich in einer geeigneten Nacht fünf mit Eisenreifen versehene Fässer, von denen jedes etwa fünfzig Gallonen faßte, und noch ein größeres an einen einsamen Ort Rotterdams; dazu sechs verzinnte Rohre von drei Inches im Durchmesser und zehn Fuß Länge; eine Menge einer besonderen metallischen Substanz, oder eines Halbmetalls, das ich nicht nennen werde, und ein Dutzend Korbflaschen mit einer sehr bekannten Flüssigkeit. Das Gas, das aus diesen letztgenannten Stoffen hergestellt werden kann, ist ein Gas, das von niemand anderem als mir bisher hergestellt oder zumindest nicht zu ähnlichem Zweck benutzt worden ist. Ich würde ohneweiteres das Geheimnis verraten, wenn es nicht von rechtswegen einem Bewohner von Nantes in Frankreich gehörte, der es mir unter dieser Bedingung mitgeteilt hat. Dieselbe Person zeigte mir auch, ohne überhaupt meine Absichten zu kennen, eine Methode, Ballons aus der Haut eines gewissen Tieres, durch welche das Entweichen von Gas fast unmöglich ist, herzustellen. Jedoch fand ich es, alles in allem zu teuer, und ich zweifelte kaum daran, daß Kambrikmusselin mit einem Kautschukbelag nicht ebensogut sei. Ich erwähne diesen Umstand, weil ich es für wahrscheinlich halte, daß die fragliche Person einen Ballonaufstieg mit dem neuen Gas und dem erwähnten Material versuchen wird, und ich möchte den betreffenden nicht um den Ruhm bringen, eine sehr ungewöhnliche Erfindung gemacht zu haben.

An den Stellen, welche die kleineren Fässer während der Füllung des Ballons einnehmen sollten, grub ich je ein Loch von zwei Fuß Tiefe. Die Löcher bildeten einen Kreis von fünfundzwanzig Fuß Durchmesser. In der Mitte dieses Kreises, wo das große Faß seinen Platz finden sollte, grub ich ein drei Fuß tiefes Loch. In jedes der fünf kleineren Löcher versenkte ich einen Kanister, von denen jeder fünfzig Pfund Kanonenpulver enthielt, und in das mittlere Loch versenkte ich ein Fäßchen, das hundertfünfzig Pfund davon faßte. Diese Gefäße verband ich auf geeignete Art mit verdeckten Schnüren, und nachdem ich in einen der Behälter das Ende einer etwa vier Fuß langen Zündschnur hineingesteckt hatte, grub ich die Grube zu und stellte das Faß darauf, wobei ich das andere Ende der Zündschnur kaum sichtbar unter dem Faß herausragen ließ. Dann schaufelte ich die übrigen Löcher zu und stellte die Fässer über sie.

Neben den bereits vorhin aufgezählten Gegenständen, verbarg ich im Depot insgeheim den von Grimm verbesserten Apparat zur Kondensation der atmosphärischen Luft. Ich fand jedoch, daß an diesem Apparat bedeutende Änderungen vorgenommen werden mußten, bevor er sich für meine Zwecke verwenden ließ. Doch mit ernster Arbeit und unermüdlicher Ausdauer waren schließlich alle meine Vorbereitungen von Erfolg gekrönt. Bald war mein Ballon fertig. Er sollte mehr als vierzigtausend Kubikfuß Gas fassen und sollte mich, meinen Berechnungen zufolge, mit allen Geräten und, wenn ich es richtig anstellte, mit hundertsiebenundfünfzig Pfund Ballast in die Höhe tragen. Er hatte drei Lacküberzüge erhalten, und ich fand den Kambrikmusselin in jeder Hinsicht der Seide gleichwertig, genau so fest und viel weniger kostspielig als diese.

Als nun alles fertig war, forderte ich meiner Frau einen Eid ab, über mein Tun vom ersten Besuch beim Buchhändler an zu schweigen, und nachdem ich für meinen Teil versprochen hatte, sobald es die Umstände erlaubten, zurückzukehren, gab ich ihr das wenige Geld, das mir noch geblieben war, und sagte ihr Lebewohl. Ich brauchte mich in der Tat nicht um sie zu sorgen. Sie war das, was man eine resolute Frau nennt und konnte in der Welt ohne meine Hilfe zurechtkommen. Um die Wahrheit zu sagen, glaube ich, daß sie mich für einen Nichtsnutz, eine überflüssige Last hielt, für nichts zu gebrauchen als Luftschlösser zu bauen, und daß sie eher froh darüber war, mich loszuwerden. Es war eine finstere Nacht, als ich ihr Lebewohl sagte; mit den drei Gläubigern, die mir soviel Unannehmlichkeiten bereitet hatten, als Adjutanten, schleppten wir den Ballon samt Tragkorb und Ausrüstung auf einem Umweg zu der Stelle, wo schon die übrigen Dinge lagen. Wir fanden sie dort völlig unversehrt, und ich machte mich sogleich an die Arbeit.

Es war der erste April. Die Nacht war, wie ich schon früher erwähnte, finster. Kein einziger Stern war zu sehen, und ein feiner Regen, der mit Unterbrechungen niederfiel, machte es uns recht ungemütlich. Doch meine Hauptsorge galt dem Ballon, der trotz des schützenden Lacküberzuges immer schwerer wurde. Auch das Pulver konnte leicht Schaden nehmen. Daher trieb ich meine drei Quälgeister zu größter Eile an, ließ sie Eis im mittleren Faß aufschichten und die Säure in den anderen umrühren. Sie ließen jedoch nicht ab, mich mit Fragen, was ich denn mit dieser ganzen Apparatur beabsichtige, zu belästigen und äußerten größte Unzufriedenheit über die schreckliche Arbeit, die ich ihnen aufbürdete. Sie könnten nicht begreifen, so sagten sie, was denn gutes dabei herauskommen sollte, wenn sie sich bis auf die Haut durchnäßten, nur um an solchem schrecklichen Zauber mitzutun. Ich begann unruhig zu werden und arbeitete mit aller Macht weiter, denn ich glaubte wirklich, die Dummköpfe vermuteten, daß ich einen Pakt mit dem Teufel abgeschlossen hätte, und das was ich zu tun im Begriffe war, war ja auch wirklich nicht viel besser. Ich fürchtete daher sehr, daß mich alle gemeinsam im Stiche lassen könnten. Es gelang mir jedoch, sie durch das Versprechen, sämtliche Schulden zu begleichen, sobald ich mein Geschäft hier zu Ende gebracht hätte, zu besänftigen. Diese Worte deuteten sie natürlich auf ihre eigene Art, indem sie ohne Zweifel annahmen, ich würde in den Besitz bedeutender Geldmittel gelangen. Und vorausgesetzt daß ich ihnen alles zahlte, was ich ihnen schuldig war, und in anbetracht ihrer Dienste noch ein wenig darüber, machten sie sich, wage ich zu sagen, wenig Sorgen darum, was aus meiner Seele oder meinem Leichnam würde.

In etwa viereinhalb Stunden war der Ballon genügend gefüllt. Ich befestigte also den Korb daran und lud alle meine Geräte hinein, vergaß auch nicht auf den Kondensationsapparat, auch nicht darauf, genügenden Wasservorrat und eine große Menge Proviant mitzunehmen, wie zum Beispiel Trockenfleisch, von dem schon eine geringe Menge sehr ausgiebig ist. Ich brachte in dem Korb auch ein Taubenpaar und eine Katze unter. Nun war es kurz vor Tagesanbruch, und es schien mir höchste Zeit für meine Abreise. Ich ließ wie zufällig eine brennende Zigarette auf den Boden fallen und benützte die Gelegenheit, während ich mich danach bückte, heimlich die Zündschnur, deren Ende, wie ich bereits erwähnte, nur ganz wenig unter dem unteren Rand eines der kleineren Fässer hervorragte, heimlich zu entzünden. Dieses Manöver blieb von den dreien völlig unbemerkt; und in den Korb springend, durchschnitt ich sogleich das einzige Seil, welches mich an der Erde festhielt, und ich entdeckte mit Vergnügen, daß ich mit Leichtigkeit, hundertsiebenundfünfzig Pfund Ballast mit mir führend, in die Höhe schoß und noch viel mehr Ballast mitnehmen hätte können.

Kurze Zeit später jedoch, als ich die Höhe von fünfzig Yards erreicht hatte und unter Donnern und Krachen auf entsetzliche Weise, von Feuerschein und dichtem Rauch begleitet, die Dynamitfässer in die Luft flogen und Arme und Beine, Sand, brennende Holztrümmer und glühendes Metall in der Luft umherwirbelte, so daß mir das Herz zu stocken drohte, fiel ich, von fürchterlichstem Schauer erfaßt, auf den Boden des Korbes. Ich erkannte nun in der Tat, daß ich meine Sache zu gründlich ausgeführt hatte und daß mir die Hauptfolgen der Explosion noch bevorstanden. In weniger als einer Sekunde fühlte ich all mein Blut in die Schläfen steigen, und gleich darauf erzitterte die Nacht unter einer Detonation, die ich nie vergessen werde, die das Firmament selbst auseinanderzureißen schien. Später, als ich Zeit zum Überlegen fand, hegte ich keinen Zweifel daran, daß ich die Explosion deshalb so heftig empfand, weil ich mich direkt über ihrem Zentrum, in der Linie der größten Wirkung befand. Aber zu der besprochenen Zeit dachte ich nur daran, mein Leben zu retten. Der Ballon schrumpfte zuerst zusammen, dehnte sich hierauf heftig aus, dann wirbelte er mit fürchterlicher Geschwindigkeit im Kreise herum, und schließlich wurde ich, der ich benommen war wie ein Betrunkener, mit großer Heftigkeit über den Rand des Korbes geschleudert, und ich blieb, in einer schauderbaren Höhe, meinen Kopf nach abwärts und das Gesicht nach außen gerichtet, am Ende eines etwa drei Fuß langen dünnen Seiles hängen, das zufällig durch eine Öffnung im Weidenkorb heraushing, und in das sich, durch eine glückliche Fügung der Vorsehung, mein linker Fuß verfing. Es ist unmöglich — völlig unmöglich — eine ausreichende Vorstellung von dem Schrecknis meiner Lage zu vermitteln. Ich schnappte krampfhaft nach Atem — ein Fieberschauer durchrann jede Faser meines Körpers — ich fühlte die Augen aus ihren Höhlen treten — eine fürchterliche Übelkeit überkam mich — und schließlich verlor ich das Bewußtsein.

Wie lange ich in diesem Zustand verblieb, ist unmöglich zu sagen. Es kann jedoch keine kurze Zeit gewesen sein, denn als ich einen Teil meines Bewußtseins wiedererlangte, fand ich, daß der Tag angebrochen war und sich der Ballon in gewaltiger Höhe über einer Meeresfläche befand, und kein Stück Land war nahe und fern innerhalb des Horizontes zu entdecken. Meine Empfindungen waren jedoch nach diesem Erwachen keineswegs so entsetzlich, wie man hätte erwarten können. In der Tat waren meine ruhigen Überlegungen, die ich mir über meine Lage anzustellen begann, Zeichen beginnenden Wahnsinns. Ich hob meine beiden Hände, eine nach der anderen, zu meinen Augen empor und wunderte mich, was denn an dem Anschwellen der Adern und an der entsetzlichen Schwärze der Fingernägel schuld sein könnte. Hierauf untersuchte ich sorgfältig meinen Kopf, indem ich ihn wiederholt schüttelte und eingehend betastete, bis ich schließlich mit Befriedigung feststellen konnte, daß er nicht, wie ich es halb vermutet hatte, größer war, als mein Ballon. Dann griff ich in alter Gewohnheit in meine beiden Hosentaschen, bemühte mich, als ich dort ein Notizbuch und eine Schachtel Zahnstocher vermißte, eine Erklärung für ihr Verschwinden zu finden, und ich ärgerte mich sehr darüber, daß mir das nicht gelang. Nun erst fiel es mir auf, daß mich mein linkes Fußgelenk sehr schmerzte, und nun glomm in mir eine schwache Vorstellung meiner Lage auf. Aber seltsam! Ich war weder erstaunt noch entsetzt. Wenn sich überhaupt ein Gefühl in mir regte, so war es eine Art kichernder Genugtuung über die Geschicklichkeit, mit Hilfe derer ich mich nun aus dieser bedenklichen Lage befreien würde; und keinen Augenblick lang dachte ich daran, meine Sicherheit in Zweifel zu ziehen. Einige wenige Minuten lang blieb ich in tiefes Nachdenken versunken. Ich erinnere mich deutlich, daß ich häufig meine Lippen zusammenkniff, meinen Zeigefinger an die Nase hielt und andere der üblichen Gesten machte, die Menschen machen, wenn sie in einem Armstuhl sitzen und über verwickelte und bedeutsame Dinge nachdenken. Nachdem ich, wie ich glaubte, meine Gedanken genügend beisammen hatte, faßte ich mit meiner Hand mit größter Vorsicht und Bedachtsamkeit nach hinten und löste die große eiserne Schnalle an meiner Hose. Die Schnalle hatte drei Zähne, die sich, da sie etwas rostig waren, nur schwer in ihrem Scharnier drehen ließen. Nach einiger Anstrengung brachte ich sie jedoch in rechten Winkel zur Schnalle, und war froh darüber, daß sie fest in dieser Stellung verharrten. Das so erhaltene Instrument mit meinen Zähnen festhaltend, ging ich nun daran, den Knoten meiner Krawatte zu lösen. Ich mußte öfters ausruhen, ehe ich dieses Werk vollenden konnte, aber schließlich war ich damit fertig. An dem einen Ende der Krawatte befestigte ich die Schnalle, und das andere Ende band ich, zur Erhöhung meiner Sicherheit, fest um mein Handgelenk. Mit ungeheurer Muskelanstrengung meinen Körper in die Höhe schnellend, gelang es mir beim ersten Versuch, die Schnalle in den Korb zu werfen und sie, wie vorgesehen, an dem ringförmigen Rand des Weidengeflechtes festzumachen.

Mein Körper bildete nun mit der Wand der Gondel ein Winkel von etwa fünfundvierzig Grad, aber man darf nicht etwa glauben, daß ich gegen die Wagrechte nur um fünfundvierzig Grad geneigt hing. Weit davon entfernt lag ich noch immer fast wagrecht; denn durch meine eben bewirkte Änderung der Situation war auch der Boden der Gondel beträchtlich von mir weggerückt worden, was naturgemäß eine unerhörte tödliche Gefahr für mich bildete. Man muß doch bedenken, daß ich, wäre ich beim Herausfallen so gefallen, daß mein Gesicht dem Ballon zugekehrt gewesen wäre, anstatt, wie es tatsächlich der Fall war, von ihm abgewendet, oder, wäre das Seil, das mich hielt, über das obere Ende des Korbes gehangen, anstatt durch einen Spalt an seiner Unterseite — kurz, ich möchte sagen, daß man leicht verstehen wird, daß ich in jedem einzelnen dieser angenommenen Fälle unfähig gewesen wäre, soviel zu erreichen, wie ich nun erreicht hatte, und die wunderbaren Abenteuer des Hans Phaall wären für die Nachwelt verloren gewesen. Ich hatte daher allen Grund der Vorsehung dankbar zu sein. Aber in Wirklichkeit war ich zu benommen, um überhaupt irgendetwas zu empfinden, und ich hing etwa eine Viertelstunde lang in jener ungewöhnlichen Lage, in einem Zustand geradezu idiotischer Zufriedenheit, ohne irgendeine weitere Anstrengung zu unternehmen. Aber dieses Gefühl schwand plötzlich dahin, und wurde von grauenhaftem Schrecken und dem Bewußtsein meiner äußersten Hilflosigkeit abgelöst. Wirklich, das Blut, das sich so lange in Kopf und Hals gestaut und meine Lebensgeister in Wahnsinn und Benommenheit versetzt hatte, hatte begonnen, in seine richtigen Kanäle zurückzufluten, und die Deutlichkeit, mit der mir nun meine Gefahr bewußt wurde, war lediglich dazu angetan, mir die Selbstbeherrschung und den Mut, ihr zu trotzen, zu rauben. Aber diese Schwäche dauerte zu meinem Glück nicht lange. Zu rechter Zeit kam mir der Mut der Verzweiflung zu Hilfe, und unter wildem Schreien und größten Anstrengungen brachte ich mich ruckartig nach aufwärts, bis ich schließlich mit verzweifeltem Griff den langersehnten Reif faßte und mich darüberhin wand, um kopfüber an allen Gliedern zitternd in den Korb zu fallen.

Es dauerte geraume Zeit, bis ich mich soweit erholte, um dem Ballon die übliche Sorgfalt angedeihen zu lassen. Dann jedoch untersuchte ich ihn aufmerksam, und fand ihn, zu meiner großen Erleichterung unbeschädigt. Alle meine Geräte waren unversehrt, und glücklicherweise hatte ich weder Ballast noch Proviant verloren. Ich hatte alles in der Tat so gut verstaut, daß ein solcher Fall ganz ausgeschlossen schien. Nun warf ich einen Blick auf meine Uhr und stellte fest, daß es sechs Uhr war. Ich stieg noch immer mit rasender Geschwindigkeit, und mein Barometer zeigte im Augenblick eine Höhe von drei und dreiviertel Meilen. Genau unter mir befand sich im Ozean ein kleiner schwarzer Gegenstand von länglicher Form, in der Größe eines Dominosteines, und ihm auch in jeder anderen Beziehung sehr ähnlich. Ich richtete mein Teleskop darauf und erkannte nun deutlich, daß er ein vollständig aufgetakeltes britisches Kriegsschiff mit vierundneunzig Kanonen darstellte, das mächtig in Richtung West-Südwest durch die Wogen stampfte. Außer diesem Schiff sah ich nichts als Meer, Himmel und die Sonne, die schon längst aufgegangen war.

Nun ist es hoch an der Zeit, daß ich Euren Exzellenzen den Zweck meiner gefährlichen Reise auseinandersetze. Ihre Exzellenzen werden noch in Erinnerung haben, daß meine verzweifelte Lage in Rotterdam mich schließlich zu dem Entschluß getrieben hatte, meinem Leben selbst ein Ende zu machen. Es war jedoch nicht so, daß ich gegen das Leben an sich Abneigung empfand, sondern die zufällige Misere, die mein Leben begleitete, quälte mich über alles erträgliche Maß. In diesem Gemütszustand, mit dem Willen zu leben, doch vom Leben zermürbt, wies die Abhandlung aus dem Buchkiosk meiner Phantasie einen Weg. Ich faßte also einen endgültigen Entschluß. Ich beschloß nämlich zu verschwinden, jedoch am Leben zu bleiben — die Welt zu verlassen, doch weiterhin meine Existenz aufrechtzuerhalten — kurz, um nicht länger mehr in Rätseln zu sprechen, ich beschloß, was auch immer kommen sollte, wenn es mir möglich war, einen Weg zum Mond zu erzwingen. Damit man mich nicht für verrückter hält, als ich es wirklich bin, möchte ich, so gut ich kann, im einzelnen die Überlegungen darlegen, durch welche ich zu der Überzeugung gelangte, daß ein solches Unternehmen, wenngleich zweifelsohne schwierig und voller Gefahren, dennoch nicht für einen kühnen Geist außer dem Bereich des möglichen liegt.

Zunächst war die genaue Entfernung des Mondes von der Erde in Betracht zu ziehen. Nun beträgt der mittlere oder durchschnittliche Abstand zwischen den Mittelpunkten beider Planeten 59,9643 äquatoriale Erdradien, oder nur etwa 237,000 Meilen. Ich sage mit Absicht, der mittlere oder durchschnittliche Abstand. Denn es ist notwendig, sich vor Augen zu führen, daß die Mondbahn eine Ellipse mit einer Exzentrizität von nicht weniger als 0,05484 der größeren Halbachse der Ellipse beträgt, und daß sich der Mittelpunkt der Erde in einem ihrer Brennpunkte befindet. Wenn es mir also irgendwie gelänge, den Mond in Erdnähe zu erreichen, würde die tatsächlich zurückzulegende Entfernung wesentlich kleiner ausfallen, als die oben erwähnte. Aber ganz abgesehen davon, durfte ich auf alle Fälle von den 237,000 Meilen den Erdradius von 4,000 Meilen, und den Mondradius von 1,080 Meilen abziehen, so daß ich im ungünstigsten Falle 231,920 Meilen zurücklegen mußte. Dies war nun, wie ich dachte, keine so außerordentlich große Entfernung. Reisen zu Land sind wiederholt mit einer Geschwindigkeit von dreißig Meilen in der Stunde ausgeführt worden, und sicherlich läßt sich noch eine wesentlich höhere Geschwindigkeit erreichen. Aber selbst bei dieser Geschwindigkeit würde ich nicht mehr als 322 Tage brauchen, um die Oberfläche des Mondes zu erreichen. Mannigfaltige Umstände jedoch veranlaßten mich zu der Annahme, daß meine durchschnittliche Reisegeschwindigkeit voraussichtlich dreißig Meilen pro Stunde weit überschreiten würde, und da diese Betrachtungen nicht verfehlten, großen Eindruck auf mich zu machen, will ich später noch darauf zurückkommen.

Der nächste Punkt, den es zu beachten galt, war von wesentlich größerer Wichtigkeit. Aus den Angaben des Barometers ersehen wir, daß man in einer Höhe von 1,000 Fuß über der Erde etwa ein dreißigstel der gesamten atmosphärischen Luft unter sich hat; in 10,600 Fuß ist es nur mehr ein Drittel, und in einer Höhe von 18,000, was etwa der Höhe des Cotopaxi entspricht, befindet man sich über der Hälfte der gesamten Luftmasse, zumindest jedoch des gesamten wägbaren Luftkörpers, der die Erdkugel umgibt. Man hat ferner berechnet, daß in einer Höhe, die nicht größer ist als ein hundertstel des Erddurchmessers, also achtzig Meilen, die Verdünnung der Luft so außerordentlich groß ist, daß animalisches Leben darin keinesfalls bestehen könne, und, mehr noch, daß die empfindlichsten, uns zur Verfügung stehenden Methoden, versagen würden, das Vorhandensein atmosphärischer Luft überhaupt nachzuweisen. Ich sagte mir jedoch sogleich, daß diese letzteren Berechnungen nur auf unsere Experimentalkenntnisse und auf die Gesetze von Verdichtung und Verdünnung der Luft, die unmittelbar an der Erdoberfläche Gültigkeit besitzen, zurückgehen. Und gleichzeitig wird es als eine feststehende Tatsache angenommen, daß tierisches Leben in einer gewissen, erreichbaren Entfernung von der Erdoberfläche der Anpassung unfähig sei. Es müssen nun alle Folgerungen, die aus solchen Annahmen gezogen werden, selbstverständlich ganz analog verlaufen. Die größte Höhe, die je erreicht wurde, und zwar von der aeronautischen Expedition der Herren Gay-Lussac und Biot, beträgt 25,000 Fuß. Das war eine mäßige Höhe, selbst im Vergleich mit den fraglichen achtzig Meilen, und ich konnte mich von dem Gedanken nicht losmachen, daß hier dem Zweifel und der Spekulation ein großer Spielraum gelassen war.

Tatsächlich aber steht, wenn man bis zu einer gewissen Höhe aufgestiegen ist, bei einem weiteren Aufstieg, die dabei zu überwindende Menge Luft, in keinem Verhältnis zu der bereits überwundenen (was aus dem vorher gesagten leicht ersichtlich ist), sondern in einem beständig abnehmenden Verhältnis. Es ist unwahrscheinlich, daß wir, wie hoch wir auch steigen, irgendwo eine Grenze erreichen können, oberhalb der keine Atmosphäre vorhanden ist. Eine solche muß vorhanden sein, folgerte ich, wenn auch vielleicht in einem Zustand unendlicher Verdünnung.

Anderseits war ich mir klar darüber, daß es an Beweisen für die Existenz einer wirklichen und eindeutig bestimmten Grenze der Atmosphäre, jenseits der es überhaupt keine Luft mehr gebe, keineswegs fehle. Aber ein Umstand, der von denen außer acht gelassen wurde, die für eine solche Grenze eintreten, schien mir, wenngleich er keinen positiven Gegenbeweis darstellt, so doch ein Punkt zu sein, der einer genauesten Untersuchung wert sei. Wenn man die Zeiten zwischen dem aufeinanderfolgenden Erscheinen des Enckeschen Kometen in Sonnennähe vergleicht, zeigt es sich, selbst bei der genauesten Berücksichtigung aller Störungen, die sich aus der ge-

genseitigen Anziehungskraft zwischen den Planeten ergeben können, daß diese Zeitabstände beständig kürzer werden, das bedeutet also, daß auch die Hauptachse der Ellipse zwar langsam, doch regelmäßig kürzer wird. Genau das müßte sich nun ergeben, wenn wir annehmen, daß der Komet den Widerstand einer äußerst dünnen ätherischen Substanz, durch die seine Bahn führt, überwinden muß. Denn offensichtlich muß solch ein Medium, das die Schnelligkeit des Kometen vermindert, seine zentripetale Kraft durch die Verminderung der zentrifugalen vergrößern. Mit anderen Worten, die Anziehungskraft der Sonne würde also immer größeren Einfluß erlangen und würde den Kometen bei jeder Umdrehung näher an sich heranziehen. Es gibt in der Tat keine andere Erklärung für die fragliche Veränderung. Aber weiter. Man hat beobachtet, daß der wahre Durchmesser der Nebelhülle, die diesen selben Kometen umgibt, bei Annäherung an die Sonne sich mit großer Geschwindigkeit verkleinert und sich mit derselben Geschwindigkeit bei der Entfernung wieder ausdehnt. War ich nicht, mit Mr. Valz, zu der Annahme berechtigt, daß diese offensichtliche Volumszusammendrängung in dem Druck desselben ätherischen Mediums, von dem ich schon früher gesprochen habe, und das in Sonnennähe entsprechend dichter ist, seine Ursache hat? Auch das linsenförmige Phänomen, Zodiakallicht genannt, verdiente Beachtung. Dieser in den Tropen sichtbare Lichtschein, der nicht mit irgendeiner Meteorstrahlung verwechselt werden kann, erstreckt sich vom Horizont schräg nach aufwärts und folgt in der Regel der Richtung des Sonnenäquators. Es scheint mir ohne Zweifel eine verdünnte Atmosphäre zu sein, die sich um die Sonne ausbreitet und zumindest bis über die Bahn der Venus, und meiner Meinung nach noch viel weiter. Ja, ich konnte nicht der Meinung sein, daß dieses Medium sich auf die Bahn des Kometen oder die unmittelbare Umgebung der Sonne beschränkte. Es war im Gegenteil leicht möglich, sich vorzustellen, daß es das ganze Planetensystem erfüllte, und in der Nähe der Planeten selbst sich zu dem verdichtete, was wir als Atmosphäre bezeichnen, nur vielleicht durch die geologischen Verhältnisse der einzelnen Planeten modifiziert.

Unter diesen Gesichtspunkten gab es für mich kaum mehr ein Zögern. Überzeugt davon, daß ich mich auf meiner Fahrt in eine Atmosphäre begebe, die im wesentlichen die gleiche war, wie an der Erdoberfläche, war ich sicher, mit Hilfe des genial erdachten Grimmschen Apparates, sie so stark zu verdichten, daß sie zur Atmung ausreichen würde. Damit wäre also das Haupthindernis für eine Reise zum Mond behoben. Ich hatte tatsächlich einige Monate damit zugebracht, unter großen Mühen den Apparat dem beabsichtigten Zweck anzupassen, und ich blickte mit Vertrauen seiner erfolgreichen Anwendung entgegen, wenn es mir nur gelänge, die Reise in nicht zu langer Zeit zu beenden. Das bringt mich wieder auf die Frage der Geschwindigkeit zurück, mit der ich meine Reise durchführen könnte.

Es ist bekannt, daß Ballons im ersten Stadium ihres Aufsteigens nur eine mäßige Geschwindigkeit entwickeln. Nun ist die Auftriebskraft auf die größere Leichtigkeit des Füllgases im Ballon im Vergleich zur atmosphärischen Luft zurückzuführen; und auf den ersten Blick scheint es nicht wahrscheinlich, oder noch mehr, es scheint kaum vorstellbar, daß der Ballon, wenn er eine größere Höhe erreicht und infolgedessen in atmosphärische Regionen gelangt, in denen die Dichte der Luft schnell abnimmt, seine Aufstiegsgeschwindigkeit noch erhöhen könne. Anderseits hatte ich noch nie gehört, daß sich die absolute Aufstiegsgeschwindigkeit verringert hätte, obwohl das der Fall hätte sein müssen, schon wegen der Gasausströmung bei schlechtgebauten und nur mit gewöhnlichem Firnis imprägnierten Ballons. Es schien also durch dieses Ausströmen nur die Wirkung irgendeiner zusätzlichen Auftriebskraft aufgehoben zu werden. Ich schloß also folgendermaßen: Angenommen, ich fand auf meiner Fahrt das vermutete Medium, und angenommen, es erwies sich im wesentlichen als das, was wir als atmosphärische Luft bezeichnen, so konnte es verhältnismäßig wenig ausmachen, in welchem Grad von Verdünnung ich es antraf

— das heißt, im Hinblick auf meine Auftriebskraft — denn nicht nur würde das Gas im Ballon sich auf ähnliche Weise verdünnen (bei welcher Gelegenheit ich soviel davon entweichen lassen könnte, um eine Explosion zu vermeiden), sondern es würde auf alle Fälle weiterhin die Eigenschaft behalten, spezifisch leichter zu sein, als irgendein wie immer beschaffenes Gemisch von Sauerstoff und Stickstoff. Inzwischen würde sich die Gravitationskraft verkehrt proportional dem Quadrat der Entfernung vermindern, und so würde ich schließlich mit einer gewaltig zunehmenden Geschwindigkeit in jene fernen Regionen gelangen, in denen die Anziehungskraft der Erde von der des Mondes übertroffen werden würde. In Übereinstimmung mit diesen Überlegungen hielt ich es nicht der Mühe wert, mich für länger als für vierzig Tage mit Proviant zu versorgen.

Es gab jedoch noch eine weitere Schwierigkeit, die mir einige Unruhe verursachte. Man hat beobachtet, daß sich bei Ballonaufstiegen in größere Höhen, abgesehen von der Atemnot, heftige Beschwerden im Kopf und im Körper einstellen, häufig von Nasenbluten und anderen alarmierenden Symptomen begleitet, die immer unerträglicher werden, je höher man steigt. War es denn nicht wahrscheinlich, daß diese Symptome sich unbegrenzt steigern oder daß der Tod ihnen schließlich ein Ende bereiten würde? Ich verneinte diese Vermutung jedoch. Die Ursache dieser Symptome war in der stetigen Verminderung des gewohnten atmosphärischen Druckes auf die Körperoberfläche und in der dadurch hervorgerufenen Ausdehnung der äußeren Blutgefäße zu suchen — nicht in einer positiven Zerstörung des animalischen Körpersystems, wie das bei den Atembeschwerden der Fall ist, bei der die Dichte der Atmosphäre für die ausreichende Erneuerung des Blutes in einer Herzkammer chemisch ungenügend ist. Wenn diese Erneuerung nicht behindert wird, kann ich nicht einsehen, wieso das Leben nicht sogar in einem Vakuum möglich sein sollte, denn die Ausdehnung und Zusammenziehung des Brustkorbes, gemeinhin Atmen genannt, ist ja eine reine Muskeltätigkeit und die Ursache, nicht die Folge der Atmung. Mit einem Wort, ich erkannte, daß die körperlichen Schmerzen allmählich nachlassen würden, so wie sich der Körper an den Mangel des äußeren Luftdruckes gewöhnte, — und daß ich sie ertragen würde, solange sie andauerten, darin vertraute ich auf meine eiserne Konstitution.

So habe ich nun, wie Eure Exzellenzen zur Kenntnis nehmen wollen, einige, jedoch keinesfalls alle Überlegungen dargelegt, welche mich veranlaßten, den Plan zu einer Mondreise zu fassen. Ich werde Ihnen nun das Ergebnis eines so kühnen Versuches, der ohne Zweifel einzig in den Annalen der Menschheit dasteht, vorlegen.

Nachdem ich die vorhin erwähnte Höhe, also dreiunddreiviertel Meilen, erreicht hatte, warf ich eine Menge Federn aus meinem Fahrzeug, wobei ich feststellte, daß ich noch immer mit hinreichender Geschwindigkeit stieg; ich brauchte also keinen Ballast abzuwerfen. Ich war darüber sehr froh, denn ich wollte soviel Gewicht als nur irgendmöglich mit mir führen, aus Gründen, die ich in der Folge darlegen möchte. Bisher zeigte sich bei mir keinerlei körperliches Unbehagen, ich atmete völlig frei und fühlte keine wie immer gearteten Beschwerden im Kopf. Die Katze lag ganz ruhig auf meinem Rock, den ich ausgezogen hatte, und betrachtete mit Nonchalance die Tauben. Letztere waren an den Füßen angebunden, damit sie nicht davonfliegen konnten, und waren eifrig damit beschäftigt Reiskörner aufzupicken, die ich für sie am Boden der Gondel ausgestreut hatte.

Zwanzig Minuten nach sechs zeigte das Barometer eine Höhe von 26.400 Fuß oder fast fünf Meilen an. Der Ausblick schien unbegrenzt. Es ist allerdings ganz leicht mit Hilfe der sphärischen Geometrie zu berechnen, wieviel ich von der Erdoberfläche übersehen konnte. Die konvexe Oberfläche eines Kugelsegments verhält sich zur gesamten Oberfläche wie der Sinus versus des Segments zum Durchmesser der Kugel. Nun war in meinem Fall der Sinus versus, das heißt also, die Dicke des Segmentes unter mir — etwa gleich meiner Höhe oder der Höhe des Sehpunktes über der Oberfläche. So würde sich also die Fläche der Erde, die ich sah, zur Gesamtoberfläche der Erdkugel so verhalten, wie fünf Meilen zu achttausend Meilen. Mit anderen Worten, ich sah also den sechzehnhundertsten Teil der Gesamtoberfläche des Globus. Das Meer schien glatt wie ein Spiegel, obwohl ich mittels des Fernglases erkennen konnte, daß es sich in heftiger Bewegung befand. Das Schiff war nicht länger mehr sichtbar, nachdem es offenbar gen Osten davongezogen war. Nun begann ich von Zeit zu Zeit ernstes Unbehagen im Kopf, insbesondere in den Ohren, zu spüren — dennoch konnte ich noch ziemlich frei atmen. Die Katze und die Tauben schienen sich durchaus wohl zu fühlen.

Zwanzig Minuten vor sieben gelangte der Ballon in dichte Wolkenwände, was mir sehr ungelegen kam, da sie meinem Kondensationsapparat schadeten und mich bis auf die Haut durchnäßten. Dies war gewiß ein seltsames Renkontre, denn ich hätte es nicht für möglich gehalten, in dieser Höhe eine solche Wolke anzutreffen. Ich hielt es jedoch für das beste, zwei Fünfpfundstücke Ballast abzuwerfen. Es blieb mir dann immer noch ein Gewicht von hundertfünfundsechzig Pfund. Nachdem ich dies getan hatte, war ich bald über die Schwierigkeit hinaus und stellte sogleich fest, daß sich meine Aufstiegsgeschwindigkeit stark vergrößert hatte. Ein paar Sekunden, nachdem ich aus der Wolke heraus war, durchzuckte sie ein heller Blitz von einem Ende zum anderen und ließ sie in ihrer ganzen riesigen Ausdehnung wie ein Stück glühender Holzkohle aufflammen. Dies, möchte ich feststellen, am hellichten Tage. Keine menschliche Vorstellungskraft vermag sich den erhabenen Eindruck auszumalen, den ein ähnliches Phänomen in tiefer Nacht hervorgerufen hätte. Nur die Hölle selbst ließ sich damit vergleichen. Aber auch, so wie es war, standen mir die Haare zu Berge, während ich hinab in die gähnende Tiefe blickte und meine Einbildungskraft unten in den seltsam geformten Hallen, den glühenden Schluchten und den roten gespenstischen Klüften des fürchterlichen, unbegrenzten Feuers umherschweifen ließ. Ich war wirklich nur ganz knapp dem Verderben entronnen. Wäre der Ballon nur ein klein wenig länger in den Wolken geblieben — das heißt — hätte mich nicht die unwillkommene Nässe veranlaßt, Ballast abzuwerfen, so wäre mein Ende sicher gewesen. Solche Gefahren sind, wenn sie auch kaum beachtet werden, vielleicht die größten, denen ein Ballon ausgesetzt ist. Inzwischen hatte ich jedoch eine solche Höhe erreicht, daß ich mir in dieser Beziehung keine Sorgen mehr zu machen brauchte.

Ich stieg nun mit hoher Geschwindigkeit weiter, und etwa gegen sieben Uhr zeigte das Barometer eine Höhe von nicht weniger als neuneinhalb Meilen an. Nun begann mir das Atemholen schon Schwierigkeiten zu bereiten. Auch im Kopf fühlte ich außerordentlich starke Schmerzen, und nachdem ich schon längere Zeit etwas feuchtes auf meinen Wangen spürte, bemerkte ich endlich, daß es Blut war, welches mir ziemlich heftig aus den Ohren sickerte. Auch meine Augen schmerzten mich. Als ich mit der Hand nach ihnen fühlte, hatte es den Anschein, daß sie nicht unbeträchtlich aus ihren Höhlen getreten seien; und alle Gegenstände, die sich in der Gondel befanden, und sogar der Ballon selbst, boten mir ein verzerrtes Bild. Diese Symptome waren ärger, als ich erwartet hatte, und verursachten mir ziemliche Aufregung. In diesem kritischen Augenblick warf ich sehr übereilt und ohne Überlegung drei Fünfpfundstücke Ballast aus der Gondel. Die dadurch verursachte erhöhte Geschwindigkeit brachte mich zu schnell ohne ausreichenden Übergang in eine äußerst dünne Atmosphärenschicht, und die Folgen wären für meine Expedition und für mich beinahe verhängnisvoll geworden. Ich wurde plötzlich von einem Krampf befallen, der länger als fünf Minuten andauerte, und auch als dieser einigermaßen nachgelassen hatte, konnte ich nur in langen Zeitabständen keuchend Atem schöpfen, indes ich aus der Nase heftig blutete, und ein wenig sogar aus den Augen. Die Tauben gebärdeten sich wie wahnsinnig und bemühten sich zu entkommen, während die Katze auf das kläglichste miaute und mit hängender Zunge in der Gondel auf und abschritt, als hätte man ihr Gift eingegeben. Zu spät erkannte ich nun, daß ich den Ballast übereilt abgeworfen hatte, und meine Aufregung kannte keine Grenzen. Ich erwartete nichts anderes als den Tod, der meiner Meinung nach in wenigen Minuten eintreten würde. Die körperlichen Qualen, die ich erdulden mußte, machten mir auch jeden Versuch, irgendetwas zur Erhaltung meines Lebens zu tun, nahezu unmöglich. Es war mir auch wirklich nicht mehr viel Kraft zu Überlegungen geblieben, und die Schmerzen im Kopf schienen noch immer an Heftigkeit zuzunehmen. Ich merkte also, daß mir in Kürze meine Sinne schwinden würden, und ich hatte bereits eine der Ventilleinen erfaßt, in der Absicht, einen Abstieg zu versuchen, als mich die Erinnerung an den Streich, den ich meinen drei Gläubigern gespielt hatte, und der Gedanke an die Folgen, die sich daraus möglicherweise für mich nach meiner Rückkehr ergeben könnten, im Augenblick noch davon zurückhielten. Ich legte mich auf dem Boden der Gondel nieder und bemühte mich, mich zu sammeln. Das gelang mir insoweit, als ich beschloß, einen Aderlaß zu versuchen. Da ich jedoch keine Lanzette besaß, war ich genötigt, die Operation auf die bestmögliche Weise durchzuführen, und schließlich gelang es mir mittels meines Federmessers, mir eine Vene meines rechten Armes zu öffnen. Kaum begann das Blut zu fließen, als ich eine merkliche Erleichterung verspürte, und als ich etwa eine halbe Schale Blut verloren hatte, waren die ärgsten Symptome verschwunden. Ich hielt es dennoch nicht für geraten, sogleich aufzustehen, sondern, nachdem ich meinen Arm so gut ich konnte verbunden hatte, lag ich etwa eine Viertelstunde lang still. Nach dieser Zeit stand ich auf und fühlte mich freier von Schmerzen irgendwelcher Art als während der letzten eineinviertel Stunden meines Aufstiegs. Die Atembeschwerden hatten allerdings nur ganz wenig abgenommen, und ich sah ein, daß es bald nötig sein würde, den Kondensationsapparat anzuwenden. Als ich in der Zwischenzeit nach meiner Katze schaute, die es sich wieder auf meinem Rock bequem gemacht hatte, entdeckte ich zu meiner grenzenlosen Überraschung, daß sie die Zeit meiner Unpäßlichkeit dazu benützt hatte, drei kleinen Katzen das Leben zu schenken. Dies war eine Vermehrung der Passagiere, mit der ich nicht gerechnet hatte; aber ich war über dieses Ereignis sehr erfreut.. Dies gab mir Gelegenheit, die Richtigkeit einer Annahme nachzuprüfen, die mich mehr als alle anderen zu diesem Ballonaufstieg ermutigt hatte. Ich stellte mir vor, daß die Gewöhnung an den Druck an der Erdoberfläche die Ursache, oder doch die Hauptursache für die Schmerzen war, die tierische Lebewesen in größerer Entfernung von der Oberfläche erdulden müssen. Sollte ich feststellen, daß die Kätzchen in ähnlichem Maße wie ihre Mutter Schmerzen empfanden, mußte ich annehmen, daß meine Theorie falsch sei, doch wenn dies nicht der Fall war, würde diese Tatsache meine Theorie bedeutend festigen.

Um acht Uhr hatte ich tatsächlich eine Höhe von siebzehn Meilen über der Erdoberfläche erreicht. Daraus erkannte ich nicht nur, daß meine Aufstiegsgeschwindigkeit im Wachsen war, sondern daß eine leichte Geschwindigkeitssteigerung auch dann erkennbar geworden wäre, wenn ich keinen Ballast abgeworfen hätte. Die Schmerzen im Kopf und in den Ohren kamen in Abständen mit Heftigkeit wieder, und immer noch blutete ich zeitweise aus der Nase, aber alles in allem litt ich viel weniger, als ich erwartet hatte. Jedoch wurde mir das Atmen von Augenblick zu Augenblick schwerer, und jeder Atemzug war von einer schmerzhaften krampfartigen Zusammenziehung der Brust begleitet. Ich packte nun den Kondensationsapparat aus und machte ihn zum sofortigen Gebrauch fertig.

Der Anblick der Erde, den sie von dieser Stelle aus bot, war wirklich unerhört schön. Nach Westen, Norden und Süden lag, so weit mein Blick reichte, die unbegrenzte, scheinbar spiegelglatte Meeresfläche, die von Augenblick zu Augenblick ein tieferes Blau annahm, und deren Konvexität man bereits schwach feststellen konnte. Fern im Osten, jedoch deutlich erkennbar, breiteten sich die Britischen Inseln, die gesamte Atlantische Küste

Frankreichs und Spaniens und ein kleiner Teil des nördlichen Afrika aus. Von einzelnen Bauwerken ließ sich keine Spur entdecken, und die stolzesten Städte der Menschheit waren völlig aus dem Gesicht der Erde verschwunden. Von Gibraltar, das sich jetzt zu einem winzigen Fleck verkleinert hatte, breitete sich das dunkle Mediterrane Meer, das mit leuchtenden Inseln besprenkelt war so wie der Himmel mit Sternen, soweit mein Blick reichte, nach Osten aus, bis schließlich seine riesigen Wassermassen über den Abgrund des Horizontes hinabzustürzen schienen, und ich ertappte mich dabei, daß ich neugierig lauschte, ob ich nicht das Brausen des mächtigen Kataraktes vernehmen könne. Der Himmel über mir war pechschwarz, und man konnte seine leuchtenden Sterne sehen.

Da die Tauben zu dieser Zeit sehr viel Schmerzen zu ertragen schienen, beschloß ich ihnen die Freiheit zu geben. Zuerst band ich eine von ihnen los, eine schöne graugefleckte Taube und setzte sie auf den Rand des Korbes. Sie schien sich hier äußerst unbehaglich zu fühlen, blickte ängstlich um sich, flatterte mit den Schwingen und gurrte laut, konnte aber nicht dazu gebracht werden, sich von der Gondel fortzuwagen. Ich ergriff sie schließlich und schleuderte sie etwa ein halbes Dutzend Yards weit vom Ballon fort. Sie machte jedoch, entgegen meiner Erwartung, keinen Versuch in die Tiefe zu fliegen, sondern bemühte sich mit allen Kräften zurückzukommen, während sie sehr schrille und durchdringende Töne ausstieß. Schließlich gelang es ihr, ihren früheren Platz am Rand der Gondel zu erreichen, aber kaum war das geschehen, als ihr Kopf auf ihre Brust sank und sie selbst tot in die Gondel fiel. Die andere Taube erlitt nicht das gleiche unglückliche Schicksal. Um sie daran zu hindern, dem Beispiel ihrer Vorgängerin zu folgen und zurückzukehren, schleuderte ich sie mit aller Gewalt nach abwärts und sah mit Freuden, daß sie ihren Abflug mit großer Schnelligkeit fortsetzte, wobei sie mit Leichtigkeit in völlig natürlicher Art ihre Schwingen benutzte. In äußerst kurzer Zeit war sie meinen Blicken entschwunden, und ich zweifle nicht daran, daß sie sicher ihre Heimat erreichte. Miez, die sich von ihrer Unpäßlichkeit gut erholt zu haben schien, machte sich nun aus dem toten Vogel ein herzhaftes Mahl, und dann begab sie sich, offensichtlich sehr befriedigt, zur Ruhe. Ihre Kätzchen waren sehr lebhaft und boten bisher nicht das leichteste Zeichen irgendeiner Unpäßlichkeit.

Um viertel neun, als ich nur mehr unter den unerträglichsten Schmerzen atmen konnte, machte ich mich daran, den zum Kondensator gehörigen Apparat um die Gondel zu ziehen. Dieser Apparat bedarf einiger Erklärungen, und Eure Exzellenzen mögen die Güte haben, sich zu vergegenwärtigen, daß meine Absicht in erster Linie darin bestand, mich und die Gondel völlig mit einem Wall gegen die äußerst verdünnte Atmosphäre zu umgeben, in der ich mich befand, mit der Absicht, in den Raum innerhalb dieses Walles mit Hilfe meines Kondensators eine Menge für die Atmung genügend verdichteter Luft einzupumpen. Ich hatte eine völlig luftdichte, jedoch dehnbare Gummihülle hergestellt. Diese Hülle war so groß, daß die ganze Gondel darin Platz hatte. Das heißt, sie wurde über den Boden der Gondel, über ihre Seitenwände und weiter außerhalb entlang der Seile bis zu dem oberen Ring, an dem das Netzwerk befestigt war, gezogen. Nachdem ich die Hülle solcherart emporgezogen und sie an allen Seiten und am Boden festschließend angespannt hatte, war es nun noch nötig, ihre obere Öffnung zu schließen, indem ich den Stoff über den Reifen, an dem das Netzwerk befestigt war, zog — mit anderen Worten, daß ich ihn zwischen Netzwerk und Reifen bekam. Aber wenn ich das Netzwerk vom Reifen löste, um dies zu ermöglichen, wovon sollte in der Zwischenzeit die Gondel gehalten werden? Nun war aber das Netzwerk nicht fest mit dem Reifen verbunden, sondern durch eine Reihe beweglicher Haken und Schlingen. Ich löste also nur ein paar dieser Schlingen auf einmal, so daß die Gondel von den übrigen gehalten wurde. Nachdem ich auf diese Weise einen Teil des Stoffes am oberen Ende der Hülle hereingezogen hatte, befestigte ich die

Schlingen wieder — jedoch nicht mehr am Reifen, denn das war nun unmöglich, da nun der Stoff dazwischen war, sondern an einer Reihe großer Knöpfe, die am Stoff selbst, etwa drei Fuß von der Öffnung der Hülle entfernt, angebracht waren; die Zwischenräume zwischen den Knöpfen entsprachen denen der Schlingen. Nachdem ich dies durchgeführt hatte, löste ich einige andere Schlingen, zog ein weiteres Stück Stoff herein und befestigte dann die freien Schlingen an den entsprechenden Knöpfen. Auf diese Weise war es möglich, den ganzen oberen Teil der Hülle zwischen Netzwerk und Reifen zu bringen. Es ist klar, daß der Reifen nun in die Gondel herunterfallen mußte, während das gesamte Gewicht der Gondel samt all ihrem Inhalt nur von der Kraft der Knöpfe gehalten wurde. Dies scheint auf den ersten Blick eine unzulängliche Befestigung zu sein, war es jedoch keinesfalls, denn die Knöpfe waren nicht nur an sich sehr fest, sondern befanden sich auch so nahe nebeneinander, daß jeder einzelne nur einen ganz kleinen Bruchteil des Gesamtgewichtes tragen mußte. Selbst wenn die Gondel samt Inhalt dreimal so schwer gewesen wäre, wie sie es wirklich war, hätte ich mir keine Sorgen zu machen brauchen. Nun hob ich den Reifen innerhalb der Kautschukhülle empor und befestigte ihn fast in seiner alten Höhe mittels dreier leichter Stäbe, die ich zu diesem Zweck vorbereitet hatte. Dies geschah selbstverständlich deshalb, um den oberen Teil der Hülle ausgebreitet und den unteren Teil des Netzwerkes in seiner vorigen Lage zu halten. Das einzige, das jetzt noch zu tun übrig war war die Öffnung der Hülle zu schließen. Dies ließ sich leicht dadurch machen, daß ich die Falten des Stoffes zusammenraffte und mit Hilfe eines um ein festes Lager drehbaren Stabes zusammendrehte.

In dem so an der Gondel befestigten Überzug waren an den Seitenflächen drei runde dicke, jedoch klare Glasscheiben eingesetzt, durch die ich ohne Schwierigkeit in jede horizontale Richtung um mich blicken konnte. In dem Teil des Stoffes, der den Boden bildete, befand sich ein gleiches Fenster, das sich genau mit einer kleinen

Öffnung im Boden der Gondel selbst deckte. Dieses ermöglichte mir, senkrecht nach unten zu blicken. Da es mir aber nicht möglich war, über meinem Kopf irgendeine ähnliche Einrichtung anzubringen, wegen des besonderen Verschlusses der dort befindlichen Öffnung und der Falten im Stoff, konnte ich nicht sehen, was sich direkt in meinem Zenith befand. Das war natürlich kaum von Belang; denn auch dann, wenn es mir möglich gewesen wäre, an der Oberseite ein Fenster anzubringen, hätte mir der Ballon selbst den Ausblick verwehrt.

Etwa ein Fuß unter einem der Seitenfenster befand sich eine kreisrunde Öffnung von acht Inches im Durchmesser, mit einem Messingring eingefaßt, dessen Innenseite ein Schraubgewinde trug. In diesen Ring wurde die große Röhre des Kondensators eingeschraubt, die Maschine selbst befand sich natürlich innerhalb der Kautschukhülle. Durch diese Röhre wurde eine gewisse Menge der außen befindlichen verdünnten Luft mittels eines Vakuums eingesaugt und dann in verdichtetem Zustand zum Entweichen gebracht, um sich mit der dünnen Luft, die sich bereits im Raume befand, zu mischen. Wenn sich dieser Vorgang einigemale wiederholt hatte, füllte sich schließlich der Raum mit einer für die Atmung genügend dichten Atmosphäre. Aber in einem so begrenzten Raum müßte sie in kurzer Zeit verbraucht und wegen des dauernden Ein- und Ausatmens für die weitere Atmung ungeeignet sein. Daher wurde sie dann durch ein dünnes Rohr am Boden der Gondel ins Freie gelassen — die dichte Luft entwich leicht in die dünnere Atmosphäre nach außen. Um zu verhindern, daß zu irgendeinem Zeitpunkt ein völliges Vakuum im Innenraum entstand, wurde diese Reinigung nie auf einmal durchgeführt, sondern nach und nach, indem die Röhre nur für wenige Sekunden geöffnet und dann gleich wieder geschlossen wurde, bis nach ein oder zwei Hüben der Kondensatorpumpe die entwichene Luft wieder ersetzt war. Versuchsweise hatte ich die Katze und die Kätzchen in ein Körbchen gegeben, das ich außerhalb der Gondel an einem Knopf am Boden der Gondel in der Nähe der Röhre, durch welche ich ihnen, so oft es nötig war, Futter reichen konnte, befestigte. Es war dies eine etwas riskante Sache, das Hinaushängen des Körbchens, und ich machte es mit einer der vorerwähnten Stangen, an der sich ein Haken befand, bevor ich die Öffnung der Umhüllung schloß.

Zu der Zeit, da ich alle diese Tätigkeiten zu Ende gebracht und den Raum auf die beschriebene Weise mit Luft gefüllt hatte, fehlten nur mehr zehn Minuten auf neun Uhr. Während der ganzen Zeit, in der ich damit beschäftigt war, erduldete ich durch die Atembeschwerden fürchterlichste Qualen, und bitter bereute ich die Nachlässigkeit oder vielmehr die Tollkühnheit, eine solch wichtige Arbeit bis zum letzten Augenblick aufgeschoben zu haben. Doch sobald ich damit zu Ende gekommen war, begann ich auch schon die Früchte meiner Erfindung zu ernten. Ich atmete wieder vollkommen frei und leicht — wie hätte es auch anders sein sollen? Ich war auch angenehm überrascht, festzustellen, daß mich die heftigen Schmerzen, die mich bisher gequält hatten, zum größten Teil verlassen hatten. Ein leichtes Kopfweh, begleitet von einem Druckgefühl in den Gelenken, den Fußknöcheln und im Hals, so als wären diese Körperteile angeschwollen, war beinahe alles, worüber ich noch zu klagen hatte. Es war also augenscheinlich, daß der größte Teil der Beschwerden, die die Verminderung des atmosphärischen Druckes begleitet hatten, erwartungsgemäß verschwunden waren, und daß der Großteil der Schmerzen, die ich in den letzten zwei Stunden erdulden mußte, der Wirkung der unzureichenden Atmung zuzuschreiben war.

Zwanzig Minuten vor neun — also kurz bevor ich die Gondel endgültig schloß, erreichte das Quecksilber im Barometer, das, wie schon erwähnt, eine erweiterte Konstruktion besaß, seine Grenze, oder sank noch darunter. Zu diesem Zeitpunkt zeigte es eine Höhe von 132.000 Fuß, beziehungsweise fünfundzwanzig Meilen an, und folglich übersah ich zu dieser Zeit nicht weniger als den dreihundertundzwanzigsten Teil der Gesamtoberfläche der Erde. Um neun Uhr verlor ich das Land im Osten aus den

Augen, doch vorher hatte ich mich noch überzeugen können, daß der Ballon mit großer Geschwindigkeit nach Nordnordwest abgetrieben wurde. Die Konvexität des Ozeans war nun in der Tat ganz deutlich zu sehen, obwohl die Aussicht oft durch hin- und herziehende Wolkenmassen unterbrochen wurde. Ich beobachtete, daß selbst die zartesten Wolken nie höher als zehn Meilen über die Meeresfläche emporstiegen.

Um halb zehn warf ich versuchsweise eine Handvoll Federn durch die Röhre. Sie schwebten nicht, wie ich erwartet hatte, sondern fielen senkrecht wie ein Geschoß, zusammengeballt mit unerhörter Geschwindigkeit nach abwärts und waren mir innerhalb weniger Sekunden aus den Augen verschwunden. Ich wußte zuerst nicht, was ich von diesem seltsamen Phänomen halten sollte, ich konnte nämlich nicht annehmen, daß sich meine Aufstiegsgeschwindigkeit plötzlich so enorm vergrößert hatte. Aber bald fiel mir ein, daß die Atmosphäre nun zu dünn war, um selbst die Federn zu tragen, daß sie also, wie ich es gesehen hatte, mit großer Geschwindigkeit nach abwärts fielen, und daß mich ihre Fallgeschwindigkeit, die sich zu meiner Aufstiegsgeschwindigkeit addierte, verblüfft hatte.

Gegen zehn Uhr gab es ziemlich wenig, was meine Aufmerksamkeit in Anspruch nahm. Alles lief wunschgemäß ab, und ich nahm an, daß sich der Ballon mit einer von Minute zu Minute wachsenden Geschwindigkeit aufwärts bewegte, obwohl ich nicht länger mehr die Möglichkeit hatte, die Geschwindigkeitszunahme festzustellen. Ich verspürte keine Art von Schmerzen oder Unbehagen, und ich war zuversichtlicher als je vorher, seit ich Rotterdam verlassen hatte. Bisweilen war ich damit beschäftigt, den Zustand meiner verschiedenen Apparaturen zu untersuchen, dann wieder erneuerte ich die Luft in der Gondel. Diese letztere Tätigkeit beschloß ich in regelmäßigem Abstand von je fünf Minuten zu wiederholen, mehr im Interesse meiner Gesundheit als aus unmittelbarer Notwendigkeit. Inzwischen konnte ich es nicht lassen, Zukunftsphantasien zu spinnen. Meine Phantasie bewegte sich in den wilden, traumhaften Mondregionen. Sie, die sich plötzlich ledig fühlte, streifte nach Wunsch in den stets wechselnden Wundern eines schattenhaften und unsicheren Landes umher. Es gab da graue, altehrwürdige Wälder, schroffe Abgründe und Wasserfälle, die mit lautem Getöse in bodenlose Tiefen donnerten. Dann gelangte ich plötzlich in stille Mittagseinsamkeit, wohin kein Himmelslüftchen drang, und wo sich weite Mohnfelder und schlanke, lilienähnliche Blumen weithin ausbreiteten, alles still und bewegungslos für immer. Dann wanderte ich wieder weit hinunter in eine andere Gegend, wo alles ein trüber dunstiger See zu sein schien, den ein grenzenloser Wall von Wolken einschloß. Und aus diesem trübseligen Wasser erhob sich ein Wald von riesigen tropischen Bäumen, wie eine Wildnis von Träumen. Und ich erinnere mich noch, daß die Schatten, die diese Bäume auf den See warfen, nicht auf der Oberfläche blieben, wo sie hinfielen, sondern langsam und beständig niedersanken, und sich mit den Wogen vermengten, während aus den Stümpfen anderer Bäume beständig neue Schatten emporstiegen und den Platz ihrer Brüder, die auf die beschriebene Art begraben wurden, einnahmen. ‚Das also', sagte ich gedankenvoll, ‚ist der wahre Grund, weshalb das Wasser in diesem See im Laufe der Jahre schwärzer wird, und immer trübseliger, indes die Stunden verrinnen.' Aber das waren nicht die einzigen Gedanken, die von meiner Seele Besitz ergriffen. Entsetzliche Schreckensbilder drängten sich mir oft auf und erschütterten die innersten Tiefen meiner Seele schon allein bei dem bloßen Gedanken an ihre Möglichkeit. Ich ließ jedoch meine Gedanken nicht sehr lange bei diesen letzteren Überlegungen verweilen, da ich die wirklichen und greifbaren Gefahren der Reise für groß genug ansah, um ihnen meine ungeteilte Aufmerksamkeit zu widmen.

Um fünf Uhr nachmittag benutzte ich die Gelegenheit beim Regenerieren der Luft, die Katze und ihre Jungen durch die Röhre zu beobachten. Die Katze selbst schien von neuem sehr viel zu leiden, und ich schrieb ihre

Schmerzen ohne weiteres den Atembeschwerden zu; aber mein Experiment mit den Kätzchen zeitigte ein ganz unvorhergesehenes Resultat. Ich hatte erwartet, daß sie Anzeichen einer Schmerzempfindung von sich geben würden, wenngleich in schwächerem Maße als ihre Mutter; und das hätte ausgereicht, mich in meiner Meinung bezüglich der Gewöhnung an den atmosphärischen Druck zu bestärken. Ich war jedoch nicht darauf vorbereitet, sie, nach genauer Untersuchung, bei bester Gesundheit und völlig unbeschwert und regelmäßig atmend zu finden, ohne das schwächste Anzeichen irgendwelcher Schmerzen. Ich konnte mir das nur erklären, indem ich meine Theorie noch erweiterte und zu der Annahme gelangte, daß die stark verdünnte Atmosphäre ringsum nicht, wie ich als gegeben angenommen hatte, für das Leben chemisch unzureichend sei, und daß eine Person, die in solch einem Medium das Licht der Welt erblickte, möglicherweise bei der Einatmung desselben nicht die leisesten Beschwerden fühlte, während sie, bei der Rückkehr in eine dichtere Schicht in der Nähe der Erdoberfläche, ähnliche Qualen auszustehen hätte, wie ich sie zuletzt erfahren hatte. Ich habe es seither tief bedauert, daß mir damals das Malheur passierte, meine Katzenfamilie zu verlieren, was mich der Möglichkeit weiterer Erkenntnisse in bezug auf diese Frage beraubte. Als ich mit der Hand eine für die alte Katze bestimmte Schüssel Wasser durch die Röhre reichte, verfing sich mein Hemdärmel in der Schlinge, an der der Korb aufgehängt war, und löste sie im gleichen Augenblick vom zugehörigen Knopf. Hätte sich das ganze plötzlich in Nichts aufgelöst, hätte es nicht schneller meinen Blikken entschwinden können. In der Tat konnte zwischen der Loslösung des Korbes bis zu dem Zeitpunkt, da er mir völlig aus den Blicken verschwunden war, kaum eine Zehntelsekunde vergangen sein. Meine besten Wünsche begleiteten sie zur Erde, doch selbstverständlich hegte ich keine Hoffnung, daß die Katze oder ihre Jungen am Leben blieben, um ihr Mißgeschick zu erzählen.

Um sechs Uhr beobachtete ich, daß ein großer Teil der

sichtbaren Erdoberfläche von einem dunklen Schatten bedeckt wurde, der sich mit großer Geschwindigkeit weiterbewegte, bis schließlich fünf Minuten vor sieben, die gesamte sichtbare Fläche in das Dunkel der Nacht eingehüllt war. Lange danach erst ließen die Strahlen der untergehenden Sonne ab, den Ballon zu beleuchten; und dieser Umstand, obwohl ich es genau so erwartet hatte, verfehlte nicht, mir unbegrenzte Freude zu bereiten. Es war klar, daß ich am Morgen den leuchtenden Himmelskörper viele Stunden früher aufgehen sehen würde, als die Bürger von Rotterdam, obwohl sie sich viel weiter im Osten befanden, und so würde ich, Tag für Tag, je höher ich emporstieg, das Sonnenlicht für einen immer längeren Zeitraum genießen. Ich beschloß nun, über meine Reise Tagebuch zu führen, und je vierundzwanzig Stunden als einen Tag zu zählen, ohne die Zeiten der Dunkelheit zu berücksichtigen.

Um zehn Uhr fühlte ich mich schläfrig, und ich beschloß, mich während der restlichen Nacht niederzulegen; doch hier ergab sich eine Schwierigkeit, die, so naheliegend sie auch zu sein scheint, bis zu diesem Zeitpunkt meiner Aufmerksamkeit entgangen war. Wenn ich mich, wie beabsichtigt, schlafen legte, wie sollte in der Zwischenzeit die Atmosphäre in der Gondel erneuert werden? Länger als höchstens eine Stunde darin zu atmen, war unmöglich, und auch dann, wenn diese Zeit auf eine und eine Viertelstunde ausgedehnt werden konnte, würde dies die schlimmsten gesundheitlichen Folgen zeitigen. Die Erwägung dieses Problems verursachte mir nicht wenig Unruhe, und man wird es kaum glauben, daß ich diese Angelegenheit, nach all den Gefahren, die ich durchzustehen hatte, in einem so ernsten Lichte sah, daß ich alle Hoffnung aufgab, mein Ziel zu erreichen, und mich schließlich mit dem Gedanken an die Notwendigkeit, zur Erde zurückzukehren, vertraut machte. Aber diese Unentschlossenheit war nur von kurzer Dauer. Ich überlegte mir, daß der Mensch ein Sklave seiner Gewohnheiten ist, und daß viele Dinge in seinem Dasein als außerordentlich wichtig gelten, die es überhaupt nur sind, da sie ihm zur Gewohnheit geworden sind. Ganz sicher war es, daß ich ohne Schlaf nicht auskommen konnte, aber ich konnte mich leicht dazu bringen, keine Unannehmlichkeiten zu verspüren, wenn ich während der gesamten Dauer meines Schlafes in Abständen von je einer Stunde aufgeweckt wurde. Es würde lediglich je fünf Minuten bedürfen, um die Luft völlig zu erneuern, und die einzige wahre Schwierigkeit bestand darin, eine Methode zu ersinnen, um im geeigneten Augenblick aufzuwachen. Dies war jedoch eine Frage, deren Lösung, wie ich gerne gestehen will, mir nicht geringes Kopfzerbrechen verursachte. Ich hatte zwar von dem Studenten vernommen, der, um zu verhindern, daß er über seinen Büchern einschlief, in einer Hand eine Kupferkugel hielt, deren Klang, wenn sie in eine Schale desselben Metalls, die am Boden neben seinem Sessel stand, fiel, bewirkte, daß er aufgeschreckt wurde, wenn die Müdigkeit ihn zu überwältigen drohte. Mein eigener Fall lag jedoch ganz anders und gestattete mir nicht, eine ähnliche Idee zu verwirklichen, denn es war nicht meine Absicht, mich wachzuhalten, sondern ich wollte in regelmäßigen Zeitabständen aus dem Schlaf geweckt werden. Schließlich kam ich auf folgenden Ausweg, den ich, so einfach er zu sein scheint, im Augenblick der Entdeckung als eine Erfindung würdigte, die der des Fernrohrs, der Dampfmaschine oder der Buchdruckerkunst um nichts nachstand.

Es ist nötig vorauszuschicken, daß sich der Ballon in der nun erreichten Höhe gleichmäßig fortbewegte, und die Gondel ihm deshalb so ruhig folgte, daß man nicht das leiseste Zittern feststellen konnte. Dieser Umstand kam meinem Vorhaben, das ich nun auszuführen gedachte, sehr entgegen. Meinen Wasservorrat hatte ich in Fässern, deren jedes fünf Gallonen faßte, an Bord gebracht, und sehr sorgfältig innen rings an der Wand der Gondel verstaut. Eines davon band ich los, nahm zwei Seile und spannte sie in einem Abstand von etwa einem Fuß parallel von einer Seite des Korbes zur gegenüberliegenden, so daß sie eine Art Gestell bildeten, auf das ich das Fäßchen legen konnte. Genau darunter, etwa acht Inches tiefer und vier Fuß über dem Boden befestigte ich ein anderes Gestell, das jedoch aus einem dünnen Brett bestand, dem einzigen Stück Holz, das ich besaß. Auf dieses letztere Brett, genau unter den einen Rand des Fäßchens stellte ich einen kleinen irdenen Krug. Nun bohrte ich genau über dem Krug in die eine Stirnwand des Fäßchens ein Loch, in das ich ein Stück Holz von konischer Form steckte. Diesen Stöpsel steckte ich hinein und zog ihn wieder hinaus, bis er gerade so fest saß, daß das Wasser, das aus dem Loch in den Krug tröpfelte, diesen in einem Zeitraum von etwa sechzig Minuten bis an den Rand füllen mußte. Das konnte man schnell überprüfen, indem man feststellte, welcher Bruchteil des Kruges in einer gegebenen Zeit angefüllt wurde. Nach all diesen Vorbereitungen kann es über den Rest meines Planes kaum mehr einen Zweifel geben. Ich richtete mir meine Liegestatt im Korb so ein, daß sich mein Kopf genau unter dem Schnabel des Kruges befand. Es war klar, daß der Krug sich im Verlauf einer Stunde füllen und dann überlaufen würde, und zwar genau beim Schnabel, der etwas tiefer lag als der übrige Rand. Es war auch klar, daß das Wasser, das dann aus einer Höhe von mehr als vier Fuß herabfiel, mir ins Gesicht tropfen und mich augenblicklich, selbst aus dem tiefsten Schlaf der Welt wecken würde.

Es war elf Uhr geworden, als ich mit diesen Vorbereitungen endlich fertig war, und ich begab mich, im vollen Vertrauen auf die Verläßlichkeit meiner Erfindung, zu Bett. Und ich wurde in dieser Hinsicht auch nicht enttäuscht. Alle sechzig Minuten wurde ich pünktlich von meinem treuen Chronometer aufgeweckt; und nachdem ich dann den Krug durch das Spundloch ins Faß zurückgeleert und meine Arbeit am Kondensator verrichtet hatte, legte ich mich wieder zu Bett. Diese regelmäßigen Unterbrechungen meines Schlafes verursachten mir weniger Unannehmlichkeiten, als ich erwartet hatte, und als ich schließlich am folgenden Tag endgültig aufstand, war es sieben Uhr, und die Sonne stand schon viele Grade über dem Horizont.

3. April: Ich stellte fest, daß sich der Ballon in großer Höhe befand. Die Konvexität der Erde war unerhört deutlich zu sehen. Unter mir im Ozean lag ein Haufen dunkler Punkte, welche zweifelsohne Inseln darstellten. Weit im Norden erkannte ich einen dünnen, weißen und außerordentlich hellen Strich oder Streifen am Rande des Horizonts, und ich vermutete, daß dies der südliche Rand des Polareismeeres sei. Das erregte meine Neugierde in höchstem Maße, da ich noch viel weiter nach Norden zu gelangen rechnete, so daß die Möglichkeit bestand, zu irgendeiner Zeit direkt über den Pol selbst zu kommen. Ich bedauerte nun, daß mir meine große Höhe in diesem Falle keinen so deutlichen Anblick gestattete, wie ich es wünschen konnte. Von vielem konnte ich mich jedoch überzeugen. Ansonsten ereignete sich an diesem Tag nichts außergewöhnliches. Meine Apparaturen befanden sich weiterhin in einem guten Zustand, und der Ballon stieg noch immer ohne irgendeine merkliche Erschütterung. Die Kälte war schneidend und zwang mich, mich fest in meinen Überrock einzuhüllen. Als es auf der Erde dunkel wurde, begab ich mich zu Bett, obwohl rund um mich noch heller Tag war. Die Wasseruhr erfüllte pünktlich ihre Pflicht, und ich schlief, abgesehen von den periodischen Unterbrechungen, sehr fest bis zum nächsten Morgen.

4. April: Erhob mich bei guter Gesundheit und in guter Stimmung und war erstaunt, über die seltsame Veränderung, die mit dem Meer vorgegangen war. Es hatte seine tiefblaue Färbung, die es bisher gezeigt hatte, verloren, und bot sich nun grauweiß, und blendend hell dem Auge dar. Die Inseln waren nicht mehr länger sichtbar; ob sie über den Horizont nach Süden verschwunden, oder ob sie wegen meiner vergrößerten Höhe nicht mehr zu sehen waren, kann ich unmöglich sagen. Ich neigte jedoch zu letzterer Ansicht. Der Eisstreifen im Norden wurde immer deutlicher. Die Kälte war keinesfalls mehr so intensiv. Es ereignete sich nichts von Bedeutung, und

ich verbrachte den Tag mit Lesen, ich hatte mich nämlich vorsorglich mit Büchern versehen.

5. April: Betrachtete das einzigartige Phänomen der aufgehenden Sonne, während noch beinahe die halbe sichtbare Oberfläche der Erde in Dunkelheit gehüllt war. Mit der Zeit jedoch breitete sich das Licht über die gesamte Erdfläche aus, und wieder sah ich die Eislinie im Norden. Sie war nun sehr deutlich, und zeigte eine viel dunklere Färbung als das Wasser des Ozeans. Es war augenscheinlich, daß ich mich ihr näherte, und das mit großer Geschwindigkeit. Ich bildete mir ein, im Osten und auch im Westen einen Streifen Land zu erkennen, bin jedoch nicht sicher. Das Wetter war mittelmäßig. Nichts irgendwie bedeutungsvolles ereignete sich während des Tages. Ich begab mich früh zu Bett.

6. April: Ich war überrascht, den Eisstreifen in sehr geringer Entfernung und ein riesiges Feld aus dem selben Material, das sich bis an den nördlichen Horizont erstreckte, zu sehen. Es war ersichtlich, daß ich, unter der Voraussetzung, daß der Ballon seinen Kurs hielt, bald über das Eismeer gelangen würde, und ich zweifelte nicht daran, den Pol selbst zu Gesicht zu bekommen. Während des ganzen Tages näherte ich mich andauernd dem Pol. Gegen Abend erweiterten sich die Grenzen meines Horizonts auf einmal ganz erheblich, was zweifelsohne darauf zurückzuführen war, daß ich mich den abgeplatteten Regionen der Erdkugel in der Gegend des Polarkreises näherte. Als mich schließlich die Dunkelheit erreichte, begab ich mich zu Bett, in großer Sorge, den Ort, für den ich soviel Interesse hegte, zu einer Zeit zu passieren, da ich keine Möglichkeit hatte, ihn zu beobachten.

7. April: Ich stand sehr zeitig auf und erblickte endlich ein Gebiet, das ich unzweifelhaft für den Nordpol selbst hielt. Er befand sich hier direkt unter meinen Füßen. Aber, ach, ich hatte jetzt eine solche Höhe erreicht, daß ich nichts genau erkennen konnte. Ja, wenn man aus den Daten der Höhenmessungen zu verschiedenen Zeiten zwischen dem 2. April 6 Uhr nachmittag und 20 Minuten vor neun Uhr abend am selben Tag (da das Barometer

seinen Meßbereich überschritten hatte) auf meine jetzige Höhe schließen wollte, konnte man ruhig annehmen, daß der Ballon nun am siebenten April um sieben Uhr morgen, eine Höhe von nicht weniger als 7254 Meilen über dem Meeresspiegel erreicht hatte. Diese Höhe mag immens erscheinen, die Schätzung aber, die dieses Ergebnis lieferte, blieb aller Wahrscheinlichkeit nach weit hinter der wahren Entfernung zurück. Auf alle Fälle sah ich jedoch den größeren Erddurchmesser; die gesamte nördliche Halbkugel lag wie eine Karte in orthographischer Projektion unter mir, und der Äquator selbst bildete die Grenzlinie meines Horizonts. Ihre Exzellenzen können sich jedoch leicht vorstellen, daß die bis dahin unerforschten Gebiete innerhalb des Polarkreises, obwohl sie sich direkt unter mir befanden und daher ganz unverkürzt gesehen werden konnten, dennoch verhältnismäßig zu klein erschienen und zu weit von meinem Standpunkt entfernt waren, als daß sie mir irgendeine genauere Untersuchung gestattet hätten. Nichtsdestoweniger war das, was ich erkennen konnte, höchst eigentümlich und interessant. Nördlich von dem riesigen vorhin erwähnten Eiswall, der, mit einigen Ausnahmen, als Grenze des von Menschen erforschten Gebietes angesprochen werden kann, dehnt sich eine ununterbrochene oder nahezu ununterbrochene Eisfläche. Am Rande ist ihre Oberfläche ziemlich abgeplattet, später zu einer Ebene zusammengedrückt und schließlich endet sie am Pol selbst in einer nicht wenig konkaven, kreisförmigen, scharf begrenzten Vertiefung, deren sichtbarer Durchmesser vom Ballon aus unter einem Winkel von etwa fünfundsechzig Sekunden erschien, und deren dunkle Färbung von wechselnder Intensität und jederzeit dunkler war als irgendein Punkt auf der sichtbaren Halbkugel, und zuweilen in tiefstes undurchdringlichstes Schwarz überging. Darüberhinaus gab es kaum etwas festzustellen. Um etwa zwölf Uhr hatte der Umfang des ringförmigen Zentrums bedeutend abgenommen, und etwa gegen sieben Uhr nachmittag hatte ich es vollkommen aus den Augen verloren, da der Ballon die westliche Eisgrenze passiert hatte und mit großer Geschwindigkeit in Richtung Äquator weiterflog.

8. April: Der Durchmesser der Erde erscheint bedeutend verkleinert, und es zeigt sich eine enorme Veränderung in ihrem gesamten Aussehen und ihrer Färbung. Die gesamte sichtbare Fläche zeigt eine blaßgelbe Färbung von verschiedener Intensität, und an verschiedenen Stellen hat sie eine solche Leuchtkraft angenommen, daß es den Augen weh tut. Mein Blick nach unten wurde auch durch dichte Wolken in der Nähe der Erdoberfläche, zwischen die hindurch ich nur hie und da einen Blick auf die Erde selbst werfen konnte, stark behindert. Diese Schwierigkeit hatte mir schon mehr oder weniger während der letzten achtundvierzig Stunden zu schaffen gemacht, aber meine gegenwärtige große Entfernung brachte die schwebenden Dunstkörper scheinbar noch näher zusammen, als sie wirklich waren, und diese Störung wurde naturgemäß umso stärker fühlbar, je größer die erreichte Höhe wurde. Nichtsdestoweniger konnte ich leicht erkennen, daß der Ballon nun über dem Gebiet der großen Seen des Kontinentes Nordamerika schwebte und einen Kurs südwärts hielt, der mich bald in die Tropen bringen würde. Dieser Umstand verfehlte nicht, mir größte Befriedigung zu verschaffen, und ich sah ihn als gutes Omen für den endgültigen Erfolg an. Die Richtung, der ich bisher gefolgt war, hatte mich mit Unruhe erfüllt, denn offensichtlich hätte ich, wenn ich sie noch viel länger eingehalten hätte, keine Möglichkeit mehr gehabt, den Mond zu erreichen, da seine Bahn mit der Ekliptik nur den kleinen Winkel von 5°8'48" einschließt.

9. April: Heute erschien der Erddurchmesser bedeutend verringert, und die Farbe der Erdoberfläche nahm von Stunde zu Stunde eine stärkere Gelbfärbung an. Der Ballon hielt beständig seinen Südkurs, und erreichte um neun Uhr abends das Nordende des Mexikanischen Golfes.

10. April: Heute wurde ich schon um fünf Uhr früh plötzlich durch ein furchtbar lautes, krachendes Geräusch, das ich mir auf keine Weise erklären konnte, aus dem Schlaf geweckt. Es war von sehr kurzer Dauer, doch

ließ es sich mit keinem mir bekannten irdischen Geräusch vergleichen. Es ist unnötig zu sagen, daß ich dadurch in unerhörte Aufregung geriet, da ich im ersten Augenblick glaubte, der Ballon berste. Ich untersuchte aufmerksam meine sämtlichen Vorrichtungen, konnte aber nichts entdecken, was irgendwie ungewöhnlich war. Ich verbrachte einen großen Teil des Tages damit, über dieses so außergewöhnliche Ereignis nachzudenken, konnte jedoch nicht die leiseste Erklärung dafür finden. Ich begab mich unbefriedigt und im Zustand höchster Besorgnis und Aufregung zu Bett.

11. April: Ich beobachtete eine verblüffende Verkleinerung des Erddurchmessers und gleichzeitig eine bedeutende nun zum erstenmal erkennbare Vergrößerung des Mondes, der in wenigen Tagen als Vollmond erscheinen mußte. Nun dauerte es lange und erforderte jedesmal bedeutende Anstrengung, die Luft in der Kabine so stark zu verdichten, wie es zum Leben erforderlich war.

12. April: Heute stellte ich eine eigenartige Veränderung in der Richtung des Ballons fest, die, obwohl ich sie genau vorausgesehen hatte, mir dennoch das größte Entzücken bereitete. Nachdem er in seinem früheren Kurs etwas über den zwanzigsten südlichen Breitengrad gelangt war, wandte er sich plötzlich in scharfem Winkel nach Osten und behielt diese Richtung den ganzen Tag hindurch bei, wobei er sich beinahe, wenn nicht ganz genau in der Fläche der Mondellipse bewegte. Bemerkenswerterweise zeigte sich als Folge dieser Richtungsänderung ein sehr deutlich wahrnehmbares Zittern der Gondel, das mehr oder minder stark, mehrere Stunden lang anhielt.

13. April: Heute wurde ich von neuem durch die Wiederholung jenes lauten, krachenden Geräusches, das mich schon am zehnten erschreckt hatte, in Aufregung versetzt. Ich dachte lange darüber nach, konnte aber zu keiner befriedigenden Erklärung gelangen. Große Abnahme des Erddurchmessers, der nun gegen den Ballon einen Winkel von nur wenig mehr als fünfundzwanzig Graden einschloß. Den Mond konnte ich überhaupt nicht

sehen, da er sich fast in meinem Zenith befand. Ich bewegte mich weiterhin in der Ellipsenfläche, doch wurde ich ein wenig nach Osten abgetrieben.

14. April: Außerordentlich rasche Abnahme des Erddurchmessers. Heute gewann ich den deutlichen Eindruck, daß sich der Ballon dem Punkt der Erdnähe des Mondes näherte, mit anderen Worten, er hielt denjenigen Kurs ein, auf dem ich unmittelbar den Mond in dem Punkte seiner Bahn erreichen würde, der die geringste Entfernung von der Erde aufweist. Der Mond selbst befand sich direkt über mir und war infolgedessen meinen Blicken entzogen. Zur Verdichtung der Atmosphäre war jedesmal angestrengte und langandauernde Arbeit erforderlich.

15. April: Nicht einmal die Umrisse von Land und See ließen sich heute auf der Erde deutlich erkennen. Etwa gegen zwölf Uhr nahm ich zum dritten Mal jenen besorgniserregenden Laut war, der mich vorher schon so verblüfft hatte. Nun dauerte er jedoch einige Sekunden lang an und nahm dabei noch an Intensität zu. Schließlich, während ich noch entsetzt und von Angst gelähmt in der Erwartung eines, ich weiß nicht wie entsetzlichen Endes dastand, erzitterte die Gondel in einer furchtbaren Erschütterung, während mit dem Lärm von tausend Donnern, heulend und dröhnend eine riesige glühende Masse, die ich nicht erkennen konnte, am Ballon vorbeisauste. Als meine Angst und Bestürzung mich wieder zum größten Teil verlassen hatten, gelangte ich mit Leichtigkeit zu der Annahme, daß es sich um einen mächtigen vulkanischen Gesteinsbrocken handelte, der von der Welt weggeschleudert wurde, der ich mich so rasend schnell näherte, und höchstwahrscheinlich dieser seltsamen Art von Substanzen zuzuzählen war, wie man sie bisweilen auf der Erde findet, und die man, aus Mangel einer besser zutreffenden Bezeichnung als Meteore bezeichnet.

16. April: Als ich heute, so gut ich konnte, durch jedes der drei Seitenfenster nach oben blickte, sah ich zu meiner großen Freude an jeder Stelle ein schmales Stück

der Mondscheibe über den Ballon hervorschauen. Meine Aufregung war enorm, denn ich zweifelte kaum daran, binnen kurzem an das Ende meiner gefahrvollen Reise zu gelangen. Wirklich war die Arbeit, die mir nun der Kondensator abverlangte, in beängstigendem Maße angestiegen und erlaubte mir kaum die geringste Erholungspause. Von Schlaf war gar keine Rede. Ich wurde richtiggehend krank, und ich zitterte am ganzen Körper vor Erschöpfung. Es war unmöglich, daß die menschliche Natur diese unerhörten Qualen noch länger erdulden konnte. Während der nunmehr kurzen Nachtzeit sauste in meiner Nähe wieder ein Meteorstein vorbei, und die Häufigkeit dieser Erscheinung verursachte mir große Besorgnis.

17. April: Dieser Morgen bedeutet einen Markstein meiner Reise. Man wird sich erinnern, daß die Erde am dreizehnten unter einem Winkel von fünfundzwanzig Grad zu sehen war. Am vierzehnten hatte sich dieser Winkel stark vermindert, am fünfzehnten war eine noch größere Verminderung beobachtbar, und, bevor ich mich am sechzehnten zur Nachtruhe begab, maß ich einen Winkel von nicht mehr als etwa sieben Grad und fünfzehn Minuten. Wie groß mußte daher meine Bestürzung sein, als ich am Morgen dieses Tages, dem siebzehnten, die Fläche unter mir so plötzlich und wunderbar vergrößert sah, daß sie nun unter einem Sehwinkel von nicht weniger als neununddreißig Grad erschien! Ich war wie vom Donner gerührt! Keine Worte können auch nur eine annähernde Vorstellung von dem grenzenlosen Schrecken und Erstaunen geben, das mich erfaßte und überwältigte. Meine Knie zitterten — ich klapperte mit den Zähnen und die Haare standen mir zu Berge. ‚Der Ballon ist also geplatzt!' das waren die ersten wirren Empfindungen, die mir durch das Hirn jagten: ‚Der Ballon ist geplatzt! — Ich falle, falle mit rasender, noch nie dagewesener Geschwindigkeit! Aus der unerhörten Entfernung zu schließen, die ich in solch kurzer Zeit durchmessen habe, kann es nicht mehr als zehn Minuten dauern, bis ich auf die

Erde aufschlage und zugrunde gehe!' Doch schließlich kam mir die ruhige Überlegung zu Hilfe. Ich sammelte mich, überlegte und begann meine Vermutung zu bezweifeln. Das war nun doch unmöglich. Auf keinen Fall hätte ich so schnell hinuntergelangen können. Und weiters, wenn ich auch offensichtlich der Fläche unter mir näher kam, war sie doch auf gar keinen Fall mit der Geschwindigkeit zu erreichen, die ich mir vorher so fürchterlich groß vorgestellt hatte. Diese Überlegung war dazu angetan, meine Aufregung zu besänftigen, und schließlich gelang es mir, die Erscheinung richtig zu deuten. In der Tat hätte mich die Aufregung ganz um den Verstand gebracht haben müssen, wenn ich nicht mehr imstande gewesen wäre, die unerhörte Verschiedenheit zwischen der Fläche unter mir und der Oberfläche der Mutter Erde zu bemerken. Die letztere befand sich genau mir zu Häupten und vom Ballon vollkommen verdeckt — und der Mond selbst war es, der in all seinem Glanz direkt unter meinen Füßen lag.

Die Verwirrung und das Erstaunen, das diese außergewöhnliche Änderung im Stand der Dinge bei mir hervorrief, war vielleicht nach all dem, was ich bisher erlebt hatte, das, was am wenigsten einer Erklärung bedurfte. Denn das ‚bouleversement' an sich war nicht nur selbstverständlich und unvermeidlich, sondern ich hatte es schon lange als einen Umstand vorausgesehen, der sich ereignen müßte, sobald ich genau jenen Punkt meines Weges erreicht haben würde, an dem die Anziehungskraft der Erde von der des Satelliten übertroffen werden würde — oder, genauer, die Stelle, an der die Wirkung der Anziehungskraft der Erde auf den Ballon weniger stark sein würde, als jene des Mondes. Auf jeden Fall war ich noch ganz benommen von dem tiefen Schlaf, aus dem ich erwacht war, als ich mich dem überraschenden Phänomen gegenübersah, mit dem ich, obwohl ich es an und für sich erwartet hatte, in jenem Augenblick ganz und gar nicht rechnete. Die Drehung des Ballons selbst mußte auf jeden Fall ganz langsam und allmählich stattgefunden haben, und es ist keineswegs erwiesen, daß ich sie, wenn ich zu jener Zeit wach gewesen wäre, durch irgendein Anzeichen — sei es durch ein unangenehmes Gefühl oder eine Veränderung an meinen Apparaten — ohne einen Blick nach außen, im Inneren der Gondel hätte bemerken können.

Es erübrigt sich zu sagen, daß, nachdem ich meine Geisteskräfte wiedererlangt und mich von meinem Schrekken erholt hatte, der meine Seele völlig in seinen Bann geschlagen hatte, meine Aufmerksamkeit vor allem der geologischen Beschaffenheit des Mondes galt. Er lag wie eine Karte unter mir — und obwohl er sich meiner Meinung nach noch in nicht unbeträchtlicher Entfernung befand, konnte ich die Konturen seiner Oberfläche deutlich unterscheiden, was mich sehr verblüffte, und was ich mir nicht zu erklären vermochte. Das Fehlen eines Meeres, ja sogar von Flüssen und Seen, oder irgendeiner Spur von Wasser fiel mir als das eigenartigste Kennzeichen seiner geologischen Erscheinung auf. Dennoch sah ich, wie seltsam mir diese Behauptung auch scheint, riesige ebene Flächen von entschieden alluvialem Charakter, jedoch war der weitaus größere Teil der sichtbaren Hemisphäre von unzähligen Vulkanen konischer Form bedeckt, die eher den Eindruck künstlich aufgerichteter als natürlicher Erhebungen machten. Der größte von ihnen erreicht keine größere Höhe als dreidreiviertel Meilen; aber eine Karte der Vulkanlandschaft von Campi Phlegräi würde Euren Exzellenzen eine bessere Vorstellung vom allgemeinen Landschaftscharakter geben als irgendeine unzureichende Beschreibung, die ich Ihnen zu vermitteln versuchte. Die meisten von ihnen waren offensichtlich tätig und gaben mir gefahrvolle Beweise ihrer wütenden Gewalt durch das wiederholte Vorbeidonnern der verwünschten Meteorsteine, welche nun in immer mehr besorgniserregender Häufigkeit am Ballon vorbeikamen.

28. April: Heute stellte ich eine unerhörte Vergrößerung

des Mondes fest — und die Geschwindigkeit meines Abstiegs begann mich zu alarmieren. Man wird sich erinnern, daß bei meinen frühesten Überlegungen bezüglich der Möglichkeit einer Mondreise, die Existenz einer Atmosphäre in seiner nächsten Umgebung, deren Dichte der Masse des Planeten entsprach, darin eine bedeutende Rolle gespielt hatte; dies sogar im Gegensatz zu vielen gegenteiligen Theorien, und wie man hinzufügen kann, im Gegensatz zu der allgemeinen Auffassung, daß es überhaupt keine Mondatmosphäre gebe. Aber ich wurde, zusätzlich zu den Erscheinungen bezüglich des Enckeschen Kometen und des Zodiakallichtes durch gewisse Beobachtungen eines Herrn Schroeter aus Lilienthal in meiner Meinung bestärkt. Er beobachtete den Mond zweieinhalb Tage nach Neumond am Abend nach Sonnenuntergang, ehe die dunkle Partie sichtbar war, und setzte seine Beobachtungen fort, bis auch dieser Teil sichtbar wurde. Die beiden Hörner schienen in eine sehr spitze feine Verlängerung auszulaufen, deren äußerstes Ende schwach von den Strahlen der Sonne beleuchtet schien, bevor irgendein Teil der dunklen Hemisphäre zu sehen war. Bald darauf wurde auch diese Fläche erleuchtet. Diese Verlängerung der Hörner über den Halbkreis hinaus war, dachte ich, auf die Brechung der Sonnenstrahlen durch die Mondatmosphäre zurückzuführen. Ich berechnete auch die Höhe dieser Atmosphäre (welche genug Licht in die dunklere Partie hineinbrechen konnte, um dort ein helleres Zwielicht zu erzeugen, als das Licht, das von der Erde reflektiert wird, wenn der Mond etwa 32° über Neumond ist) mit 1356 Pariser Fuß. Demzufolge nahm ich die größte Höhe, in der Sonnenstrahlen gebrochen werden konnten, mit 5376 Fuß an. Meine Gedankengänge in bezug auf diesen Gegenstand wurden auch bestärkt durch eine Stelle im zweiundachtzigsten Band der „Philosophischen Abhandlungen", wo die Feststellung getroffen wird, daß bei einer Verfinsterung der Trabanten Jupiters der dritte verschwand, nachdem er ein bis zwei Sekunden lang noch undeutlich sichtbar gewesen war, und der vierte in der Nähe des Randes sich nicht mehr erkennen ließ.*

Auf den Widerstand, oder besser gesagt, auf die Tragfähigkeit einer Atmosphäre von genügender Dichte hatte ich mich in bezug auf die Sicherheit meiner Landung verlassen. Sollte ich mich schließlich darin getäuscht finden, hatte ich als Ende meines Abenteuers nichts besseres zu erwarten, als an der zerklüfteten Oberfläche des Mondes in Atome zerschmettert zu werden? Und tatsächlich hatte ich nun alle Ursache, das ärgste zu befürchten. Meine Distanz vom Mond war verhältnismäßig klein, während sich die notwendige Arbeit am Kondensator ganz und gar nicht verringerte, und ich konnte von einer Zunahme der atmosphärischen Dichte nicht die geringste Spur entdecken.

19. April: Heute früh, etwa gegen neun Uhr, als die Mondoberfläche schon beängstigend nahe war und meine Befürchtungen auf das höchste angestiegen waren, gab die Pumpe des Kondensators zu meiner größten Freude endlich eindeutige Zeichen von einer Veränderung der Atmosphäre. Um zehn Uhr konnte ich mit gutem Grund annehmen, daß sich die Dichte derselben bedeutend vergrößert hatte. Um elf Uhr war am Kondensator nur mehr wenig Anstrengung vonnöten, und um zwölf Uhr ging ich etwas zögernd daran, das Drehkreuz an der Decke aufzuwinden, und da dies keine üblen Folgen zeitigte, öffnete ich schließlich die Gummihülle vollständig und entfernte sie von der Gondel. Wie zu erwarten waren

* Havelius schreibt, er habe bisweilen bei völlig klarem Himmel, wenn sogar Sterne der Helligkeit sechs und sieben sichtbar waren, gefunden, daß der Mond und seine Flecken bei der selben Höhe und bei gleicher Entfernung von der Erde mit ein und demselben hervorragenden Teleskop nicht immer gleich hell erschien. Aus den Umständen bei der Beobachtung läßt sich mit Bestimmtheit schließen, daß die Ursache dieses Phänomens weder in der Erdatmosphäre noch im Fernrohr oder im Mond selbst oder im Auge des Beschauers zu suchen ist, sondern in irgendetwas (einer Atmosphäre?), das den Mond umgibt.
Cassini beobachtete häufig, daß Saturn, Jupiter und die Fixsterne, wenn sie bei einer Verfinsterung in Mondnähe gelangten, ihre kreisförmige Gestalt in eine ovale veränderten, bei anderen Verfinsterungen stellte er überhaupt keine Gestaltsveränderung fest. Daraus kann man schließen, daß zu bestimmten Zeiten, und zu anderen wieder nicht, der Mond von einer dichten Materie umgeben ist, in der die Lichtstrahlen der Sterne gebrochen werden.

Krampfanfälle und heftige Kopfschmerzen die Folgen dieses voreiligen und gefahrvollen Experiments. Aber da diese ebenso wie die Atembeschwerden keinesfalls lebensgefährlich waren, beschloß ich, in der Hoffnung darauf, daß sie vollständig vergehen würden, sobald ich nur in dichtere Luftschichten nahe an der Mondoberfläche gelangen würde, sie zu ertragen so gut ich konnte. Aber immer noch näherte ich mich dieser mit rasender Geschwindigkeit; und bald gelangte ich zu der alarmierenden Gewißheit, daß ich zwar wahrscheinlich in der Annahme einer der Masse des Mondes entsprechenden Dichtigkeit nicht fehlgegangen war, doch daß ich mich verrechnet hatte, wenn ich annahm, daß diese Dichtigkeit sogar an der Oberfläche ausreichen würde, das große Gewicht meiner Gondel samt Inhalt zu tragen. Dennoch hätte dies in einem ähnlichen Maße wie auf der Erde der Fall sein müssen, vorausgesetzt, daß sich die Anziehungskräfte auf den beiden Planeten wie die Atmosphärendichtigkeiten verhielten. Daß dies nicht der Fall war, bewies mir meine sausende Fahrt nach abwärts zur Genüge. Wieso es nicht so war, das läßt sich nur durch einen Hinweis auf die möglichen geologischen Störungen erklären, auf die ich bereits hingewiesen habe. Auf alle Fälle befand ich mich nun dicht über dem Planeten und kam mit furchterregender Geschwindigkeit nieder. Dementsprechend verlor ich keinen Augenblick, um zuerst meinen Ballast, dann die Wasserfässer, meinen Kondensationsapparat und meine Gummihülle, und schließlich sämtliche Gegenstände, die sich in der Gondel befanden, über Bord zu werfen. Doch alles erwies sich als zwecklos. Noch immer fiel ich mit fürchterlicher Geschwindigkeit und war nun schon nicht mehr als eine halbe Meile vom Boden entfernt. Als letzten verzweifelten Versuch schnitt ich daher, nachdem ich mich schon meines Rockes, Hutes und der Stiefel entledigt hatte, die Gondel, die ein nicht unbeträchtliches Gewicht besaß, vom Ballon los, und so, mich mit beiden Händen am Netzwerk festklammernd, hatte ich kaum Zeit zu beobachten, daß das gesamte Land, so weit das Auge reichte, dicht mit winzigen Behausungen besät war, ehe ich kopfüber im Zentrum einer phantastisch aussehenden Stadt in der Mitte einer riesigen Menge häßlicher kleiner Menschen landete, von denen keiner sich nur die geringste Mühe gab, mir zu Hilfe zu kommen, sondern sie standen wie ein Pack Idioten einfältig grinsend um mich herum und blickten mich und den Ballon mit eingestemmten Armen mißtrauisch an. Verächtlich wandte ich mich von ihnen ab, und als ich nach oben nach der kürzlich und vielleicht für immer verlassenen Erde blickte, sah ich sie wie einen riesigen, matten kupfernen Schild von etwa zwei Grad Durchmesser unbeweglich oben am Himmel stehen, an einer ihrer Seiten mit einem halbmondförmigen wie Gold strahlenden Rand umgeben. Man konnte keine Spur von Land oder Wasser entdecken, und das ganze war von sich ändernden Flecken bewölkt und mit tropischen und äquatorialen Zonen umgürtet.

Solcherart hatte ich also, wie Eure Exzellenzen zur Kenntnis nehmen wollen, nach einer Reihe großer Ängste, beispielloser Gefahren und nach einzig dastehenden Errettungen daraus, schließlich am neunzehnten Tag nach meiner Abreise von Rotterdam sicher das Ziel einer Reise, der zweifelsohne an Ungewöhnlichkeit und Bedeutung keine zweite gleichkommt, die je von einem Menschen ersonnen oder durchgeführt wurde, erreicht. Nun bleiben mir aber noch meine Erlebnisse zu erzählen. Und Eure Exzellenzen werden sich bestimmt vorstellen können, daß ich nach einem Aufenthalt von fünf Jahren auf einem Planeten, der nicht allein wegen seiner Eigenart interessant ist, sondern mehr noch, weil er als Trabant in besonders naher Beziehung zur Menschenwelt steht, der staatlichen Astronomischen Hochschule Nachrichten zu überbringen habe, die noch weit bedeutungsvoller sind als die Erfahrungen die ich lediglich während meiner glücklich beendeten Reise — so wunderbar diese auch war, gesammelt hatte. Und wirklich ist es so. Es gibt vieles — ungemein vieles, das ich mit dem größten Vergnügen berichten würde. Ich weiß über die klimatischen Verhältnisse auf diesem Planeten zu erzählen, von seinem wunderbaren Wechsel von Hitze und Kälte, von dem ununterbrochenen brennenden Sonnenschein vierzehn Tage hindurch und der den Polarfrost übertreffenden Kälte während der nächsten vierzehn Tage; von einer beständigen Feuchtigkeitsübertragung durch Destillation, genau so wie im Vakuum, von dem Punkt unter der Sonne bis zu dem von ihr entferntesten; von einer wechselnden Zone mit laufendem Wasser; von der Bevölkerung selbst, ihren Sitten, Gebräuchen und politischen Einrichtungen; von ihrem eigenartigen Körperbau; ihrer Häßlichkeit, ihrem Mangel an Ohren, die in jener eigenartigen Atmosphäre nutzlose Anhängsel wären, und der daraus sich ergebenden Unkenntnis der Sprache; von ihrem Ersatz der Sprache durch eine seltsame Methode gegenseitiger Verständigung; von der unbegreiflichen Beziehung, die zwischen jedem Mondbewohner und irgendeinem Einzelindividuum auf der Erde besteht — eine Beziehung analog der Beziehung, die zwischen den Bahnen der Planeten und ihrer Satelliten besteht, und durch welche das Leben und die Schicksale der Bewohner des einen Himmelskörpers mit dem Leben und dem Geschick der Einwohner des anderen verwoben sind; und vor allem, wenn Eure Exzellenzen gestatten — vor allem von jenen dunklen und schrecklichen Geheimnissen, die in den entfernteren Mondregionen verborgen liegen — Regionen, die wegen der geradezu ans Wunder grenzenden Übereinstimmung der Drehung des Satelliten um seine eigene Achse mit seiner Sideraldrehung um die Erde bis jetzt niemals dem forschenden Teleskop des Menschen zugewandt waren und es durch Gottes Gnade hoffentlich auch niemals werden. All dies und noch viel mehr würde ich gerne erzählen. Aber, um es kurz zu machen, ich muß meinen Lohn haben. Ich brenne vor Verlangen, zu meiner Familie und meinem Heim zurückzukehren; und als Lohn für irgendeine weitere Nachricht von meiner Seite — und im Hinblick darauf, daß es möglich ist, viele Gebiete der physikalischen und metaphysischen Wissenschaft zu erhellen — muß ich mir die Hilfe des Einflusses Ihrer ehrenwerten Persönlichkeiten erbitten, um die Verzeihung für das Verbrechen zu erlangen, dessen ich mich durch die Ermordung meiner Gläubiger bei meiner Abreise von Rotterdam schuldig gemacht habe. Das ist also der Zweck des vorliegenden Briefes. Sein Überbringer, ein Mondbewohner, den ich dazu bewogen und genau instruiert habe, meine Botschaft zur Erde zu bringen, wird den Beschluß Eurer Exzellenzen abwarten und mit dem bewußten Pardon zu mir zurückkehren, wenn er auf irgendeine Weise erteilt werden kann.

Ich habe die Ehre usw ... und verbleibe Eurer Exzellenzen untertänigster Diener,

Hans Phaall."

Nachdem sie mit dem Durchlesen dieses außergewöhnlichen Dokumentes fertig waren, so wird erzählt, ließ Professor Rub-a-dub seine Pfeife zu Boden fallen, so groß war seine Verblüffung, und Mynheer Superbus Von Underduk nahm seine Brille ab, putzte sie und steckte sie ein, und beide vergaßen so weit auf ihre Würde, daß sie sich dreimal auf der Ferse umdrehten. Es gab keinen Zweifel darüber — der Pardon sollte erteilt werden. So schwor es sich zumindest Professor Rub-a-dub, und so dachte es sich schließlich auch der berühmte Von Underduk, als er den Arm seines Bruders in der Wissenschaft ergriff, und ohne ein Wort seine Schritte, wie es ihm das beste schien, heimwärts lenkte. Als sie jedoch die Schwelle des bürgermeisterlichen Hauses erreicht hatten, äußerte der Professor die Vermutung, daß der Botschafter es vorgezogen hatte, zu verschwinden — ohne Zweifel zu Tode erschrocken durch das wilde Aussehen der Bürger von Rotterdam — und daß der Pardon wenig nützen würde, da kaum jemand anderer als ein Mondbewohner diese weite Reise unternehmen würde. Der Bürgermeister pflichtete dieser Überlegung bei, und die Angelegenheit war damit also zu Ende. Nicht desgleichen jedoch Gerüchte und Spekulationen. Der Brief bildete, nachdem er veröffentlicht worden war, die Quelle vielen Geschwätzes und der verschiedensten Meinungen. Einige der Übergescheiten machten sich sogar darüber lustig, indem sie die ganze Angelegenheit für nichts besseres als einen Scherz erklärten. Aber der Ausdruck Scherz wird von diesen Leuten, wie ich vermute, für alles verwendet, was über ihren Verstand hinausgeht. Ich für meinen Teil kann nicht begreifen, worauf sich ihre Behauptung gründet. Aber wir wollen sehen, was sie behaupten:

Erstens: daß gewisse Spaßvögel in Rotterdam gewisse Antipathien gewissen Bürgermeistern und Astronomen gegenüber empfinden.

Aber man soll gar nicht darauf hören.

Zweitens: daß ein verwachsener kleiner Zwerg, ein Taschenspieler, dem für irgendein Vergehen beide Ohren ganz dicht am Kopf abgeschnitten worden waren, schon seit einigen Tagen in der Nachbarstadt Bruges vermißt wird.

Na gut — was sagt das schon?

Drittens: daß die Zeitungen, mit denen der kleine Ballon über und über beklebt war, holländische Zeitungen waren, und daher nicht am Mond gedruckt worden sein konnten. Es waren schmutzige Zeitungen — sehr schmutzige sogar — und Gluck, der Drucker, würde einen biblischen Eid darauf schwören, daß sie in Rotterdam gedruckt worden waren.

Er hat sich geirrt, ganz ohne Zweifel.

Viertens: Hans Phaall selbst, der Trunkenbold und die drei nichtsnutzigen Faulpelze, die er als seine Gläubiger bezeichnete, waren nicht länger als vor drei Tagen in einem Wirtshaus in der Vorstadt gesehen worden, nachdem sie gerade, mit Geld in der Tasche, von einer Reise über das große Wasser zurückgekommen waren.

Glaubt es nicht — glaubt kein einziges Wort davon.

Letztlich: daß allgemein die Meinung herrscht, oder zumindest herrschen soll, daß die Astronomische Hochschule in Rotterdam, genau so wie alle anderen astronomischen Hochschulen in allen übrigen Teilen der Welt — von den Hochschulen und Astronomen im allgemeinen gar nicht zu reden — nicht eine Spur besser, größer oder weiser sind, als sie sein sollten.

HOPP-FROSCH ODER DIE SIEBEN GEFESSELTEN ORANG-UTANS

Ich habe nie jemanden gekannt, der soviel für Späße übrig hatte, wie der König. Er schien nur zum scherzen auf der Welt zu sein. Eine gute spaßige Geschichte gut zu erzählen war der sicherste Weg, sein Wohlwollen zu gewinnen. So kam es, daß alle seine sieben Minister als großartige Spaßmacher bekannt waren. Sie waren auch sonst dem König nachgeraten, indem sie große, korpulente und fette Männer waren, so wie alle hervorragenden Spaßmacher. Ob die Leute durch das Scherzen fett werden, oder ob fette Leute besondere Veranlagung zum spaßen haben, konnte ich nie ganz genau feststellen; aber es ist sicher, daß ein magerer Spaßmacher ein „rara avis in terris" ist.

Um die Feinheit, oder wie er diese nannte, den „Geist" des Witzes, kümmerte sich der König wenig. Er zollte vor allem der Breite eines Scherzes Bewunderung, und ihretwillen ließ er sich oft auch die Länge gefallen. Übertriebene Spitzfindigkeiten langweilten ihn. Er würde Rabelais' „Gargantua" dem „Zadig" Voltaires vorgezogen haben, und alles in allem gefiel ihm die Ausführung eines Spaßes viel besser, als nur die Erzählung eines solchen.

Zur Zeit, in der meine Geschichte spielt, waren berufsmäßige Spaßmacher bei Hof noch nicht ganz aus der Mode gekommen. Einige kontinentale „Großmächte" hielten weiterhin ihre „Narren", welche ein buntscheckiges Kleid mit einer Schellenkappe trugen und die als Dank für die Krumen, die ihnen vom königlichen Tische zufielen, jeden Augenblick zu lustigen Scherzen aufgelegt sein mußten.

Unser König hatte selbstredend auch seinen Narren. Tatsache ist, daß er irgendetwas närrisches in seiner Umgebung brauchte — wenn vielleicht auch nur als

Gegengewicht gegen die unerhörte Weisheit der sieben Männer, die seine Minister waren — von ihm selbst gar nicht zu reden.

Sein Narr oder berufsmäßiger Spaßmacher, war jedoch nicht nur ein Narr. Sein Wert wurde in den Augen des Königs dadurch verdreifacht, daß er dazu noch ein Zwerg und ein Krüppel war. Zwerge waren zu jener Zeit bei Hof als Narren üblich, und viele Monarchen würden es schwer gefunden haben, ihre Tage — die Tage bei Hof dauern länger als die Tage anderswo — ohne einen Spaßmacher, mit dem sie lachen konnten, und ohne einen Zwerg, über den sie lachen konnten, zu verbringen. Aber wie ich schon bemerkt habe, sind in neunundneunzig von hundert Fällen ihre Spaßmacher fett, rund und schwerfällig — so daß der König nicht wenig Ursache hatte, sich dazu zu gratulieren, in Hopp-Frosch — dies war der Name des Narren — einen dreifachen Schatz zu besitzen.

Ich halte es für unwahrscheinlich, daß man dem Zwerg den Namen „Hopp-Frosch" bei seiner Taufe gegeben hat, aber er wurde ihm, durch einen allgemeinen Beschluß der Minister, auf Grund seiner Unfähigkeit, sich auf gleiche Weise wie andere Menschen fortzubewegen, verliehen. Hopp-Frosch konnte sich nur durch eine besondere Gangart vorwärtsbewegen — eine Art Mittelweg zwischen Hüpfen und Hin- und Herschnellen des Körpers — eine Bewegung, welche dem König grenzenloses Vergnügen und Trost bereitete, der selbst — ungeachtet seines hervorstehenden Bauches und seines aufgedunsenen Kopfes — beim ganzen Hof für eine äußerst vornehme Erscheinung galt.

Aber obwohl sich Hopp-Frosch wegen der Mißbildung seiner Beine nur unter großen Mühen und Schwierigkeiten den Boden entlang bewegen konnte, ermöglichte es ihm die ungeheure Muskelkraft, mit der die Natur seine Arme ausgestattet hatte, sozusagen als Ausgleich für die Unzulänglichkeit der unteren Gliedmaßen, große Geschicklichkeit zu zeigen, wenn es darum ging, an Bäumen, Seilen oder anderen Dingen herumzuklettern. Dabei wies er ganz entschieden mehr Ähnlichkeit mit einem

Eichhörnchen oder einem kleinen Affen, als mit einem Frosch auf.

Ich kann nicht mit Bestimmtheit sagen, aus welchem Lande Hopp-Frosch stammte. Es war jedoch sicher irgendeine unkultivierte Gegend, von der kein Mensch je gehört hatte — weit entfernt vom Hofe des Königs. Hopp-Frosch und ein junges Mädchen, nicht viel größer als er, jedoch wohlproportioniert und eine wunderbare Tänzerin, waren gewaltsam aus ihrer Heimat in eine Nachbarprovinz gebracht und dem König von einem seiner allzeit siegreichen Generale zum Geschenk gemacht worden.

Unter diesen Umständen ist es nicht verwunderlich, daß sich zwischen den beiden kleinen Gefangenen eine innige Vertraulichkeit entwickelte. Wirklich wurden sie bald geschworene Freunde. Hopp-Frosch, der, obwohl er viel zur Belustigung beitrug, keineswegs beliebt war, war nicht in der Lage, Trippetta große Dienste zu erweisen, sie aber wurde — obwohl eine Zwergin — wegen ihrer Anmut und außerordentlichen Schönheit von allen bewundert und verzärtelt. So hatte sie großen Einfluß, und sie ließ es sich nie entgehen, diesen, wo immer sie konnte, zum Wohle von Hopp-Frosch zu benützen.

Anläßlich irgendeines großen Staatsereignisses — ich habe vergessen, um welches es sich handelte — beschloß der König, ein Maskenfest zu veranstalten, und immer wenn es am Hof ein Maskenfest oder etwas ähnliches gab, wurden die Talente sowohl von Hopp-Frosch als auch von Trippetta in Anspruch genommen. Besonders Hopp-Frosch war so erfinderisch in der Zusammenstellung von Festzügen und beim Entwerfen von neuen Masken und Kostümen, daß es schien, als könnte ohne seine Hilfe ein Maskenball überhaupt nicht stattfinden.

Die Festnacht war gekommen. Eine prachtvolle Halle war unter der Leitung Trippettas mit allem erdenklichen ausgeschmückt worden, was einem Maskenfest Glanz geben konnte. Der ganze Hof war in fiebernder Erwartung. Man darf mit Recht vermuten, daß jeder in bezug auf Kostüme und Masken schon seine Entscheidung getroffen hatte. Viele hatten ihren Entschluß, in welcher

Verkleidung sie auftreten wollten, schon eine Woche oder gar einen Monat vorher gefaßt, und in der Tat gab es bei niemandem noch eine Spur von Unschlüssigkeit — ausgenommen im Falle des Königs und seiner sieben Minister. Wieso diese noch zögerten, könnte ich nicht sagen, es sei denn, daß dies ein Spaß für sich sein sollte. Es ist jedoch eher anzunehmen, daß sie es wegen ihrer Fettleibigkeit schwer fanden, zu einem Entschluß zu kommen. Auf jeden Fall eilte die Zeit dahin, und als letzten Ausweg sandten sie nach Trippetta und Hopp-Frosch.

Als die beiden Freunde der Aufforderung des Königs nachkamen, fanden sie ihn mit seinen sieben Kabinettsmitgliedern bei seinem Wein sitzen, aber der Monarch schien sehr schlechter Laune zu sein. Er wußte, daß Hopp-Frosch kein Freund des Weines war, denn er erregte den armen Krüppel immer bis zum Wahnsinn, und Wahnsinn ist kein angenehmes Gefühl. Aber der König liebte seine Scherze und es machte ihm Spaß, Hopp-Frosch zum trinken zu zwingen, damit er — wie es der König nannte — lustig sei.

„Komm her, Hopp-Frosch", sagte er, als der Spaßmacher und seine Freundin ins Zimmer traten, „leere dieses volle Glas auf die Gesundheit deiner abwesenden Freunde" — hier seufzte Hopp-Frosch — „und dann laß uns die Gnade deiner Erfindungsgabe zuteil werden. Wir brauchen Rollen — Rollen, Bursche — irgendetwas neues — etwas außerhalb des gewohnten. Wir sind des ewigen Einerleis müde. Komm, trink! Der Wein wird dein Hirn erleuchten."

Hopp-Frosch bemühte sich, wie gewöhnlich, auf diese Herablassung des Königs mit einem Scherz zu antworten, aber die Anstrengung war zu groß. Dieser Tag war gerade der Geburtstag des armen Zwerges, und der Befehl, auf seine „abwesenden Freunde" zu trinken, zwang ihm die Tränen in die Augen. Viele große, bittere Tropfen fielen in den Becher, als er ihn unterwürfig aus der Hand des Tyrannen entgegennahm.

„Ah! ha! ha! ha!" brüllte der König, als der Zwerg widerwillig den Becher leerte. „Seht einmal, was ein

Glas guten Weines alles machen kann! Sieh, deine Augen glänzen schon!"

Armer Kerl! Seine großen Augen glühten eher, als daß sie glänzten, denn die Wirkung des Weines auf sein erregbares Hirn zeigte sich ebenso rasch, wie sie stark war. Er stellte das Gefäß erregt auf den Tisch und sah sich mit halb wahnsinnigen Blicken in der Gesellschaft um. Alle schienen sie vom Erfolg des königlichen „Spaßes" in höchstem Maße entzückt.

„Und nun an die Arbeit", sagte der Premierminister, ein äußerst wohlbeleibter Mann.

„Jawohl", sagte der König, „komm, Hopp-Frosch, leihe uns deine Unterstützung. Masken, mein guter Freund; wir brauchen dringend Masken — wir alle — ha! ha! ha!" und da dies für einen Scherz gehalten wurde, lachten die sieben im Chor. Hopp-Frosch lachte ebenfalls, jedoch schwach und ein wenig gequält.

„Komm, komm", sagte der König ungeduldig, „hast du keinen passenden Vorschlag?"

„Ich bemühe mich, irgendetwas neues auszudenken", antwortete der Zwerg geistesabwesend, denn er war vom Weine überwältigt.

„Du bemühst dich!" schrie der Tyrann wütend, „was soll das heißen? Ah, ich erkenne, du bist verdrießlich, und brauchst mehr Wein. Hier, trink das aus!" Damit goß er einen zweiten Becher voll und reichte ihn dem Krüppel, der ihn nur anblickte und nach Luft schnappte.

„Trink, sage ich!" schrie der Unhold, „oder beim Teufel —"

Der Zwerg zögerte. Der König wurde rot vor Zorn. Die Höflinge schmunzelten. Trippetta näherte sich leichenblaß dem König, und flehte ihn an, indem sie sich auf die Knie warf, ihren Freund zu schonen.

Der Tyrann war einige Minuten lang offensichtlich über ihre Kühnheit verblüfft. Er schien in großer Verlegenheit, was er tun oder sagen sollte, um seinem Zorn schicklich Ausdruck zu geben. Schließlich stieß er sie, ohne ein Wort zu sagen, heftig von sich und goß ihr den Inhalt des vollen Bechers ins Gesicht.

Das arme Mädchen stand mühselig auf und setzte sich wieder, ohne einen Seufzer zu wagen, auf ihren Platz am Fuße des Tisches.

Eine halbe Minute lang herrschte Totenstille, daß man ein Blatt oder eine Feder hätte zu Boden fallen hören. Sie wurde schließlich durch einen leisen, jedoch scharfen und langanhaltenden knirschenden Laut unterbrochen, der plötzlich aus allen Ecken des Zimmers hervorzukommen schien.

„Weshalb — weshalb — warum machst du dieses Geräusch?" herrschte der König wütend den Zwerg an.

Der letztere schien sich von seiner Trunkenheit fast ganz erholt zu haben. Dem Tyrannen fest, jedoch ruhig ins Auge blickend, sagte er bloß:

„Ich — ich? Wie könnte ich es gewesen sein?"

„Das Geräusch schien von außen zu kommen", bemerkte einer der Höflinge. „Ich denke, daß der Papagei am Fenster mit seinem Schnabel an den Stäben des Käfigs gewetzt hat."

„Kann sein", antwortete der Monarch in einem Ton, als wäre er durch diese Vorstellung sehr erleichtert. „Aber bei meiner Ritterehre, ich hätte schwören können, daß es das Zähneknirschen dieses Vagabunden war."

Da lachte der Zwerg — der König war ein zu begeisterter Spaßmacher, als daß er irgendjemandem sein Lachen verübelt hätte — und ließ eine Reihe großer, kräftiger und abstoßend wirkender Zähne blicken. Darüberhinaus ließ er seine völlige Bereitwilligkeit erkennen, so viel Wein zu trinken, wie man nur wünschte. Der Monarch war zufrieden, und nachdem Hopp-Frosch noch einen Becher ohne erkenntliche üble Wirkung geleert hatte, begann er sogleich mit Eifer sich mit Plänen für die Maskerade zu beschäftigen.

„Ich kann nicht sagen, auf welche Weise mir gerade jetzt die Idee kam", bemerkte er so ruhig, als hätte er nie in seinem Leben Wein auch nur angerührt, „aber gerade nachdem Eure Majestät das Mädchen weggestoßen und den Wein in ihr Gesicht geschüttet hatten — gerade nachdem Eure Majestät dies getan hatten, und während der Papagei jenes seltsame Geräusch hervorbrachte, fiel mir ein großartiger Spaß ein, einer der Streiche, die in meiner Heimat üblich sind, und der bei unseren Maskenfesten oft gemacht wird. Hier jedoch wird er neu sein. Leider braucht man dazu acht Leute und —"

„Das sind wir ja!" rief der König, erfreut darüber, daß er die Übereinstimmung der Zahl so rasch entdeckt hatte, „gerade acht — ich und meine sieben Minister. Komm! Wie schaut dein Spaß aus?"

„Wir nennen ihn", antwortete der Krüppel, „die sieben zusammengeketteten Orang-Utans, und er ist wirklich ausgezeichnet, wenn er gut gemacht wird."

„Wir werden ihn machen", bemerkte der König mit schweren Augenlidern aufsehend.

„Das beste dieses Spiels", fuhr Hopp-Frosch fort, „liegt in dem Entsetzen, das es bei den Frauen hervorruft."

„Ausgezeichnet!" brüllten der Monarch und seine Minister im Chor.

„Ich werde Sie als Orang-Utans verkleiden", führte der Zwerg weiter aus, „überlassen Sie dies alles mir. Die Ähnlichkeit wird so frappant sein, daß die gesamte maskierte Gesellschaft Sie für wirkliche Untiere halten wird — und sie werden natürlich genau so erschreckt wie erstaunt sein."

„Oh, das ist hervorragend!" rief der König aus. „Hopp-Frosch! Ich werde einen Mann aus dir machen!"

„Die Ketten dienen dazu, um durch ihr Klirren die Verwirrung noch zu steigern. Man wird vermuten, daß sie ihren Wächtern en masse entkommen sind. Eure Majestät können sich gar nicht vorstellen, welche Wirkung acht verkleidete Orang-Utans, die von den meisten der Gesellschaft für wirkliche gehalten werden und die wild schreiend in die Menge der vornehm und prachtvoll gekleideten Herren und Damen hineinstürzen, hervorrufen werden. Der Gegensatz wird unnachahmlich sein."

„Wir müssen es machen", sagte der König, und der Rat erhob sich schnell, denn es war schon spät, um mit der Durchführung des Planes zu beginnen.

Seine Methode, die Gesellschaft in Orang-Utans zu verkleiden war äußerst einfach, aber wirkungsvoll genug für seine Zwecke. Die fraglichen Tiere waren zur Zeit meiner Geschichte in der zivilisierten Welt kaum gesehen worden; und da die vom Zwerge vorgenommene Verkleidung genügend Ähnlichkeit mit wilden Tieren aufwies und auch noch viel schrecklicher anzusehen war, war ihre naturgetreue Wirkung mehr als gesichert.

Der König und seine Minister wurden zuerst in enganliegende baumwollene Hemden und Unterhosen gesteckt. Dann wurden diese mit Teer bestrichen. Als man soweit gekommen war, schlug einer von der Gesellschaft Federn vor, aber dieser Vorschlag wurde vom Zwerg verworfen, der die acht durch einen Versuch bald davon überzeugte, daß sich das Haar solch eines Ungeheuers wie des Orang-Utans viel wirksamer durch Flachs darstellen ließ. Dementsprechend wurde eine dicke Schicht davon auf der Teerschicht festgeklebt. Nun verschaffte man sich eine lange Kette. Zuerst wurde sie um den Leib des Königs gelegt und festgebunden, dann um ein anderes Mitglied der Gesellschaft, bei dem sie ebenfalls festgebunden wurde, und nach und nach verfuhr er mit allen übrigen auf dieselbe Weise. Nachdem also alle angekettet waren und so weit voneinander entfernt standen, als möglich, bildeten sie einen Kreis; und um das gesamte Bild naturgetreu zu machen, zog Hopp-Frosch den Rest der Kette zweimal diametral im rechten Winkel durch den Kreis, nach der Art, die noch am heutigen Tage bei der Fesselung von Schimpansen oder anderen großen Affen in Borneo angewandt wird.

Der große Saal, in dem die Maskerade stattfinden sollte, war ein kreisförmiger sehr hoher Raum, der bei Tag das Licht nur durch ein einziges Fenster an der höchsten Stelle des Deckengewölbes empfing. Bei Nacht — zu jener Zeit also, für die der Saal in erster Linie bestimmt war — wurde er ausschließlich von einem großen Luster erhellt, der an einer Kette von der Mitte des Kuppelfensters herabhing und wie üblich mittels eines Gegengewichtes herabgelassen oder emporgezogen werden konnte; aber dieses letztere befand sich, des besseren Aussehens wegen, außerhalb der Kuppel über dem Dach.

Die Ausschmückung des Saales hatte man Trippettas Oberaufsicht überlassen, in einigen Einzelheiten aber hatte sie sich von der besonnenen Meinung ihres Freundes, des Zwerges, leiten lassen. Auf seinen Rat wurde bei dieser Gelegenheit der Kronleuchter entfernt. Die Wachstropfen, die wegen des warmen Wetters nicht zu vermeiden gewesen wären, hätten der wertvollen Kleidung der Gäste sehr geschadet, da man wegen der Überfüllung des Salons nicht erwarten konnte, daß sich alle seinem Zentrum fernhalten würden, das heißt, von dem Raum unter dem Leuchter. Es wurden an verschiedenen Stellen des Raumes zusätzlich Wandleuchter befestigt, und eine Fackel, die einen angenehmen Duft aussandte, wurde jeder der insgesamt fünfzig bis sechzig Karyatiden, welche an der Wand standen, in die Hand gegeben.

Die acht Orang-Utans warteten der Anweisung Hopp-Froschens gemäß geduldig bis Mitternacht, da der Saal voll mit Masken sein würde, bevor sie in Erscheinung traten. Kaum hatte die Glocke zu schlagen begonnen, als sie alle zusammen hineinstürzten, oder vielmehr rollten — denn die hinderlichen Ketten brachten es mit sich, daß die meisten von ihnen herfielen und schließlich alle stolperten, als sie eintraten.

Die Aufregung unter der maskierten Menge war ungeheuer und erfüllte das Herz des Königs mit Entzücken. Wie vorausgesagt, gab es nicht wenige unter den Gästen, die die wildaussehenden Kreaturen für irgendwelche wirkliche Bestien, wenn auch nicht gerade für Orang-Utans hielten. Viele der Frauen wurden vor Schreck ohnmächtig, und hätte der König nicht die Vorsichtsmaßregel, keine Waffen im Salon zu dulden, getroffen, hätte seine Gesellschaft ihren Scherz sehr bald mit ihrem Blut gebüßt. So aber gab es einen allgemeinen Sturm auf die Türen. Der König aber hatte angeordnet, daß sie unmittelbar nach seinem Eintritt geschlossen würden, und einem Rat des Zwerges gemäß, waren diesem die Schlüssel anvertraut worden.

Als der Tumult seinen Höhepunkt erreicht hatte und jeder der Maskierten nur auf seine eigene Rettung bedacht war — denn es war in der Tat durch das Drängen der aufgeregten Menge sehr gefährlich geworden — hätte man sehen können, wie die Kette, an der der Kronleuchter normalerweise hing und die nach seiner Entfernung aufgezogen worden war, sich langsam senkte, bis der Haken am Ende derselben nur mehr drei Fuß über dem Boden hing.

Bald darauf befanden sich endlich der König und seine sieben Freunde, nachdem sie den Saal in allen Richtungen durchtaumelt hatten, in dessen Mitte und natürlich in unmittelbarer Berührung mit der Kette. Während sie dort standen, ergriff der Zwerg, der ihnen unermüdlich auf den Fersen gefolgt war und sie zu immer wilderem Benehmen aufgestachelt hatte, ihre Kette an der Stelle, wo sie sich diametral kreuzte. Blitzartig hängte er hier den Haken, an dem sonst der Luster hing, ein. Und augenblicklich wurde die Leuchterkette durch irgendeine unsichtbare Macht so weit nach oben gezogen, um den Haken außer Reichweite zu bringen und gleichzeitig die Orang-Utans so nahe zusammenzureißen, daß sie Gesicht an Gesicht einander gegenüberstanden.

Zu dieser Zeit hatte sich die Maskengesellschaft fast völlig von ihrer Angst erholt. Und da sie das ganze als einen wohlvorbereiteten Scherz anzusehen begannen, stießen sie über den Anblick der Affen ein lautes Gelächter aus.

„Laßt sie mir!" kreischte nun Hopp-Frosch mit seiner schrillen Stimme, die mit Leichtigkeit durch all den Lärm zu hören war. „Laßt sie mir. Ich denke, ich kenne sie. Wenn ich sie nur einmal genau anschauen könnte, könnte ich euch gleich sagen, wer sie sind."

Über die Köpfe der Menge hinwegkriechend, erreichte er die Wand. Nachdem er von einer der Karyatiden eine Fackel genommen hatte, kehrte er, wie er gekommen war, zur Mitte des Raumes zurück und hüpfte behend wie ein Affe auf den Kopf des Königs und kletterte von dort ein paar Fuß an der Kette hoch, hielt die Fackel nach abwärts, um die Gruppe der Orang-Utans zu untersuchen, wobei er noch immer schrie: „Ich werde bald herausbekommen, wer sie sind!"

Und nun, während alle Versammelten — die Affen inbegriffen — vor Lachen geschüttelt wurden, stieß der Spaßvogel einen schrillen Pfiff aus, worauf die Kette heftig etwa dreißig Fuß emporflog — die erschreckten und um sich schlagenden Orang-Utans mit sich zog und sie mitten zwischen Kuppelfenster und Fußboden hängen ließ. Hopp-Frosch, der sich, während sie sich nach aufwärts bewegte, an der Kette festgeklammert hatte, blieb in seiner Stellung und hielt noch immer — als wäre nichts geschehen — seine Fackel zu ihnen hinunter, als bemühe er sich, zu entdecken, wer sie seien.

Derart verblüfft war die ganze Gesellschaft über diesen Aufstieg, daß eine etwa eine Minute lang dauernde Totenstille eintrat. Sie wurde durch genau das gleiche leise, scharf knirschende Geräusch unterbrochen, welches vorher die Aufmerksamkeit des Königs und seiner Ratgeber auf sich gezogen hatte, als der erstere Trippetta den Wein ins Gesicht schüttete. Im jetzigen Fall konnte es keine Frage geben, woher der Laut kam. Er kam von den raubtierartigen Zähnen des Zwerges, der sie knirschend zusammenbiß, während sein Mund schäumte und er mit einem Ausdruck wahnsinniger Wut in die aufwärtsgerichteten Gesichter des Königs und seiner sieben Kumpane starrte.

„Aha!" sagte er schließlich mit wütendem Lachen. „Aha! Ich beginne zu begreifen, wer diese Leute hier sind!" Und hier hielt er, als wollte er den König genauer betrachten, die Fackel an den flachsenen Pelz, in den jener eingehüllt war, und der augenblicklich hell aufflammte. In weniger als einer halben Minute brannten alle acht Orang-Utans lichterloh, während die Menge, ohne die Möglichkeit, ihnen die kleinste Hilfe zukommen zu lassen, schreckerfüllt von unten auf sie starrte und laute Schreie ausstieß.

Schließlich zwangen die Flammen, die schnell an Heftigkeit zunahmen, den Spaßmacher an der Kette höher hinaufzuklettern, um sich aus ihrem Bereich zu retten, und während er dies tat, war die Menge einen kurzen Augenblick lang neuerlich stumm. Der Zwerg ergriff diese Gelegenheit und nahm noch einmal das Wort:

„Nun sehe ich deutlich", sagte er, „welcher Art Leute diese Maskierten sind. Es ist ein großer König und seine sieben Räte — ein König, der sich nicht schämt, ein wehrloses Mädchen zu schlagen, und seine sieben Ratsherren, die ihn bei seiner ruchlosen Tat unterstützen. Ich für meinen Teil bin nur Hopp-Frosch, der Spaßmacher — und dies ist mein letzter Spaß."

Infolge der hohen Brennbarkeit sowohl des Flachses als auch des Teers, an dem er klebte, hatte der Zwerg seine kurze Rede kaum beendet, bevor sein Rachewerk vollzogen war. Die acht Körper schaukelten an ihren Ketten, eine stinkende, geschwärzte, ekelerregende und unkenntliche Masse. Der Krüppel schleuderte seine Fackel auf sie, kletterte gemächlich zur Decke empor und verschwand durch das Kuppelfenster.

Man vermutet, daß Trippetta, auf dem Dach des Saales stehend, an der schauerlichen Rache ihres Freundes beteiligt war und daß sie gemeinsam ihre Flucht in ihr Heimatland bewerkstelligten; denn keiner von ihnen ist je wieder gesehen worden.

INHALT